現代漢語詞彙

符淮青 著

商務印書館

本書由北京大學出版社授權出版

現代漢語詞彙

作　　者：符淮青

責任編輯：謝江艷

封面設計：張　　毅

出　　版：商務印書館 (香港) 有限公司

　　　　　香港筲箕灣耀興道 3 號東滙廣場 8 樓

　　　　　http://www.commercialpress.com.hk

發　　行：香港聯合書刊物流有限公司

　　　　　香港新界大埔汀麗路 36 號中華商務印刷大廈 3 字樓

印　　刷：陽光印刷製本廠有限公司

　　　　　香港柴灣安業街 3 號新藝工業大廈 6 字樓 G 及 H 座

版　　次：2011 年 4 月第 1 版第 1 次印刷

　　　　　© 2011 商務印書館 (香港) 有限公司

　　　　　ISBN 978 962 07 0310 2

　　　　　Printed in Hong Kong

目　錄

第一章　　緒　論

一、詞

（一）甚麼是詞

很多人可以一口氣說出許多詞，但如果問甚麼是詞，能正確回答的人恐怕不多，而且答案很可能是各式各樣的。

不同時代的中外語言學家、學者，給詞下了各種定義。① 詞有一定的語音形式，有一定的意義，有一定的語法特點。好的定義，要舉出被定義對象的本質特徵，同其他事物現象區別開。從這個要求出發，對現代漢語的詞來說，主要從語法特點上講，也照顧意義和語音特點的定義是比較周到的。把詞看作是語言中有意義的能單說或用來造句的最小單位，它一般具有固定的語音形式。下面對這個定義指出的詞的特徵做些解釋。

1. 有意義

各種詞的"意義"含義不同。實詞的"意義"指某種概念內容（有人叫理性內容），即字典、詞典所解釋的詞義內容。如：

---

① 我們舉幾位今人的例子。王力把詞叫做"語言的最小的意義單位"。見《中國現代語法》（上）第 17 頁、《詞和仂語的界限問題》（中國語文 1953 年 9 期）。這個定義主要是從意義上講的。根據這個定義，不能區別詞和語素。劉澤先把詞叫做"拼音文字裏經常連寫在一起的一組字母"。見《用連寫來規定詞》（《漢語的詞兒和拼寫法》第 92 頁）。這個定義表面上根據書寫形式，實際上主要根據詞的語音特點。詞能有連寫的形式，是因為一個詞的語音形式是一個單位，前後可以停頓。但實際上連寫法和分詞不會完全一致。例如動詞和補語，如果兩者都是單音節（如"搞壞""打死"）則要求連寫，並不因為兩者分別是詞而分寫。呂叔湘把詞看作是"語言的最小的獨立運用的意義單位"（見《語法學習》，第 2 頁）。這個定義主要是從語法特點上講的，也照顧到了意義。但現在認識到詞是一種語言單位，不能說是最小的意義單位。

農民　在農村從事農業勞動生產的勞動者。(《現代漢語詞典》2000 年增補本。下文詞的釋義不註出處者一般引自該詞典)

飛播　用飛機播種。

硬　物體內部的組織緊密，受外力作用後不容易改變形狀。

虛詞的情況比較複雜。有的虛詞表示詞、詞組、句子之間的關係。如"吃的東西"，"的"表示"吃"修飾限制"東西"。"我和兩個弟弟今天出發"，"和"表示"我"、"兩個弟弟"是並列關係。"雖然有困難，但是我們能完成任務"，"雖然""但是"表示兩個分句之間的轉折關係。

有的虛詞表示一定的語氣。"你去嗎？"的"嗎"表示疑問，"你來吧"的"吧"表示祈使。有的虛詞表示人的某種感情態度。如"啊"表示驚異或讚歎。"唉"表示感傷或惋惜。

虛詞的這些作用也叫有意義。

2. 能單說或用來造句的最小單位

有許多實詞在對話的情況下能單說。如：

那是甚麼？——牛。

買不買？——買。

有一部分能用作獨詞句。如：

時間　前場次日，下午。

地點　警署。

時間　現代。

地點　扶槎山下。

例子中"警署""現代"作獨詞句，分別說明地點和時間。這種用法多見於劇本說明情景的語句中。

有一部分實詞不能單說，但能用作句子的主要成分（當主語，謂語，賓語，定語，狀語，補語）。如：

> 樓　　問："那邊蓋的甚麼？"不能單回答"樓"，要說
> "樓房"。但在句子"那兒蓋四層樓"中，"樓"是
> 賓語偏正詞組"四層樓"的中心語。

> 春　　問："現在是甚麼季節？"不能單回答"春"，要
> 說"春天"。但在句子"春是一年中的第一個季節"
> 中，"春"是主語。

再如"旗"不能單說，要說"旗子"，但在"門口掛一面旗"
中，"旗"充當賓語"一面旗"的中心語。"房"不能單說，要
說"房子"。但在"大家都買了房"中"房"充當賓語。

能否用作句子的主要成分，以現代漢語一般的口語、書面
語用法為根據，不以文言、固定語的用法為根據。例如不能根
據文言用法"欲達目的""迫切陳詞"，確定"欲""達""陳"是
現代漢語的詞，不能根據固定語"春不減衣，秋不加帽"確定
"衣""帽"是現代漢語的詞，不能根據固定語"吃一塹，長一
智"確定"塹""智"是現代漢語的詞。

虛詞除少數幾個（如"不、一定"等）外，絕大多數不能單
說，除了副詞，也不能作句子的主要成分，但它們能用來幫助
把實詞組織成詞組、句子。

說詞是"能單說或用來造句的單位"，要加上"最小的"的
限制，這是為了同詞組區別開。如"玻璃窗"，能單說："那是
甚麼？玻璃窗"。但"玻璃窗"還可以分割為"玻璃"和"窗"：
"那是甚麼？""玻璃。""把門、窗關好"。

3. 一般具有固定的語音形式

這是指：

（1）詞一般都有固定的音節，各音節有固定的聲、韻、
調。如：

人 rén　　波浪 bōlàng　　瓷實 císhi

（2）詞前後能停頓。如：

　　人　都　有　四肢

　　rén　dōu　yǒu　sìzhī

不能説成

　　réndōu　yǒusì　zhī

但一些詞在運用中有時會略微改變語音形式，如連續變調使上聲的"冷"在"冷水"中變為接近陽平的讀法。連讀音變使"甜"的韻尾 [-n] 在"甜餅"中變成 [-m]。兒化詞有相當一部分不穩定，一般是書面上不兒化，口語中則兒化，如米粒（～兒），翻白眼（～兒），事（～兒），字（～兒）等。

（二）確定詞的一般方法

詞的定義包含有確定詞的方法。常用的確定詞的方法是：

1. 能單説，能單獨回答問題的是詞

對一個語素組成的單純詞，這個方法最有效。如上面所舉的"牛""買"。再如：

　　那是甚麼？——梨。

　　甜不甜？——甜。

　　吃不吃？——吃。

對多個成分組成的語言單位，這個方法不是充分條件。比較：

　　你買甚麼？——紙／白紙

　　這種紙好不好？——好／不好

　　你買不買？——買／不買

"白紙""不好""不買"也可以跟"紙""好""買"一樣單獨回答問題，但它們是詞組。

2. 不能單説，但能充當詞組句子成分的是詞

這個方法一般用來確定下面這些類別的詞。

（1）現代漢語口語中不單説，但在一般書面語中用作句子成分的語言單位。如上面舉過的"樓""春""旗""房"。

（2）現代漢語中單音節的區別詞（非謂形容詞）。如：

金　　問：她帶的戒指是金的還是銀的？不能單回答"金"。要説"金的"。但在"金戒指""金耳環""金手鐲"中"金"充當詞組的定語。

男　　問：她的孩子是男的還是女的？不能單回答"男"。要説"男的"。但在"男學生""男大衣""男皮鞋"中"男"充當詞組的定語。

（3）現代漢語中的一些量詞，如"五兩鹽""六寸布""一升米"中的"兩""寸""升"，是根據數量組合是一個詞組來確定量詞"兩""寸""升"等是一個詞的。現代漢語中的方位詞，如"教室內""學校外""胡同裏"中的"內""外""裏"，是根據名詞構成的方位組合是一個詞組，從而確定"內""外""裏"等是一個詞。它們都不能根據單獨回答問題這個方法來確定。

3. 擴展法

上面説過的"白紙""不好""不買"這些多個成分組成的語言單位，不能因為它們能單獨回答問題就認為它們是詞。對於多個成分組成的語言單位，有相當多可以用擴展法來確定它們是不是詞。擴展法的要點是：在兩個以上的語言成分組成的語言單位中插入別的語言成分，如果得到的新的語言單位可以接受，則原來的語言單位是詞組；如果得到的新的語言單位不可以接受，或者意義有很大改變，則原來的語言單位是詞。例如：

白字 ⟶ *白的字	白紙 ⟶ 白的紙
海帶 ⟶ *海的帶	海浪 ⟶ 海的浪
擴大 ⟶ *擴得大	吃飽 ⟶ 吃得飽
大家 ⟶ *大的家	小河 ⟶ 小的河
黑板 ⟶ *黑的板	好書 ⟶ 好的書
山峰 ⟶ *山的峰	山高 ⟶ 山很高

上面右列"白紙"等語言單位插入別的語言成分後得到的"白的紙""海的浪""吃得飽""小的河""好的書""山很高"都是正常的語言單位,而且意義同未擴展前一致,所以"白紙""海浪""吃飽""小河""好書""山高"是詞組。左列"白字""海帶""擴大""山峰"等擴展後的語言單位是不存在的,是不可接受的,而"大家""黑板"擴展後意義不一樣了。"大家"是一群人的總稱,而"大的家"則指成員多的家庭。"黑板"指供書寫的教具,而"黑的板"指一切黑顏色的板。所以左列這些語言單位未擴展前是一個詞。

擴展法在應用時要使插入別的語言成分後產生的語言單位的結構同原來語言單位的結構一致。例如:

白　紙 ⟶ 白的　紙
偏　正　　　定　中

吃飽 ⟶ 吃　得飽
補充　　述　補

山高 ⟶ 山　很高
陳述　　主　謂

擴展法的作用是:能顯示原語言單位的語言成分結合的緊密程度。能插入的,結合不緊,是詞組;不能插入的,結合緊,是詞。

擴展法的應用也是有局限的,不是任何情況下都可以使用。例如單音加單音的狀中結構的詞組(如:"快走,〔要遲到了]""[他] 剛來,[又跑了]"。其中的"快走""剛來"就是這種詞組),不允許擴展。處所詞語(如"樹下""教室外")等也難以擴展。不能根據它們不能擴展這一點就把整個單位看作一個詞。此外,某個語言單位允許不允許擴展,不僅受語法因素制約,還受修辭因素、習慣因素制約,所以不能誇大擴展法的作用。

4. 剩餘法

把句子中所有可以單說、可以用作句子的主要成分的單位提開,剩下來不能單說,也不是一個詞的一部分的,是詞;虛詞可以用這個辦法來確定。例如:"為創造社會財富和人生價值而努力工作吧!"這句話裏,"創造、社會、財富、人生、價值、努力、工作"等都是可以單說的,而且,它們都不可以擴展,它們都是詞。剩下的"為""和""而""吧"都不能單說,也不是一個詞的一部分,它們是用來幫助造句的,它們是詞。其中,"為"用來表示行為的目的,"和"表示詞語的並列關係,"而"表示連接,"吧"放在句末使句子成為祈使句。

(三)疑難問題

上面說明的是確定現代漢語的詞的一般方法。由於語言現象複雜,不同學者有不同認識,對分析現代漢語的詞也存在不少爭論疑難的問題,下面討論幾個問題。

1. 如何確定述補結構(如"吃飽""打倒")等是不是詞的問題

一般分為三種情況。

(1)"吃飽""拿到"等是一種情況。它們能夠擴展:

吃飽 一碗飯一個菜吃得／不飽。

拿到　　錢明天你拿得／不到。

它們的意義是構成成分的簡單組合，"吃飽"是"吃"加"飽"意義的組合，"拿到"是"拿"加"到"意義的組合，它們是詞組。

（2）"改善""説明"等是一種情況。

雖然它們的意義是構成成分的組合，"改善"是"改"和"善"意義的組合，"説明"是"説"和"明"意義的組合，但它們不能擴展：

改善 —— * 他們的工作條件改得／不善。只能説"他們的工作條件改善了"、"他們的工作條件沒有改善"。

説明 —— * 他説得／不明事件的真相。可以説"他説明不了事件的真相"、"他能説明事件的真相"。所以"改善""説明"是詞。

（3）"打破""打倒"等是一種情況。

"打破 —— 打倒"在具體的意義上使用，能夠擴展，它們的意義是構成成分的簡單組合。如：

　　　打破 —— 這個鐵門用鐵棍打得／不破。

　　　打倒 —— 你一拳打得／不倒他。

但是"打破""打倒"都可以表示抽象的意義：

　　　打破 —— 打破舊的傳統。

　　　打倒 —— 打倒舊的政權。

它們都可以擴展：

　　　打破 —— 民眾覺悟起來，打得破舊的傳統。民眾不覺悟，打不破舊的傳統。

　　　打倒 —— 民眾團結起來，打得倒舊的政權。民眾不團結，打不倒舊的政權。

因此，實際上可以區分為兩個"打破"，兩個"打倒"。在具體意義上使用的"打破""打倒"是詞組,在抽象意義上使用的"打破""打倒"雖然能擴展,但意義不是構成成分的簡單組合,另有專門的意義,所以是詞。

2. 如何確定"打仗""看書"等述賓結構是不是詞的問題

"打仗""洗澡""看書""踢球"等都是述賓結構,它們都能擴展:

> 打仗——►打了三年仗
>
> 洗澡——►洗了一個澡
>
> 看書——►看了一天書
>
> 踢球——►踢了一場球

它們的賓語都能提前:

> 仗打贏了
>
> 澡洗完了
>
> 書看夠了
>
> 球踢破了

它們的性質似乎是一樣的。但是"打仗""洗澡"是由"能單說的語素 + 不能單說的語素"構成的:還打不打?——打。"仗"卻不能單說。

> 還洗不洗?——洗。"澡"卻不能單說。

"看書""踢球"是由兩個都能單說的語素構成的:

> 還看不看?——看。看甚麼?——書。
>
> 還踢不踢?——踢。踢甚麼?——球。

因此,"看書""踢球"是詞組。而"打仗""洗澡"可以作這樣的處理:

在它們合用時看作一個詞:

> 民眾不喜歡打仗。打仗不是好事。

　　　　夏天要多洗澡。洗澡有利於健康。

在它們分開用時可以看作兩個詞：

　　　　打了三年仗。｝
　　　　仗打赢了。　｝ "打""仗"是兩個詞

　　　　洗了一個澡。｝
　　　　澡洗完了。　｝ "洗""澡"是兩個詞

這種詞有人叫作離合詞。

3. 詞和分詞單位

　　在對確定現代漢語的詞的深入研究中，學者遇到了不少界限不清的問題。例如"鴨蛋""駝毛"不能擴展為"鴨的蛋""駝的毛"，被認為是詞，"雞蛋""羊毛"可以擴展為"雞的蛋""羊的毛"，被認為不充分具備詞的資格。有學者認為"鴨蛋""雞蛋"等都是事物的名稱，使用頻率都很高，應該認為都是詞。"駝毛""羊毛"等情況相同。根據學者提出的各種標準，都不能做到完全劃清詞和非詞的界限。隨着信息技術科學的發展，適應語言信息處理工作的需要，根據現代漢語語言單位的特點，學者提出了"分詞單位"的概念。"分詞單位"指"漢語信息處理用的具有確定的語義和語法功能的基本單位。"① 它不僅包括一般所説的詞，包括類似於詞的單位，也包括固定詞組、固定用語。這種認識和處理，有利於漢語信息處理工作的發展，也不妨礙學者對其中的問題作進一步的探討。

---

① 見《信息處理用現代漢語分詞規範》中之"3、4 分詞單位"的説明，中國標準出版社，1992。

二、詞彙

詞彙包括語言中的詞和固定語。[①] 詞彙是語言中詞語的總和。確認語言中除了詞以外，還存在固定語，它是詞彙的重要組成部分，這種認識是詞彙學研究的重要成果。新中國建立後最早出版的詞彙學著作一般只是説語言中所有的詞構成語言的詞彙，20 世紀 80 年代以後的詞彙學著作都明確指出詞彙中包含有作為主體的詞，也包含有可以把詞作為構成成分的、作用相近於詞的"語"（或稱固定詞組、固定結構等）。學者指稱這些單位的命名不同，所指範圍也不同。參考各家意見，我們認為，固定語是指語言中可以把詞作為構成成分的、同詞一樣作為一個整體來運用的語言單位；它在結構、意義、作用上有自己的特點。固定語包括大量的專門用語和熟語，一些習用詞組也可歸入固定語。

專門用語下分專名詞語（如"黃土高原"）、術語（如"冷凍療法""電腦病毒"）、行業語（如"轉賬結算""木刻水印"）等。

熟語包括成語（如"愚公移山""江河日下"）、諺語（如"春打六九頭""磨刀不誤砍柴工"）、歇後語（如"豬鼻子上插葱——裝象""老鼠尾巴長癤子——出膿也不多"）、慣用語（如"走後門""踢皮球"）等。

熟語本書有專章説明。下面對專門用語作一個簡要的説明。

（一）固定語中的專門用語

專門用語在應用中有廣義狹義兩種用法。

---

① 劉叔新在《漢語描寫詞彙學》（商務印書館 1990）中對固定語作了深入的分析，劉又另分出"常語"，同這裏的分類不完全相同。

廣義用法指各科學部門運用的術語和行業語（某一職業集團所用的詞語），其中包括大量的詞，也包括以詞為構成成分的短語。如：

術語

物理學術語	電壓	力矩	質子	固體力學	電阻定律
化學術語	化合	鹼性	溶解	感光材料	固相反應
數學術語	奇數	比例	立方	一次方程	曲線積分
經濟學術語	商品	資本	價格	固定資本	級差地租
文藝學術語	形象	旋律	史詩	悲喜劇	浪漫主義
語言學術語	輔音	介詞	複句	不及物動詞	
	超音質特徵				

行業語

商業用語	熱銷	採購	盤貨	廢品損失	轉賬結算
交通用語	噸位	晚點	超載	交通信號	駕駛噪聲
印刷用語	字體	字號	排版	曲面印刷	木刻水印

專門用語的狹義用法只指術語、行業語中的短語，如上面列舉的物理學術語中的"固體力學""電阻定律"，化學術語中的"感光材料""固相反應"，經濟學術語中的"固定資本""級差地租"，商業用語中的"廢品損失""轉賬結算"等。本書這裏用的專門用語是狹義用法，不包括術語、行業語中的詞。

專門用語又可分為：

1. 專名詞語

國名	美利堅合眾國 法蘭西共和國 南非共和國
地區名	西藏自治區 黃土高原 巴爾幹山脈 亞馬孫河流域
機構名	香港政府 北京同仁醫院 北京大學

2. 術語

上面已説明術語有很多是詞，屬於專門用語的術語上面已列舉了一些。再如：

醫學術語　　　　　病理切片　冷凍療法　神經官能症
　　　　　　　　　　病毒性腦膜炎　心臟起搏器

計算機科學術語　　資源管理器　電腦病毒　調制解調器
　　　　　　　　　　磁盤操作系統　集成驅動電子線路

法律術語　　　　　司法行政　痕跡檢驗　地方性法規
　　　　　　　　　　犯罪嫌疑人　有期徒刑

3. 行業語

上面已説明行業語中有很多是詞，屬於專門用語的行業語上面已列舉了一些。再如：

體育用語　　田徑比賽　高台跳水　自由體操　沙灘排球
　　　　　　花樣滑冰

戲曲用語　　跑龍套　刀馬旦　大花臉　弋陽腔
　　　　　　西皮流水

專門用語的構成成分，多數是詞。如"南非共和國"的構成成分是"南非""共和""國"，它們都是詞。"血管收縮劑"的構成成分中，"血管""收縮"是詞，"劑"是語素。"心臟起搏器"的構成成分中，"心臟"是詞，"器"是語素，"起搏"是語素組（語素組是語素的組合，只存在於合成詞或固定語中）。"同步穩相迴旋加速器"的構成成分中，"同步""迴旋""加速"是詞，"器"是語素，"穩相"是語素組。

專門用語一般作為一個整體來運用，結構上中間不能加入別的語言成分。例如"心臟起搏器"不能説成"心臟的起搏器"。

固定語中的習用詞組不屬於上面任何一類，又不是熟語。

它不同於自由組合的詞組，它們的構成成分和組合次序一般穩定，一般整體使用。如："總的說來"，"不是滋味"，"又好笑又好氣"，"說甚麼也不"，等等。

詞彙中還有相當多的簡稱，亦稱縮略語。[①] 簡稱是把長的詞語減縮或緊縮而成的詞語，如基建（基本建設）、民企（民營企業）、互聯網（互聯網絡）、世博會（世界博覽會）。簡稱可以是專名詞語，如北大（北京大學）、清華（清華大學）、民盟（中國民主同盟）、亞運會（亞洲運動會）；可以是術語，如多級火箭（多級運載火箭）、引力常數（萬有引力常數）、冠心病（冠狀動脈心臟病）、穩壓器（電壓穩定器）；可以是行業語，如安檢（安全檢查）、減虧（減少虧損）、財險（財產保險）、地稅（地方稅）；也可以是一般通用的詞語，如衛視（衛星電視）、呼機（尋呼機）、青少年（青年少年）、中小學（中學小學）等等。

簡稱可以從構成方式上加以分類。常見的有：

1. 減縮而成的簡稱

截取原詞語的部分詞語構成。如上舉例子中的"清華""互聯網"，再如：三角（三角學）。

2. 緊縮而成的簡稱

抽出原詞語中有代表性的詞語構成。上舉例子中大部分例子屬這種類型。如"基建""民企""北大""民盟""多級火箭"等，再如：增產（增加生產）、港澳（香港、澳門）。

3. 帶數字的簡稱

這種簡稱的構成有兩種情況：一是抽出詞語中的共同成分

---

① 學者用"簡稱""縮略語"所指範圍不同，本書統稱為"簡稱"。

加一個數詞構成。如：

三軍——陸軍、海軍、空軍

另一種是概括原來詞語表示的事物的共性加一個數詞構成，如：

三國——魏、蜀、吳

五穀——稻、麥、菽、黍、高粱

七竅——兩眼、兩耳、鼻孔、嘴

有一部分簡稱在長期使用中固定為詞，如基建、增產、五穀等。

（二）詞彙的系統性

在語言應用和詞彙的研究中，人們逐漸發現，詞彙中各個詞不是如沙子那樣各不相干的。它們之間是有聯繫有關係的。就共時來說，這表現在詞的組織結構、詞彙成員的意義等方面。20 世紀 50 年代以後，受外國語言理論的影響，中國學者開始分析詞彙的系統性問題。不同學者從不同角度作了論述。如周祖謨在《詞彙和詞彙學》（《語文學習》1958 年 9、11 期）一文中說明"詞彙構成一個統一的詞彙體系"，它表現為：

1. 古代就有詞作為語素構成了一大批詞（如"工"構成了"工人""工業""工整""工致"等），這些詞不僅在構詞的成分上有關係，並且在語素的意義方面也有聯繫。如"工整""工致"中的"工"是"工巧"之意，有別於"工人""工業"中之"工"。

2. 每種語言的所有構成類型是成系統的，如漢語構詞有兩大類型：詞根複合法（運動、展開等）附加法（第一、麥子等），有別於俄語的改變重音、在詞上加前綴後綴、詞幹複合，因此整個詞彙構造上也就有了系統。

3. 詞義的發展、詞與詞義方面的關係也表現出詞彙是一個統一的整體。

這段說明論證詞彙的體系性有三方面的表現：

（1）由某一語素構成的同族詞，不但構詞成分有聯繫，構詞成分的意義也有聯繫。（2）詞彙的構詞類型是成系統的。（3）詞義的發展、詞和詞義的各種聯繫，也顯示了詞彙的系統性。

我們認為，詞彙系統不是單一平面的，而是多平面的，可以從多角度、多層面上進行分析。在共時的坐標上，詞的組織結構、詞彙成員的意義關係就是兩個重要的平面。

1. 詞的結構的系統性。

現代漢語合成詞的結構類型重要的有：

朋友	地震	白菜	埋頭	說明	老師	爸爸
語言	心疼	大米	越軌	提高	老虎	叔叔
早晚	眼花	黑板	提議	認清	老鼠	星星
動靜	膽怯	公社	起草	推廣	阿娘	暗暗
反正	性急	牧民	留神	改正	阿哥	茫茫
永久	民辦	八股	列席	分開	兒子	往往
渺小	國營	冷笑	擔心	削弱	桌子	每每
收集	年輕	重視	掛鉤	推翻	椅子	通通
增加	自覺	滾燙	革命	搗毀	短兒	形形色色
組織	面熟	飛快	開幕	扭轉	亮兒	婆婆媽媽

並列	表述	偏正	支配	補充	附加	重疊

詞的結構有共性，這個共性可以概括為類型，如並列、表述、偏正、支配等等。每一類型都聯繫一大批詞。絕大多數詞都可以歸入少數幾個結構類型中。由此可以看出，詞在結構上

是很有規則地聯繫在一起的，表現出詞的組織結構的系統性。

2. 詞義關係的系統性。

20 世紀八九十年代以後，中國學者應用西方學者提出的“詞彙場”理論分析詞義關係的系統性。“詞彙場”理論是德國學者特里爾（Trier）1931 年提出來的。他認為詞彙場是詞彙的各個部分，在場中各個成員都同其相鄰的成員相制約。詞彙場中各個成員和其間的意義關係在歷史發展中會發生變化。後來的學者在這方面作了進一步的探討。一般認為，從詞的意義關係來說，詞可以構成層次關係詞群和非層次關係詞群。

層次關係有上下位關係（如：植物—樹木—柳樹）、整體部分關係（如：手—手掌—手心）、親屬關係（如：祖父—父親—兒子）、等級關係（如：軍長—師長—團長）等。下面是一個有上下位關係的詞群：

$$
\text{文具——筆——}\begin{cases} \text{毛筆} \\ \text{鋼筆、水筆} \\ \text{圓珠筆、原子筆} \\ \text{鉛筆} \\ \text{粉筆} \end{cases}
$$

其中“文具”是“筆”的上位詞，“筆”是“文具”的下位詞。“筆”對於“毛筆”“鋼筆”“圓珠筆”“鉛筆”“粉筆”來說又是上位詞，“毛筆”“鋼筆”等又是“筆”的下位詞，當然，“文具”也是“毛筆”“鋼筆”等的上位詞。處在同一層次上的是同位詞，如“毛筆”“鋼筆”“圓珠筆”“鉛筆”“粉筆”是同位詞。“鋼筆”“水筆”是同義詞，“圓珠筆”“原子筆”是同義詞，同義詞是同位詞中的特殊情況。

有意義上共同的關係對象、關係範圍的詞可以組成詞群。這樣的詞彙集起來有人叫作主題（或題目）集合（Thematic Groups）。它們由於表示某一方面、某一範圍的事物、現象、性質、行為而發生聯繫。它們可以存在層次關係，如上述"文具—筆—毛筆、鋼筆等"組成的詞群。也可以不存在層次關係。

例如《普通話三千常用詞表》（初稿）在"主要用胳膊、手的動作"項下，就收入下面許多詞：

拿	取	抓	捏	握	摸	撈	找
尋	摘	抹	揉	搓	拍	掰	
卷	揭	解＝解開	安	放	擱	提	
舉	推	拉	扯	拖	牽	運	
托	抬	搬	拔	搭	捧	擔	
扛	鋪	擺	扶	夾	抱	摟	
擁抱	拐	打	敲	撞	砍	搖＝搖晃	
動手	插	砸	折斷	扔	摔	投	
丟	丟掉	掉	撒	撒開	捉	採	
捆	綁	編	開	打開	張開	關	
閉	分	分開	放鬆	合	包	量	
稱	盛	裝	掏出	挖	掘	埋	
埋葬	堵	填	按	貼	交	接	
接到	握手	放手	鼓掌	壓	掛	挑	
拾	指	招	傳				

非層次關係詞群的成員一般都是同位關係，同位關係中詞義疊合或大部疊合的詞就是同義詞。如上例中的"解"和"解開"，"搖"和"搖晃"。

3. 同族詞的系統性。

漢語的同族詞體現出詞彙的多層次的系統性。下面通過對"網"的同族詞的簡要分析來說明這個問題。

分析同族詞的作用是，以某一個語素為基點，分析這個語素不同意義的構詞情況，說明以該語素構成的同族詞的意義聯繫和結構上的聯繫，從而說明不同的同族詞系統的構成和特點。

"網"的意義有（據《現代漢語詞典》）：

① 用繩線等結成的捕魚捉鳥的器具：一張網 / 漁網 / 結網 / 撒網 / 張網。

② 像網的東西：髮網 / 蜘蛛網 / 電網。

③ 像網一樣縱橫交錯的組織或系統：通信網 / 交通網 / 灌溉網 / 宣傳網。

④ 用網捕捉：網着了一條魚。

⑤ 像網似的籠罩着：眼裏網着紅絲。

"網"在現代漢語中構成的合成詞有"網點""網兜""法網""河網"等 30 個詞，有些是多義詞（如"電網"①用金屬線架設的可以通電的障礙物，多用來防敵或防盜。②指由發電、輸電系統形成的網絡）。下面根據合成詞中"網"的意義、合成詞的構造方式將"網"的同族詞分類排列如下（①②表示不同的義項）：

① 義　用繩線等結成的捕魚捉鳥的器具。

網～　並列　網羅①

　　　偏正　網綱　網眼

～網　並列　羅網

　　　偏正　漁網　拖網　圍網　刺網

② 義　像網的東西

網～　並列　網絡①③

　　　偏正　網兜　網川　網籃　網膜　網屏　網球①②

　　　附加　網子

　　　多層　網狀脈

～網　偏正　電網①②　河網　水網　漉網　火網　球網

　　　　　　蛛網

③ 義　像網一樣的組織或系統。

網～　並列　網絡②　網點

～網　偏正　法網　情網　文網

　　　支配　漏網　落網

④ 義　用網捕捉

網～　並列　網羅②

⑤ 義　像網似的籠罩着

　　　無

通過上面簡要的分析可以看到：

1. 同族詞中各個合成詞意義上有聯繫。這些詞看似零散，其實它們是以 "網" 為基點，以 "網" 的不同意義作為聯繫的線索。"網" 的①義 "用繩線等結成捕魚捉鳥的器具" 是本義、基本義。②義 "像網的東西" 從①義產生，用於具體的事物，③義 "像網一樣的組織系統" 也從①義產生，用於抽象事物。④義 "用網捕捉" 從①義產生，①是名詞義，④發展為動詞義。⑤義像網似的籠罩着從④義產生，是④義的比喻用法。"網" 的①—④義都有構詞能力，同別的語素結合，構成不同數量的合成詞。它們以 "網" 的不同意義作為聯繫的線索。不同的意義如同同根生出的不同枝蔓，將結成的不同果實牽連在一起。

2. 在結構平面上，"網" 按照語言中原有的構詞方式，與不同的語素結合，組成並列、偏正、支配、附加等結構的合成詞，表現了現代漢語詞彙結構平面上的規律性、系統性。它們共有 "網" 這一構詞成分，"網" 就成為聯繫這個同族詞形式上的標誌。

"網" 在現代有特指義 "指計算機網絡"，這個意義已構成新詞"上網""網址""網吧""網蟲""網民""網頁""網友"等。這表明"網"仍以表示事物的意義構成新詞語而發揮作用。

以上就是對現代漢語詞彙系統性主要表現的簡要説明。

"詞彙"這個詞在應用中可以指一種語言詞語的總和（如漢語詞彙、英語詞彙等），可以指語言各類詞語的總和（如基本詞彙，一般詞彙，書面語詞彙，口語詞彙等），可以指一個人所掌握的詞語的總和（如魯迅的詞彙，郭沫若的詞彙等），也可以指一個大的語言構成物（作品、文章）的詞語的總和（如《紅樓夢》的詞彙，《水滸》的詞彙等）。"詞彙"不能用來單指一個詞。

詞彙既是詞語的總和，就可以進行量的統計。當代最發達的語言的詞彙，現代的和歷史的，加起來都有幾十萬。《漢語大詞典》收入詞語 37 萬，《現代漢語詞典》（1996 年修訂本）收詞語 6 萬多，《現代漢語詞表》（劉源主編，中國標準出版社）收詞語 10 萬，可以反映漢語和現代漢語的豐富程度。常用詞一般認為是 3,000 左右，中國文字改革委員會編有《普通話三千常用詞表》（初稿）（文字改革出版社 1962）。《現代漢語頻率詞典》（北京語言學院出版社 1986）則把常用詞分為兩個層級，第一層級 3,000 個，第二層級 2,000 個。個人詞彙，一個知識全面發展的人掌握的（筆頭口頭運用的）詞是 6,000 個到 9,000 個。大作家的用詞，可以達到 2 萬多個。

三、詞彙學

詞彙學是以詞和詞彙為研究對象的語言學部門。一般認為，它研究詞的性質、詞的創造和結構、詞義的本質和內容、詞義的發展、詞的各種關係，研究詞彙的劃分、關係、發展，研究各種詞語的應用和規範等等。近年來，詞彙學注意同語義學相結合，積極為語言文字的信息處理研究服務，不斷開拓出新的研究領域（本書不引入這方面的內容）。

詞彙學又分具體詞彙學（也叫一種語言詞彙學，即研究一種語言的詞彙）和一般詞彙學（研究詞彙的一般理論），歷史詞彙學（研究詞的本義，最早的形式和它的發展）和描寫詞彙學（研究一個時期的詞彙），還有歷史比較詞彙學（比較研究有親屬關係的語言的詞，以構擬它們在共同的母語中的形式和意義）。這是從不同角度的分類。現在講的現代漢語詞彙，屬於具體的描寫的詞彙學，它主要以實詞為研究對象。另外，研究固定語中的熟語（成語、諺語、歇後語、慣用語）也叫熟語學。對詞典編纂的研究也叫詞典編纂學。這兩部分內容，歷來在具體語言的描寫詞彙學中對其基本內容作一般的介紹。

現代漢語詞彙學中包含有重要的認識論、語言學的理論問題。例如詞和它所指示對象的關係問題，詞義的本質問題，詞義、詞彙系統同客觀事物現象的關係問題，都是基本的理論問題。這些問題長期為哲學家、邏輯學家、語言學家所關注。現代漢語詞彙學的深入研究，有助於推進這些問題的探討。

現代漢語詞彙學的實踐作用是很明顯的，可以從下列幾個方面來說明。

（一）有助於提高語言運用能力

人的語言運用能力的提高受多方面因素的制約。學好語言是一個必要條件。學一點詞彙的知識，可以提高豐富詞彙的自覺性，提高辨析詞的意義、色彩的能力。一個染工可以識別二十多種黑的顏色，普通人不過數種。讓普通人按要求下染料就不成。同樣，對於現代漢語的詞彙有豐富的感性理性知識，遣詞用字也可以更準確更講究。如魯迅寫"飛"：

道士要羽化，皇帝想飛升，有情的願作比翼鳥兒，
受苦的恨不得插翅飛去。想到老虎添翼，便毛骨悚然，
然而青蚨飛來，則眉眼笑爾。(《準風月談·談蝙蝠》)

這裏寫到不同的人想飛的心理，或是對不同的"飛"的態度，要重複寫"飛"這個意思，魯迅用了不同的詞語：道士說"羽化"，皇帝用"飛升"，有情人用"作比翼鳥"。對受苦人想離開困苦環境，用"插翅飛去"形容。寫老虎的"飛"用"添翼"，寫憑空得到錢財，說"青蚨飛來"。魯迅思想深刻，語彙豐富，對各種人各個物的"飛"，作了深入的解剖和生動的刻畫。

(二) 有助於語文教學

詞彙教學在語文教學中佔重要位置。就本族人的語言教學來說，要引導學習者掌握豐富的詞語，正確理解詞語的意義，正確運用詞語，就要利用現代漢語詞彙學所說明的各種詞語性質作用的知識。例如解釋詞義，某些經常運用，並不生僻的詞解釋起來有時比解釋古詞語、詞的生僻義困難得多。有時求助於同義近義詞語，如用"照"解釋"映"。對雙音詞則分別解釋其語素義，如：平穩，平安穩當。深奧，深刻奧妙。這樣做也是可以的。但如果盡可能採用描述說明的方法，抓住詞義的主要東西，從同他物的關係聯繫上用多個詞語加以描述說明，意義會顯得更顯豁明白。如：

映　　因光線照射而顯出物體的形象。

平穩　事物、事情保持或處在正常狀態。

深奧　問題複雜，道理艱深，不易理解。

就對外漢語教學來說，如何循序漸進地引導漢語學習者掌握詞語、提高語言表達能力，是應該着重研究的問題。需要科學地確定常用詞、各種等級漢語水平所需要掌握的詞語，恰當

地組織教學材料，講究教學方法，這些也要利用現代漢語詞彙學的研究成果。

（三）有助於現代漢語詞彙規範化的工作

現代漢語詞彙規範是現代漢語規範化工作的重要組成部分。語言文字的規範是共同語發展所要求的，是經濟文化發展的重要條件，也是現代文明的重要表現。"語言的規範指的是某一語言在語音、詞彙、語法各方面的標準"。① 規範化的主要對象是書面語言。詞彙規範的工作大體包括：

1. 方言詞問題。普通話和方言存在分歧，普通話可以吸收甚麼樣的方言詞？方言詞如何運用？改革開放以後，港澳台詞語大量湧入，普通話如何吸收，如何規範？

2. 文言詞語問題。如何吸收古人語言中有生命力和有表現力的東西，又不濫用文言詞語？

3. 外來詞問題。如何吸收，吸收甚麼樣的外來詞？外來詞語常有不同的譯法，按照甚麼原則求其一致？

4. 生造詞的問題。隨着社會生活和語言的發展，新詞語不斷產生，哪些可以吸收？哪些只能時行一段時間，如何分別對待？哪些是生造詞，或是不應採用而應該淘汰的？

5. 普通話詞彙用法的規範問題。

6. 術語的統一問題。

7. 編纂現代漢語規範化的詳解詞典。

這些內容，以後要談到。

---

① 羅常培、呂叔湘《現代漢語規範化問題》，見《現代漢語規範化問題學術會議文件彙編》4頁，科學出版社，1956。

此外，現代漢語詞彙學的研究對相鄰學科（詞典學、語法學、修辭學、語音學等）的研究也有相當的作用。漢語文字語言信息處理工作中的許多問題，也需要同現代漢語詞彙的研究相結合，才能獲得完滿的解決。

練習

一、在你認為是詞的語言單位下劃一橫線：

井　知　甜　甘　衣　手　走　趨　吩　瘩　就　啊
紅人　黃紙　山羊　大羊　唱歌　唱戲
搞好　擴大　坦克車　大汽車　紅的
掌櫃的　反官僚主義　反革命　跑跑　偷偷
花花綠綠　熱熱鬧鬧

二、試說明可以把"理髮""洗澡"看作詞，不可以把"洗手""喝水"看作詞的理由。

三、在下列句子中劃出詞（用──號）、熟語（用══號）、專門用語（用﹏號）、簡稱（用﹏號）。

例：生態農業試驗在京津地區如雨後春筍一般出現。

1. 北京同仁醫院治療視網膜脫落症很有辦法。
2. 計算機網絡按分佈距離分類，通常分為局域網、廣域網和國際互聯網。
3. 這個機構經過整頓，辦事踢皮球的情況銷聲匿跡了。
4. 小鎮這幾年來工商業發展，民眾生活水平提高，中小學危房得到了根本的改造。

四、藉助工具書，找到"攻"的同族詞，按其中"攻"的不同意
　　義和詞的結構，列表整理。

五、用具體例子說明詞彙規範的必要性和內容。

第二章　詞的構造

現代漢語音義結合的最小單位是語素，語素組成了詞。一般認為，由一個語素組成的是單純詞，由兩個以上的語素組成的詞是合成詞。單純詞可以從構成它的音節特徵劃分類型，合成詞可以從分析構成它的語素之間的關係劃分類型。後者一般稱作詞的結構分析，下面分別説明。

一、單純詞的音節特徵

可以從不同角度説明單純詞的音節特徵。從數量上可以分為一個音節的（如"山""走""大""呢"）、兩個音節的（如"伶俐""駱駝""蝴蝶""蟋蟀"）、三個音節以上的（如"巧克力""歇斯底里"）。兩個音節的單純詞可以從聲母、韻母的特徵分為雙聲（如"伶俐""彷彿"）、疊韻（如"駱駝""哆嗦"）、疊音（如"蟋蟀""姥姥"）、非雙聲疊韻（如"蝴蝶""垃圾"）等。此外，又可從來源上劃出譯音詞（如"塔""尼龍""巧克力"）、擬聲詞（如"砰""叮噹"）等。可以總結為下表（見 28 頁）：

表中的"聯綿詞"是傳統上用的名稱，意思是這些詞兩個音節聯在一起才有意義，不能分開解釋各個字（音節）的意義。近代吸收的譯音詞有雙聲（如"里拉"）疊韻（如"沙發"）的也不叫聯綿詞。

單純詞

單音節		山、火、走、飛、大、高、和、把、呢	
	譯音	塔、佛、硼、氨、碘	
	擬聲	嗖、嘩、砰、哇	
雙音節	聯綿詞	雙聲	伶俐、吩咐、參差、枇杷
		疊韻	駱駝、哆嗦、餛飩、膀胱
		非雙聲疊韻	蝴蝶、垃圾、蜈蚣、瑪瑙
	疊音	太太、奶奶、姥姥、熊熊	
	譯音	尼龍、沙發、吉他、吉普	
	擬聲	撲通、刺溜、咕咚、撥剌	
三音節	譯音	巧克力、法西斯、麥克風、蒙太奇	
	擬聲	轟隆隆、呼嚕嚕	
四音節以上	譯音	歇斯底里、盤尼西林、布爾什維克	
	擬聲	嘰嘰喳喳、嘰裏咕嚕、劈裏啪啦、丁零噹啷	

二、合成詞的結構

（一）合成詞結構的分析

　　一般根據構成合成詞語素的表義作用把語素分為詞根和詞綴。把構成合成詞的有實在意義的語素叫詞根（如"人民""主人"中的"人""民""主"），把構成合成詞的意義不實在，而且只出現在合成詞的前面或後面的語素叫詞綴（如"老師"中的"老"，"桌子"中的"子"）。這樣，全部合成詞的結構分析就可以分為"詞根＋詞根"組成的，和"詞根＋詞綴"組成的兩大類型。前者再分為偏正（如"電燈""公審""鮮紅"）、並列（如"道

路 ""攻擊""聰明"）、支配（如"司機""開幕""刺眼"）、陳述
（如"地震""國營""眼花"）、補充（如"改良""糾正""超出"）、
重疊（如"媽媽""星星""剛剛"）等類型。後者再分為前附加（如
"老師""阿姨"）、後附加（如"石頭""胖子"）等類型。這些類
型可以有各種組合，成為多層結構（如"照相機""急性子"）。
這些類型的劃分，基礎是分析詞的構成成分（語素等）的意義、
作用及其間的關係。下面對此作簡要的說明。

永久　增加

　　"永"意為久遠，"久"意為時間長，它們表示相同的意
義，它們之間地位平等，不互相發生意義關係，所以稱為並列
式。"增"意為"增加"，"加"意為數量比原來多，它們表示相
近的意義，它們之間地位平等，不互相發生意義關係，所以也
是並列式。

食糖　輕視

　　"食"表示"供食用"，"糖"表示一種甜味的食品。它們之
間的關係可以解釋為"食"修飾限制"糖"，即前一個成分修飾
限制後一個成分，所以叫偏正式。"正"是被修飾限制的成分，
"偏"是修飾限制的成分。"輕視"的"輕"這裏意為不看重，
"視"意為對待。"視"在這裏表示一種行為，"輕"表示一種態
度，它們之間的關係是"輕"形容"視"，所以也屬偏正式。

改良　書本

　　"改"意為改進，"良"指良好，"改"表示一種行為，
"良"表示行為的結果。它們的關係可以解釋為行為和行為結
果的關係。行為是主，結果是對行為的補充說明，所以叫補充
式。"書本"中的"本"原是用來計算"書"的量詞，但在這裏
已失去原來的意義和作用。詞的意義主要用"書"表示，這個

詞是書的總稱，不能用於單本的書。"本"在構詞中起輔助作用，所以也可以歸入補充式。

掃盲　刺眼

"掃"意為去掉，"盲"在這裏特指文盲。"掃"表示一種行為，"盲"表示行為涉及的對象，其間的關係可解釋為前一個成分支配後一個成分，所以叫支配式。"刺"意為刺激，"眼"指眼睛。"刺"表示一種行為，"眼"表示行為涉及的對象，其關係也可以解釋為前一個成分支配後一個成分，也屬於支配式。

年青　地震

"年"指年齡，"青"指歲數少。它們之間的關係可解釋為："年"是陳述的對象，"青"是對這個對象的陳述。所以叫陳述式。"地"指大地，"震"指震動。"震"表示行為，"地"表示行為的主體，其間的關係類似於語法上主語謂語的關係，所以也叫陳述式。

老師　桌子

"老師"的"老"在這裏無義，"師"指教師，"老師"的意義主要由"師"表示，"老"加上去構成了"老師"這個雙音詞，所以叫附加式。附加的"老"在前面，所以叫前附加。"桌子"中的"桌"指一種下有腿上有平面的供書寫工作的傢具。"子"在這裏無義。"桌子"的意義主要由"桌"表示，"子"加上去幫助構成這個雙音詞，所以叫附加式。附加的"子"在後面，所以叫後附加。

向日葵　急性子

這兩個詞由三個語素組成，結構中含有兩個層次，是多層次結構。"向日葵"是由"向日"加"葵"組成的合成詞，"向日"和"葵"的關係是這個詞結構的第一個層次。"葵"指一種其籽實可供榨油、食用的植物,"向日"意為迎着陽光。這種植物的花在生長期間有迎向陽光的特性。"向日"説明這種植物的特點,它起着限制修飾"葵"的作用,因此這個詞第一層次的結構是偏正關係。"向日"是兩個語素構成的語素組(語素組由兩個以上的語素組成,只存在於合成詞或固定語中,不能作為詞單獨使用),其間的關係是支配關係,這是"向日葵"這個詞的第二層次的結構。"急性子"是由"急"加"性子"組成的合成詞。"急"和"性子"的關係是這個合成詞結構的第一個層次。"急"指急躁,"性子"指人的性格、脾氣。"急"修飾限制"性子",即其間是偏正關係,構成了這個詞的第一層次的結構。"性子"的"性"指性格、脾氣;"子"在這裏無義,它幫助構成了雙音詞。"性子"的意義主要由"性"表示。"性"和"子"是附加關係,這是"急性子"這個詞第二層次的結構。

由此可見,構詞法分析的基礎是分析合成詞的構成成分的意義、作用及其間的關係,抓着這一點,才能對詞的結構做出恰當的説明。下面分析一些容易混淆的合成詞的構造。

胖子、推子——獨子、魚子

這四個詞"子"都在後面,但"子"的意義、作用不一樣,它同前一個語素的關係也不一樣,因此詞的構造也不一樣。"胖子"指胖的人,"胖"原是形容詞,加"子"構成"胖子"是名詞,這個"子"讀輕聲,它並沒有具體的意義,只能説有點語法作用。這個"子"是附加在"胖"上的,因此"胖子"是附加結構。"推子"是一種去掉頭髮的工具,"推"原是動詞,加"子"構成的"推子"是名詞,這個"子"讀輕聲,也並沒有具體的意義,可以説有點語法作用。這個"子"是附加在"推"上的，"推子"也是附加結構。"獨子"指惟一的兒子。"獨"意為單獨，"子"這裏義為兒子，"子"不讀輕聲；這裏"獨"是修飾限制"子"的，"獨子"是偏正結構。"魚子"指魚的卵，"魚"指魚類，"子"這裏義為卵，"子"不讀輕聲；這裏"魚"是修飾限制"子"的，"魚子"也是偏正結構。

信兒、畫兒——孤兒、健兒

這四個詞在書寫形式上"兒"都位於合成詞的後面，但"信兒""畫兒"讀一個音節，"兒"是兒化音，附加在前一個音節上，而"孤兒""健兒"的"兒"單獨成一個音節。從意義作用上講，"信兒"指信息，這個詞的意義主要由"信"表示，"兒"附加上去成為兒化詞。"畫兒"指畫成的藝術品，"畫"是動詞，加上"兒"使它變成了一個名詞。這兩個詞都是附加式。"孤兒"的"孤"指幼年喪失父母的，"兒"指孩子。從意義關係上講，"孤"限制"兒"，所以"孤兒"是偏正結構。"健兒"指體魄強壯而富有活力的人，"健"義為強健，"兒"指年輕人。從意義關係上講，"健"是限制修飾"兒"的，所以也是偏正式。

酸性、中性、會員、隊員、農夫、漁夫

有人認為上面這些詞中的"性""員""夫"常出現在後頭，是詞綴中的後綴，因此把這些詞看作"詞根 + 詞綴"的附加式。但是這些合成詞中的"性""員""夫"等是有明確、實在的意義的。《現代漢語詞典》說明如下（帶圓圈的數碼表示詞典中的義項序）：

> 性　②物質所具有的性能；物質因含有某種成分而產生的性質：黏性／彈性／藥性／鹼性／油性。
> ③在思想、感情方面的表現：紀律性。

員　①指工作或學習的人：教員／學員／演員／職員／
　　　炊事員……

　　②指團體或組織中的成員：黨員／會員／隊員。

夫　②成年男子：匹夫。

　　③從事某種體力勞動的人：漁夫／農夫／轎夫。

　　由此可見，"性""員""夫"等是具有實在的意義的，它們
同所構成的合成詞中前一個語素必然發生意義關係。很顯然，
上面引述的"酸性""會員""農夫"這些詞，前一個語素都限制、
修飾"性""員""夫"的，它們應屬於偏正式結構。

　　上面我們説明了合成詞結構分析的基礎，它的核心內容是
分析詞的構成成分的意義、作用及其間的關係。詞的結構類型
的概括、説明，只有在這個基礎上進行，才能做出科學的、有
根據的説明。

（二）疑難問題

1. 如何説明合成詞中存在的意義模糊、沒有意義的成分？

　　在一般認為是合成詞的語言單位中，部分構成成分意義難
以説明，但又不能説沒有意義，也有部分構成成分沒有意義。
例如：

雙音節的合成詞

啤酒　"啤"意義模糊，它是 beer 的音譯，"啤酒"是音
　　　譯兼意譯。

蘋果　"蘋"意義模糊，它是梵語 bimbara、Bimba 第一音
　　　節的音譯，"蘋果"也是音譯兼意譯。

斯文　意為文雅。"文"義在這裏是柔和、不猛烈的意
　　　思。"斯"原義是這、於是，不能用在這裏。

B 超　　　BP 機　　　T 恤　　　T 型人才　　　HSK 考試

（2）位置在後的

維生素 ABCD……　　　卡拉 OK

（3）位置在中間的

三 C 革命

帶字母詞語的字母來源，表義作用不一樣，主要有下列幾種情況：

（1）來自外語，以英語居多。如：

BP 機之"BP"是英語 beeper（發生嗶嗶聲的東西）的縮寫。

三 C 革命之"C"是英語 Computer（計算機）、Control（控制）、Communication（通信）三個詞的首字母。

（2）來自漢語詞的聲母。如：

"HSK 考試"的"HSK"是漢"（H-）語""水（Sh-）平""考（K-）試"三個詞表第一個語素聲母的字母（"水"只用表其聲母的第一個字母）的組合。

（3）以字母的形象表義。如：

"T 恤"的"T"表示恤衫的形狀。"T 型人才"的"T"以豎線從橫線生出，表示在堅實的基礎上有專長的知識技能優勢。

（4）字母是編序用法。如：

維生素 A、維生素 B、維生素 C 等中的 ABC 就是這種用法。

（5）字母是類別的標誌。如：

AA 制、AB 角、B 超等詞中的 A、B 就是代表某一人、某一方、某種類型。（4）中的 A、B 也兼表類型。

帶字母的詞語是指其書寫形式是由字母加上漢字書寫的構詞成分組成的詞語。MTV、WTO、UFO、MBA 等不是這類詞語，MTV 等是英語詞語的縮寫詞。如：

MTV 英 Music Television 音樂電視

WTO 英 World Trade Organization 世界貿易組織

UFO 英 Unidentified Flying Object 不明飛行物

MBA 英 Master of Business Administration 工商管理碩士

可以說，它們是漢語中現在使用的英語詞，由於世界許多國家都樂於使用這些詞，也可以把它們叫作國際通用詞。

帶字母的詞語中，用字母書寫的音節，有不少並不存在於現代漢語的語音系統中，如"B 超"之"B"（[bi]），"維生素 A"之"A"（[ei]），"三 K 黨"之"K"（[kei]）。它們代表的意義，相當多來自外語（多來自英語，見上對"BP 機"中"BP"的說明，對"三 C 革命"中"C"的說明），或是外語的習慣作法（如用 A、B 代表類型）。作為音義的結合物，它們原不是漢語語言系統中的，它們是借用的。如果單純考慮帶字母的詞語各部分的意義關係，則仍然可以根據意義關係劃分類型（如"卡車""蘋果"的音譯音節"卡""蘋"用漢字書寫，不用字母表示，有人仍分析這兩個詞的結構類型）。考慮到帶字母的詞語相當多是不同語言成分的結合物，可以不同漢語的一般詞語那樣作同樣的結構分析。

三、合成詞結構類型討論

通過以上的說明、討論，我們認為，一般的構詞法分析存在下列問題：

1. 並未涵蓋現代漢語合成詞結構的各種情況，如上述"疑

難問題"中所列出的不少合成詞，構詞法分析一般都避
而不談，或者勉強把它們安入一個類型。

2. 所提出的"詞根"概念有一定解釋能力，但對於像"思
想性"（"思想"＋"性"）"急性子"（"急"＋"性子"）
這類詞，包含有用已構成的詞作為構成成分，分析為是
由語素充當詞根構成的合成詞，顯然是不恰當的。①

3. 所提出的"詞綴"概念，範圍不清，爭論較大。② 如上
面說過，有人認為"員""性""夫"構詞中位置在後，
因此是詞綴。我們說明這些語素都有實義，它們同前面
的語素有意義關係。詞的構成成分性質的確定，應以對
合成詞中構成成分意義、作用及其間的關係的正確分析
為基礎。

下面在原來合成詞結構模式的基礎上提出一個新的分析。

（一）三類語素

進入合成詞的語素分為三大類：

1. 實義語素（簡稱實素）

表名物、動作行為、性狀等有實義的語素叫實義語素，如：
人、民、火、車、奔、跑、建、設、製、造、明、朗、健、康
等。

2. 虛義語素（簡稱虛素）

原用作虛詞而進入合成詞的語素，同實義語素相對而稱之

---

① 為了在"詞根"概念的基礎上恰當說明合成詞不同層次的構造，劉叔新提出合成詞根（如
"聯合國"中的"聯合"）、派詞根（如"冰棍兒"中的"棍兒"）、重詞根（如"北回歸線"
中的"回歸線"）等概念，見所著《漢語描寫詞彙學》商務印書館，1990，81 － 91 頁。
② 參看郭良夫《現代漢語的前綴和後綴》，《中國語文》1993 年第 4 期；馬慶株《現代漢語詞
綴的性質、範圍和分類》，《中國語言學報》第 6 期，1995。

為虛義語素，如：並、且、自、從、之（前）、（借）以、（屬）於、然、而等。

3. 弱化語素（簡稱弱素）

弱化語素的情況多種多樣，共同的特徵是意義弱化。

普遍認為是詞綴的"第～""初～""阿～""老～"（原稱前綴）"～子""～兒""～頭"（原稱後綴）等就是弱化語素。它們的作用並不單一。

"第～""初～""第一""第二""第十一"中的"第"表序數，"初一""初十"中的"初"（只用於一個月的頭十天）表特定範圍中的次序，這是一種標誌作用，從意義講已是弱化了。

"阿～""阿～"的作用不單一。"阿哥""阿妹"中的"阿～"有親昵味，"阿大""阿三""阿寶""阿珍"中的"阿～"幫助構成以排行、以人名指稱人的名稱，"阿公""阿婆""阿姨"中的"阿～"幫助構成某些親屬、某類人的名稱。

"老～""老～"的作用也不單一。"老大""老三"中的"老～"表排行，"老王""老李"中的"老～"有親熱、尊敬意，"老虎""老師"中的"老～"已無義，只是幫助構成雙音詞。這些"老～"從意義講是弱化了。

"～子""胖"原是形容詞性語素，加"子"成為"胖子"是名詞，"推"原是動詞性語素，加"子"成為"推子"也是名詞，這些"～子"有幫助構成名詞的作用。"桌子""椅子"中的"子"已無實義，有幫助構成雙音詞的作用。因此"～子"從意義上講是弱化了。

"～兒""蓋"原是動詞性語素，加"～兒"成為"蓋兒"是名詞，"短"原是形容詞性語素，加"～兒"成為"短兒"也是名詞，這些"～兒"有幫助構成名詞的作用。"皮"原指"皮膚"，加"～兒"成為"皮兒"指某些薄片狀的東西。"嘴"原指人、動物進食發聲的器官，加"兒"成為"嘴兒"，指形狀作用像嘴的東西，這種"～兒"是把"皮""嘴"的比喻義分化出來，成為一個新詞。"魚兒""刀兒"中的"～兒"則有指小的作用。可見"～兒"的作用多樣，但從意義講是弱化了。

"～頭""苦"原是形容詞性語素，加"～頭"成為"苦頭"是名詞。"看"原是動詞性語素，加"～頭"成為"看頭"是名詞。這些"～頭"有幫助構成名詞的作用。"石頭""磚頭"中的"～頭"已無實義，有幫助構成雙音詞的作用。"～頭"從意義上講是弱化了。

另一類弱化語素就是合成詞中意義模糊、意義消失的成分。其情況也是多種多樣的，主要有：

（1）有的原有義而義消失。如"國家"中之"家"，"忘記"中之"記"，"窗戶"中之"戶"，"兄弟"（指弟弟時）中之"兄"。

（2）有的意義模糊。如"江米"中之"江"，"斯文"中之"斯"，"槍支"中之"支"，"卡車"中之"卡"。

（3）有的表情或強化詞義。如"熱乎乎"（褒）"黑乎乎"（貶）"急乎乎"（中性）中之"乎乎"。"白不呲咧"（貶）中的"不呲咧"，"黑不溜秋"（貶）中的"不溜秋"。

（4）有的幫助構詞。如"尾巴""下巴"中之"巴"，"忽然""突然"中之"然"，"搗咕""擠咕"中之"咕"，"似乎""在乎"中之"乎"。

由此可見，弱化語素在構成的合成詞中的作用是各式各樣的。同一弱化語素在不同的合成詞中作用也可能不同。它們的共同點是意義弱化了。

全部合成詞的結構用實義語素、虛義語素、弱化語素三者的不同組合來說明。三個以上的構成成分組成的合成詞，可能由三個並列關係的語素充當構成成分構成（如"度量衡"），也可能是已組成的詞充當構成成分構成（如"無產階級"），也可能由已組成的詞充當構成成分加上語素充當的構成成分組成（如"急性子"）。這樣，用語素、詞的構成成分這些概念就可以描寫全部合成詞的結構，不再使用"詞根""詞綴"的概念，也不應用"複合""派生"這種區分。

（二）結構類型

合成詞結構類型的說明：

1. 兩個語素組成的合成詞

（1）實素 + 實素

　　①並列　　道路　安危　筆墨　生產　聰明

　　②偏正　　電燈　黑板　空襲　公審　鮮紅

　　③支配　　司機　開幕　關心　破產　刺眼

　　④補充　　改善　擴大　提高　進入　超出

　　⑤陳述　　地震　國營　民辦　年青　心虛

　　⑥重疊　　媽媽　叔叔　娃娃　星星　剛剛

（2）虛素 + 實素

　　①偏正　已經　曾經　不管　不才

　　②準支配（介詞充當的語素 + 名詞性或動詞性語素）

　　　　　　　以前　以後　以上　以下　被告

（3）實素 + 弱素

　　① 前附加（弱素在前）

　　1）標誌（弱素的意義或作用，下同）

　　　　　　第一　第十　第十一　初一　初十

　　2）模糊　　江米　斯文　啤酒　卡車　打擾　打撈

　　3）表情　　阿哥　阿妹　老王　老李

　　4）構詞　　阿公　阿婆　阿姨

5）無義　　老師　　老虎

②後附加（弱素在後）

1）後附單音弱素

a. 標誌　　推子　　胖子　　苦頭　　看頭　　短兒　　蓋兒

b. 模糊　　槍支　　書本　　馬匹

c. 構詞　　桌子　　椅子　　石頭　　磚頭　　皮兒　　嘴兒

　　　　　火兒　　顛兒　　啞巴　　下巴　　悠然　　忽然

　　　　　搗咕　　擠咕　　認得　　曉得

d. 無義　　國家　　忘記　　窗户

2）後附雙音弱素

表情或強化詞義

　熱乎乎　　黑乎乎　　急乎乎　　猛孤丁　　冷不丁

3）後附三音弱素

表情或強化詞義

　灰不溜秋　　黑不溜秋　　滑不唧溜

　白不呲咧　　慢條斯理

（4）虛素＋虛素

　　並列　　自從　　倘若　　因為

2. 三個以上語素組成的合成詞（它們是多層結構）

向日葵 偏正
支配

急性子 偏正
後附加

綠油油 ①
重疊

熱騰騰
重疊

---

① 這裏的"ABB"式是指"BB"有實義的詞，日本學者太田辰夫認為"BB"有補語的性質，見所著《中國語歷史文法》，北京大學出版社，1987，159頁；2003，157頁。也有解釋為偏正、並列、附加關係的，以"補充"說稍勝。

無產階層　偏正
——　——　——　——　並列
支配

北回歸線　偏正
——　————　——　偏正
——　——　並列

3. 凝合詞（詞的構成成分無直接的意義關係）

（1）實素＋實素

1. 連接　查辦　報考　拆洗　剪貼
2. 承遞　請示　逼供　召集　誘降

（2）實素＋虛素

動輒　藉以　足以　便於　屬於

（3）虛素＋實素

之前　之後　的話　而立

（4）虛素＋虛素

然而　雖然　極其　或則

上面提出的合成詞結構的分析，目的是盡可能用少的術語去說明詞的結構，而這種說明又能夠涵蓋盡可能多的合成詞。這只是一種嘗試。在教學中可以根據對象的需要，以有助於理解合成詞的意義、認識合成詞的特點為目的，調整說明的詳略程度。

練習

一、説明下列單純詞的音節特徵：

　　　噹　　彷彿　　玫瑰　　鞦韆　　螳螂

二、"埋頭""插頭"同"鎬頭""苦頭"中的"頭"有甚麼不同？
　　"粒子""種子"同"剪子""傻子"中的"子"有甚麼不同？

三、"畫師""技師"中的"師"，"黑手""扒手"中的"手"，因
　　為後置而看作詞綴，這種解釋有甚麼問題？

四、指出下列合成詞中意義模糊的音節：

　　　嘴巴　似乎　江米　淡菜　酸溜溜　軟乎乎

　　　紅不棱登　古裏古怪

五、把"WTO"等看作漢語的詞有沒有理由？

六、將下列合成詞按"實素""虛素""弱素"的不同組合劃分
　　結構類型。

　　例：道路（實＋實）　甜頭（實＋弱）　因為（虛＋虛）
　　　　⎽⎽⎽⎽　　　　　⎽⎽⎽⎽　　　　⎽⎽⎽⎽
　　　　並列　　　　　　後附　　　　　並列

　　　　復員　控告　加強　氣虛　老鼠　對於　老闆

第三章　詞　義

　　詞義的內容和詞義的分析要從多角度、在多層面上闡述。
這一章我們將從幾個重要方面說明這個問題。

一、詞的符號性和詞的意義

　　從詞的聲音形式同它所代表的對象的聯繫上看，詞有符號
性。

　　甚麼是符號？甲為乙的代表物，甲就是符號。符號就是拿
來代表某物的標記。能感受到的有形物都可以當符號。如：

視覺符號

　　燈光　如各種交通信號燈光

　　旗幟　如旗語

　　手勢　如聾啞人手勢語

　　某種圖形　如表示正確和錯誤的 ✓ 和 ✗

聽覺符號

　　電波　如莫爾斯電碼・— A，— ··· B，— · — · C，— · D

　　聲音　如各種聲音暗號：喇叭聲，鳥叫，固定的敲門聲，
　　　　　暗語

觸覺符號

　　如凹凸點，布萊爾發明的盲文 ∷ a ∷ i ∷ u

　　符號可以代表：

　　事物　如 ¥——人民幣元，$——美元

　　某種含義　如綠燈——通行，紅燈——停止通行

符號　如莫爾斯電碼‧—代表 A，A 仍是符號，

A 可以代表具體語言中的一個元音

符號的特點是：它是人為了某種目的規定的。符號和被它代表的東西無必然的聯繫，它們的聯繫是外加的。

詞有語音形式，又有書寫形式，語音形式和書寫形式對其所代表的對象來說是符號。因為第一，它是某個對象的代表物，第二，它本身同它的代表對象沒有必然的聯繫，它是人規定的。

符號同其代表對象發生聯繫，它所代表的對象就是該符號的意義。

符號 ——————— 代表對象
　　　　　聯　繫

符號　　　　　　　　意義

詞的語音形式同其代表對象發生聯繫，它所代表的對象就是詞的語音形式的（一般就叫做詞的）意義。

詞的語音形式 ——————— 代表的對象
　　　　　　　　聯　繫

詞的語音形式　　　　　　意義

（一般就叫作詞）

意義的構成是符號和它的代表對象的聯繫，離開符號，代表對象本身不是意義，離開代表對象，符號本身無意義。所以符號同其代表對象的聯繫是意義構成的條件。在這個條件下，代表的對象才是該符號的意義。

以上我們從詞的語音形式同它所代表的對象的聯繫上，說明詞的語音形式的符號性，一般也由此而稱詞有符號性；說明在詞的語音形式同它代表的對象聯繫的條件下，它所代表的對象就是該語音形式的意義，也就是該詞的意義。

二、詞的概念義

説到符號可以代表事物、某種含義或別的符號，那麼，詞的語音形式代表的對象是甚麼呢？它代表的是某種概念內容。

甚麼是概念？

我們對客觀事物的反映有兩個階段，感性認識階段和理性認識階段。例如對教室內的黑板（以中國通行的黑板為討論對象），我們眼睛看見它的顏色是黑的，形狀是長方形的，用手摸它，知道它的質料是木頭的或玻璃的或石灰、水泥的，這都是感覺，是感性認識。感覺反映的特點是它的個體性和形象性。所謂個體性，就是感覺只能反映一個個具體的東西。所謂形象性是指它在腦海中留下的是能感覺到的形貌特性。我們的感覺反覆多次，經過一系列的思維活動，運用比較和抽象等思維方法，就把個別事物中的一般本質特點概括出來。仍以黑板為例，彙集比較我們的感覺，可以知道：

（1）它的顏色一般是黑的（也有其他顏色的）：

（2）它的形狀可以是長方形或方形；

（3）質料是硬的（用木頭、玻璃製成或石灰、水泥砌成）；

（4）供書寫用。

這些都是黑板的特點。還可以舉出別的來。這四點中哪些是一般的本質的特點呢？一般特點指黑板都有的；本質特點，指使黑板成為黑板的特點。顯然，硬板，用來書寫是本質特點，黑色（或其他顏色），形狀或長或方是一般的特點。把一般和本質特點綜合起來，我們知道，黑板是用來書寫的（或長或方）的黑色硬板。這就是黑板的概念。概念就是對客觀事物一般本質特點的反映，這個反映是理性認識，在感性認識階段是沒有的。概念反映的特點是：非形象性、一般性。所謂非形象性，是說它不是如感覺那樣錄下事物的形貌。所謂一般性，是說它反映的是存在於許多個別事物中的一般的東西。

概念這個認識活動的新產物，要寄託於有形的東西之上才能存在，換句話說，要用有形的東西作標誌。人們用語音形式標誌概念，概念附在語音形式這種有形的東西之上，概念內容就成為語音形式的代表對象。而這個語音形式同概念內容的結合物，同時（不是全部）也就是語言中的詞。由於一般認為語言是形式，思維是內容，語言單位體現思維單位，所以學者們一般認為，詞是概念存在和表現的形式。

這樣，我們知道，詞的語音形式聯繫的是概念的內容：

詞的語音形式 —————— 代表的對象
　　　　　　　　聯繫　　　　‖
　　　　　　　　　　　概念內容（詞義）

hēibǎn——用來書寫的或長或方的黑色硬板。

niú——有角，有蹄，哺乳反芻動物，能拉車拉農具。

詞的概念內容叫詞的概念義，詞一般都有概念義。

但詞和概念並不相等。一般認為它們的區別是：第一，概念是一種思維形式，詞是一種語言單位。第二，概念不僅存在、表現於詞中，也表現、存在於詞組中，如"現代化的必要性"也表示一個概念。第三，一小部分詞不表示概念，主要是指語氣詞"呢、吧、嗎"和象聲詞"噹、哈哈、嘩嘩"等，它們只是相應的語氣和聲音的代表。第四，詞有一定的"色彩"（感情色彩、語體色彩等），概念沒有。例如**"寶寶"**，概念內容（也就是詞的概念義）是"小孩兒"，作為一個詞，它還有喜愛、親切的感情色彩。"滾"，其概念內容（也就是詞的概念義）是"讓別人走開"，作為一個詞，它還有討厭、厭惡的感情色彩。這一點後面還要談。

上面我們講了詞的語音形式聯繫的是概念內容，而概念內容是客觀事物的反映，因此，我們得出這個圖形：

$$詞的語音形式 \underset{聯繫}{——} 概念內容 \underset{反映}{——} 客觀事物$$

概念內容對客觀事物的反映是各色各樣的，可以指出最常見的三種情況：

（1）反映事物、性質、行為

事物

niú	——	體大、頭上有角，能耕田拉車的反芻哺乳動物	—反映— 實際的"牛"
mǎ	——	體大、耳小、善跑、奇蹄哺乳動物	—反映— 實際的"馬"
yáng	——	頭上有角的反芻哺乳動物	—反映— 實際的"羊"

性質

hóng	——	像人血或石榴花的顏色	—反映— 實際的"紅"色
ruǎn	——	物體內部組織疏鬆，受外力作用後容易改變形狀	—反映— 實際的"軟"的性質
tián	——	像糖或蜜的味道	—反映— 實際的"甜"的性質
pǎo	——	兩隻腳或四條腿迅速前進	—反映— 實際的"跑"的動作
jiào	——	人或動物發音器官 發出較大的聲音	—反映— 實際的"叫"行為
xiě	——	用筆在紙或其他東西上作字畫	—反映— 實際的"寫"的動作

這類詞所反映的有關客觀事物現象都可以具體地指出來。

（2）反映事物現象的各種關係聯繫

yuányīn	——	引起某種結果的條件	—反映—	實際上存在的引起事物發展變化的 "原因"
jiéguǒ	——	原因產生的情況狀態	—反映—	實際上存在的事物發展變化的 "結果"
duìlì	——	兩種事物相互排斥矛盾	—反映—	實際上存在的事物的 "對立" 關係

這類詞反映的客觀事物現象的關係聯繫，往往難於具體指出來。

（3）曲折、歪曲反映

xiānrén	——	長生不老且有種種神通的人	曲折歪曲反映	有關的客觀事物現象
shàngdì	——	宇宙萬物的創造者和主宰者	曲折歪曲反映	同上
guǐ	——	人死後的靈魂	曲折歪曲反映	同上

這類詞的概念內容是對客觀事物現象特殊形式的加工改造，不可能直接指出其反映的客觀事物現象。

由於概念內容對客觀事物現象的反映是千差萬別的，所以詞的概念義也是千差萬別的。但有一點是共同的：詞的概念義是對客觀事物的反映。這樣，我們可以完整地畫出一個詞義圖：

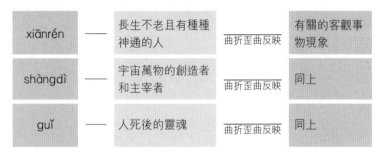

至此，我們可以説，詞義（狹義的用法，指概念義）從構成上説，是詞的語音形式所聯繫的概念內容，從概念內容的本性上講，是對客觀事物的反映。

三、概念義的分析

詞的概念義的分析對理解詞義，說明詞義的異同，對詞義進行解釋都有重要作用。下面我們分別說明表名物的詞、表動作行為的詞、表性狀的詞概念義分析的一般內容。

（一）表名物的詞意義的分析

表名物的詞意義（指概念義，下同）的分析主要看它表示的事物所屬的類別，它表示的事物具有甚麼樣的特徵。例如：

> 魚網　捕魚的網。

> 技工　有專門技術的人。

上述解釋這兩個詞意義的詞語是一個偏正結構，中心語分別是"網""人"，它分別表示被解釋的詞表示的事物所屬的類別，"網"表示"魚網"的類別，"人"表示"技工"的類別。偏正結構中的修飾語表示的是被解釋的詞表示的事物的特徵。"捕魚的"表示"魚網"的功用特點，"有專門技術"表示"技工"能力方面的特點。可以表示如下：

魚網 技工	捕魚的 有專門技術的	網 人
被解 釋的詞	定語 表示特徵	中心語 表示類別

事物現象的類別是各色各樣的，事物現象的特徵是千差萬別的。表名物詞的意義一般都可以從這兩方面分析它的內容特徵。例如：

> 公產　公共的財產。

> 私邸　高級官員私人的住所。

"公產"屬於"財產"，其特徵是"公共的"。"私邸"屬於"住所"，其特徵是"高級官員私人的"。這兩個詞表示的事物都有所有權方面的特徵。

　　大漢　身材高大的男子。

　　肉糜　細碎的肉。

"大漢"屬於"男子"，其特徵是"身材高大"。"肉糜"屬於
"肉"，其特徵是"細碎的"。這兩個詞表示的事物都有形貌方面
的特徵。

　　梭鏢　裝上長柄的兩邊有刃的刀。

　　吊樓　後部用支柱架在水面上的房屋。

"梭鏢"屬於"刀"，其特徵是"裝上長柄兩邊有刃"。"吊樓"屬
於"房屋"，其特徵是"後部用支柱架在水面上"。這兩個詞表示
的事物都有結構、構造方面的特徵。

　　赤子　初生的嬰兒。

　　夙諾　以前的諾言。

"赤子"屬於"嬰兒"，其特徵是"初生的"。"夙諾"屬於"諾
言"，其特徵是"以前的"，這兩個詞表示的事物都有時間方面
的特徵。

　　巨禍　巨大的禍患。

　　大陸　廣大的陸地。

"巨禍"屬於"禍患"，其特徵是"巨大的"。"大陸"屬於"陸
地"，其特徵是"廣大的"，這兩個詞表示的事物都有數量方面
的特徵。

　　筆　　寫字畫圖的用具。

　　車棚　存放單車等的棚子。

"筆"屬於"用具"，其特徵是"寫字畫圖"。"車棚"屬於"棚
子"，其特徵是"存放單車等"。這兩個詞表示的事物都有功用
方面的特徵。

　　人傑　傑出的人。

珍品　珍貴的物品。

"人傑"屬於"人"，其特徵是"傑出的"。"珍品"屬於"物品"，其特徵是"珍貴的"。這兩個詞表示的事物都有評價方面的特徵。

以上這些詞的意義都以表示某種事物具有一個主要特徵為特點。也有很多詞的意義表示的事物具有多個特徵。如：

大衣　較長的西式外衣。

黑板　用木頭或玻璃等製成的可以在上面用粉筆書寫的黑色平板。

"大衣"屬於"外衣"，它有"較長的""西式"兩個特徵，都是形貌樣式方面的特徵。"黑板"屬於"平板"，它有三個特徵："用木頭或玻璃等製成"是所用原料的特徵，"可以在上面用粉筆書寫"是功用的特徵，"黑色"是顏色的特徵。

表名物詞所表示的事物現象所屬類別和具有的特徵是多種多樣的，上面只是舉例分析罷了。

（二）表動作行為的詞意義的分析

這裏所說的表動作行為的詞，是指它們表示人或物的動作行為，而能充當謂語的那些詞。對這類詞，有人容易顧名思義，認為它只是表示一種動作行為。其實，這類詞的內容很複雜，它當然表示一定的動作行為，但往往又包含有特定的行為主體，包含有特定的關係對象，包含有對動作行為、對動作行為的主體、對動作行為關係對象的種種限制，等等。可以擇要說明如下：

1. 包含有特定的行為主體。如：

流　　液體移動。

泊　　船靠岸。

"流"的行為主體是"液體"，其行為是"移動"。"泊"的行為主體是"船"，其行為是"靠"。

2. 包含有特定的行為關係對象。如：

　　辦公　處理公事。

　　備荒　防備災荒。

"辦公"的行為是"處理"，其關係對象是"公事"。"備荒"的行為是"防備"，其關係對象是"災荒"。

3. 包含有對動作行為的各種限制。如：

　　搔　　用指甲撓。

"搔"的動作行為是"撓"，"用指甲"是對動作行為所用身體部位的限制。

　　網　　用網捕捉。

"網"的動作行為是"捕捉"，"用網"是對動作行為所用工具的限制。

　　揪　　緊緊抓住。

"揪"的動作行為是"抓住"，"緊緊"是對動作行為程度的限制。

　　跳　　一起一伏地動。

"跳"的行為是"動"，"一起一伏地"是對行為方式的限制。

　　春播　春季播種。

"春播"的行為是"播種"，"春季"是對行為時間方面的限制。

也有不少表動作行為的詞包含有對動作行為多方面的限制。如：

　　撓　　用手指　　輕輕地　抓。
　　　　　身體部位　程　度　動作
　　　　　限　　制　限　制

　　攀　　抓住東西　向上　　爬。
　　　　　工　　具　空間　　動作
　　　　　限　　制　限制

對動作行為的限制是各式各樣的，以上只是舉例分析罷了。

4. 包含有多個動作行為。如：

打印　打字油印。

勒　　用繩等捆住或套住，再用力拉緊。

"打印"表示兩個動作行為："打字""油印"。"勒"也有兩個動作行為，"捆住或套住"是一個，"拉緊"是另一個。"用繩等"是對前一個動作行為所用工具的限制，"用力"是對後一個動作行為程度的限制。

因此對表動作行為的詞意義的分析，主要就是分析我們上面說明的這些特徵：是否有特定的行為的主體？是否有特定的關係對象？對動作行為有甚麼樣的限制？對行為的主體、對行為的關係對象有甚麼樣的限制？是否包含有多個動作行為？等等。

（三）表性狀的詞意義的分析

表性狀的詞表示事物的性質、狀態，它們是形容詞或非謂形容詞（區別詞）。這類詞的意義豐富，內容複雜。一般的表性狀的詞的意義可分解為兩個方面：適用對象和性狀特徵。例如：

景氣　經濟　　繁榮
硬朗　（老人）身體健壯
　　　　適用　　性狀特徵
　　　　對象

"景氣"一詞的適用對象是"經濟"，它表示的性狀特徵是"繁榮"。"硬朗"一詞的適用對象是"老人"，它表示的性狀特徵是"身體健康"。在詞典的說明裏，"老人"用括號括起來，意思是表示"老人"是"硬朗"一詞的搭配、組合詞語。從詞義特徵看，這裏的搭配、組合詞語也就是詞的適用對象。"適用對象"和"性狀特徵"的說明構成一個主謂結構。"適用對象"是主語，"性狀特徵"是謂語。在上述的釋義中，"經濟""（老人）"

是主語，"繁榮""身體健壯"是謂語。

　　表性狀詞的意義特徵，主要是從"適用對象""性狀特徵"兩方面去分析。

　　從"適用對象"看，表性狀詞的意義特徵有三種情況：

　　1. 適用對象只是一種或一類事物。如上面的"景氣"和"硬朗"。再如：

　　　滂沱　（雨）下得很大。

　　　清越　（聲音）清脆悠揚。

"滂沱"的適用對象只是"雨"，"清越"的適用對象只是"聲音"。

　　2. 適用對象是多個或多種事物。如：

　　　激越　（聲音、情緒等）強烈、高亢。

　　　稀朗　（燈火、星光等）稀疏而明朗。

"激越"的適用對象有"聲音、情緒等"多個，"稀朗"的適用對象有"燈火、星光等"多個。

　　3. 適用對象廣泛，詞典也沒有說明。如：

　　　結實　堅固耐用。

　　　細緻　精細周密。

這兩個詞的釋義都沒有說明"適用對象"（主語沒有出現），只說明"性狀特徵"（謂語出現）。這是因為"結實"的適用對象較廣泛，例如它可以形容人工製品、自然物、人等。"細緻"的適用對象也較廣泛，可以形容工作、文章、作風等。適用對象廣泛是相對的，不是沒有限制的。

　　從"性狀特徵"看，表性狀詞的意義特徵也可分為三種情況：

　　1. 性狀特徵為一項。如上述"景氣"一詞的"性狀特徵"是"繁榮"，只有一項。再如：

　　　明亮　光線充足。

優厚　（待遇）好。

"明亮"一詞的適用對象是"光線"，它表示的性狀特徵是"充足"，只一項。"優厚"一詞的適用對象是"待遇"，它表示的性狀特徵是"好"，也只一項。

 2. 性狀特徵為多項。這種詞很多，上面舉過的"清越"，它表示的性狀特徵是"清脆悠揚"有兩項。"稀朗"表示的性狀特徵是"稀疏而明朗"，也是兩項。再如：

輕浮　言語舉動隨便，不嚴肅不莊重。

"輕浮"的適用對象是"言語舉動"，它表示的性狀特徵是"隨便、不嚴肅、不莊重"是三項。

 3. 用主謂結構說明性狀特徵。例如：

乾巴巴　（語言文字等）內容不生動不豐富。

清通　（文章）層次清楚，文句通順。

"乾巴巴"的適用對象是"語言文字等"，它表示的性狀特徵用主謂結構來說明："內容不生動不豐富"，這個主謂結構的主語"內容"，可看作是對適用對象的更具體的說明，其謂語"不生動不豐富"，是對性狀特徵的說明，是兩項。"清通"的適用對象是"文章"，它表示的性狀特徵用兩個主謂結構來說明"層次清楚，文句通順"，這兩個主謂結構的主語"層次""文句"，仍可看作是對適用對象的更具體的說明，其中的謂語"清楚""通順"，是對性狀特徵的說明。

 這樣，表性狀詞的意義特徵就可以從"適用對象""性狀特徵"兩方面去分析，看它有甚麼樣的適用對象，是一種還是多種，看它表示甚麼樣的性狀特徵，是一項還是多項。

 近年來，詞義分析有向形式化發展的趨勢。西方學者借鑒語音學中用區別特徵說明某個語音特點的作法提出的"義素分析法"(也叫"構成成分分析"),就是這種探索的表現 ①。具體做法是:比較一群相關的詞的詞義,概括出詞義的共同特徵和不同特徵,這些特徵就叫義素。詞義的異同就通過排列組合這些相同、不相同的義素來説明。例如:

婦女　＋成年－男性＋人

男人　＋成年＋男性＋人

女孩　－成年－男性＋人

男孩　－成年＋男性＋人

"±成年""±男性""±人"等是義素,"＋"表肯定,就是含有,"－"表否定,就是不含有。"婦女"等四個詞的詞義,就用組合這些義素的方法來表示,從中可以看到它們意義的同異。這種做法有簡明、形式化的特點,但難以普遍應用。這方面的研究還在發展中。

四、詞義的單位

詞的概念義在運用中由於上下文、語境的不同而會顯出各種差別。這些差別可以簡要説明如下:

(一)表名物的詞在不同的上下文中指示的範圍數量不同,指示的部位方面不同,指示的具體對象不同。例如"船"的概念義是"水上有艙的運輸工具",下面的例句可以顯示它在不同的上下文、語境中的差別。

①海上的船很多。

②河面上漂着一條船。

以上兩句中的"船"所指數量範圍不一樣。

---

① 參看里奇《語義學》第 6 章"意義的成分和意義的比較",上海外語教育出版社 1987。

③這船真大。("船"側重指船的體積容量)

④這船真漂亮。("船"側重指船的形式裝飾)

⑤這船真結實。("船"側重指船的結構質量)

以上三句中的"船"所指部位方面不一樣。

⑥他要坐船去歐洲。("船"指大輪船)

⑦船泊在小河邊樹下。("船"指小木船)

以上兩句中的"船"所指具體對象不一樣。

（二）表行為、性狀的詞同一意義在不同的上下文、語境中意義也有差異。

例如"提高"的意思是：使位置、程度、水平、數量、質量比原來高。在下列例句中"提高"意義有差異：

①跳高的橫杆提高了。("提高"指位置向上移動)

②他的學習成績提高了。("提高"指學習的分數多了，增加)

③老張家的生活水平提高了。("提高"指生活比原來好了)

又如"升"的意思是：由低往高移動。在下列例句中"升"的意義有差異：

①太陽升起來了。("升"指〔太陽〕在地平線上出現)

②汽球升起來了。("升"指空氣的浮力把〔氣球〕托到空中)

③旗子升起來了。("升"指繩子牽引旗子，位置移動到旗杆頂端)

以上是表行為的詞。表性狀的詞的例子如下："剛勁"義為"挺拔有力"，在下列例句中意義有差異：

①柳體字筆力剛勁。("剛勁"指〔筆畫〕硬直有力)

②這套自由體操動作剛勁。("剛勁"指〔動作〕屈伸有力)

再如“好”的意思是：優點多的；使人滿意的。在下列例句中“好”的意思有差異：

　　　　① 這人真好。（“好”指人的性情溫和、品格高尚）

　　　　② 莊稼長得很好。（“好”指莊稼苗壯茂盛）

　　　　③ 這件事他辦得好。（“好”指完滿、合乎要求）

　　（三）代表同一概念的詞，在不同的語境中，個人可以賦予不同的內容色彩。這在日常交際和文藝創作中，有極其豐富多樣的表現。

　　　　① 我最佩服北京雙十節的情形。早晨，警察到門，吩咐道：“掛旗！”“是，掛旗！”各家大半懶洋洋的踱出一個國民來，撅起一塊斑駁陸離的洋布。（魯迅《頭髮的故事》）

　　　　② 大約那彈性的胖紳士早在我的空處，胖開了他的右半身了。（魯迅《社戲》）

上兩例中：

　　　　國民——指當時的北京市民

　　　　撅——豎、掛

　　　　洋布——指當時的國旗

　　　　胖——伸展、脹開

都意含諷刺。其中的“國民”“洋布”“胖”，在一般情況下，是沒有任何感情色彩的，現在有了。其中的“胖”有作者賦予的新義，“洋布”更有作者賦予的獨特的意義。

　　我們看到，詞在運用中受到各種制約和影響，詞義表現出各色各樣的差別。這種情況，使某些人甚至得出這樣的結論：“詞沒有一般的意義，我們每次都賦予同一個詞以新的意義。"① 我們認為，這種情況是由於詞義的性質決定的。詞義是概括的，它在不同的上下文中、語境中會有不同的具體內容。這種情況提出了如何確定詞義單位的問題。

應該看到，詞義差異中有共同的東西、共同的特徵、共同的內容。這些共同的東西、特徵、內容是可以概括出來的，確定下來的。概括、確定下來詞的一個意義就是一個詞義單位，一般就叫一個詞義義項，簡稱義項。

可以根據詞在不同上下文、語境中概念義指示對象的異同來確定義項，根據概念義表示的特徵的異同來確定義項。例如上面所說的"船"在不同的上下文、語境中意義有種種差異，但它們都有共同的指示對象（即作為運輸工具的"船"），可以確定為一個義項。上面說的"提高"雖然在不同的例句中表示的意義有差別，但都有共同的特徵：表示比原來上升，可以確定為一個義項。上面所說的"升"在不同例句中表示的意義有差異，但表示的運動特徵有共同點：在視覺範圍內都是從低到高的運動，可以歸併為一個義項。上面所說的"剛勁"在不同的例句中表示的性狀有差異，但都有"挺拔有力"的特徵，可以歸併為一個義項。上面說的"好"在不同的例句中由於形容的對象不同，表示的意義有差別，但都有優點多、令人滿意的共同特徵，可以確定為一個義項。②

各種詞典的性質任務不同，對義項的處理常有分合、詳略、繁簡的不同。如：

煙

《現代漢語詞典》作：①煙草。②紙煙。

---

① 福斯勒爾《語言哲學文集·論語言學的心理學的語言形式》，轉引自《語言學譯叢》1958年第 1 期波波夫《詞義和概念》一文。

② 義項還有語素義義項，下一章講。

《四角號碼新詞典》作：④煙草，煙草製品：［例］香煙。

《新華詞典》同《四角號碼新詞典》。

香蕉

《現代漢語詞典》作：①多年生草本植物，葉子長而大，
　　有長柄，花淡黃色，果實長形，稍彎，味香甜，產在
　　熱帶或亞熱帶地方。②這種植物的果實。

《四角號碼新詞典》作：多年生草本植物，產在熱帶或亞
　　熱帶，果實長形，稍彎，果肉軟甜可吃。

《新華詞典》同《四角號碼新詞典》。

封鎖

《現代漢語詞典》作：①（用強制力量）使跟外界斷絕聯
　　繫：經濟～。②(採取軍事措施) 使不能通行：～邊境。

《四角號碼新詞典》作：採取強制措施使與外界斷絕聯繫
　　或來往。

《新華詞典》同《四角號碼新詞典》（表述略有差異）。

瘦

《現代漢語詞典》作：①脂肪少；肉少（跟"胖"或"肥"
　　相對）。②（食用的肉）脂肪少（跟"肥"相對）。

《四角號碼新詞典》作：①脂肪少，肌肉不豐滿，與
　　"肥""胖"相對。例：～肉｜～弱。

《新華詞典》同《四角號碼新詞典》。

　　《現代漢語詞典》是中型語文詞典，《四角號碼新詞典》和
《新華詞典》雖然主要也是語文詞典，但包含的百科內容比較
多，因此對於詞的義項的分析，前一部詞典分得細，後兩部詞
典則多作合併。

　　義項的確定和歸併是一個很複雜的問題。我們這裏目的

不在於詳細討論詞典義項的歸併，只是說明義項確定的基本道理，使大家有一個初步的瞭解。

經過概括、確定下來的詞義單位——詞義義項——有甚麼性質呢？重要的可以舉出三點。

（一）它要以一定的語音形式作為它的物質外殼。如果是單義詞，如"友愛 yǒu'ài"（友好親愛）則語音形式"yǒu'ài"是這個意義獨有的物質外殼。如果是多義詞，如"友好 yǒuhǎo"（①好朋友：生前友好。②親近和睦：團結友好／友好鄰邦），則"yǒuhǎo"這個語音形式是多個意義共有的物質外殼。因此語言中同音的義項比同音詞多得多。

（二）它們都有概括性，但其概括範圍、概括程度有很大的差別。概括範圍差別的例子如：

> 腳　　人或動物的腿的下端，接觸地面支持身體的部位。

> 腳掌　腳接觸地面的部分。

> 腳心　腳掌的中央部分。

這幾個詞的意義相對來說，"腳"的概括範圍最大，是整體，後兩個詞概括的範圍是腳的一部分。"腳掌"和"腳心"比較，"腳掌"又是整體，"腳心"又是部分。

概括程度差別的例子如：

> 物品　東西（多指日常生活中應用的）。

> 用具　日常生活、生產等使用的器具。

> 椅子　有靠背的坐具，主要用木頭、竹子、藤子等製成。

這三個詞的概括程度不一樣。"物品"指的是一個大類，"用具"是其中的一類，"椅子"又是"用具"中的一類。概括程度高的詞是大類，概括程度小的詞是小類。

作為義項，它們的地位是相等的，都是詞義的一個單位，都能使詞以其代表的意義在語言中起作用。

（三）有某種程度的相對性。有些義項在一定條件下可以合併起來，用更概括的語言來表述。例如：

矮　《現代漢語詞典》作：

① 身材短：矮個兒

② 高度小的：矮牆／矮凳。

《四角號碼新詞典》作：

不高，低。⑩矮牆／矮一頭。

《現漢》把“矮”的意義區分為①②，《四角》把它們合併為一個義項，用更概括的語言來表述。

五、詞的附屬義

詞的附屬義主要指詞的形象色彩、感情色彩、語體色彩。下面分別說明。

（一）形象色彩

聽到“牛、馬、花、樹”等詞，腦子中會出現牛、馬、花、樹的形貌，讀或聽小説中的描寫詞句，會使人似乎看到所寫到的人物的聲音笑貌和各種各樣的景物。前者是表象，過去感知的形象的復活，後者是想像，是感知所留下的表象重新組合得到的形象。由於表象想像的心理活動，詞能在人腦中生出所反映對象的形貌這種情況，有人把它叫做詞的形象義或形象色彩。

只有反映具體事物形貌狀態的詞，反映對象有個體存在，有形貌狀態表現的詞才可能有形象義。如：

1. 牛、馬、花、樹、蘋果、玫瑰

2. 紅、藍、黑、苦、香、燙

3. 嗖嗖、呼呼、噹噹、嘀嗒、轟隆隆、稀裏嘩啦

4. 熱騰騰、綠油油、明晃晃、紅彤彤、軟綿綿、光溜溜

5. 鮮豔、昏黑、葱翠、耀眼、明媚、盤旋

有一種意見認為，上述只有後三組詞有形象色彩，因為後三組詞的語素或者直接表示了某種形象（如（3）"嗖嗖"這一組是擬聲詞，詞的聲音表示了事物的聲音形象），或者以語素義描繪了某種形象（如（4）中的"熱騰騰"，"熱"表示溫度高，"騰騰"表示熱氣上升。（5）中的"鮮豔"，"鮮"表示鮮明，"豔"表示色彩光澤好看）。應該說，後三組詞有鮮明的形象色彩。但從形象色彩的本質是詞語刺激人腦產生的表象想像活動來看，應該承認前兩組詞也是有形象色彩的。一般來說，這類詞在描寫性的詞語中同別的詞語結合在一起更能產生形象感。比較下列兩個句子：

一朵潔白的沾着晶瑩露珠的花。

花是植物的一種器官。

加點的詞語有鮮明的形象感。

抽象程度高的詞不能直接自然地引起形象感，無形象義。

形象義在詞典中是不能註釋的。它在人的精神生活、文學創作以及其他精神創造中起巨大作用。詞無形象義，人的精神生活就會萎縮，文學創作、科學幻想都成為不可能。

（二）感情色彩

甚麼是感情？感情是人的主觀意識活動的一個重要方面。人在同客觀事物發生關係時，對它有一個態度。自己感受到這個態度，就是感情。感情是人們認識客觀事物或作用於客觀事物時產生的對客觀事物態度的體驗。感情有兩大類型，肯定的和否定的，它們又因程度不同而有不同的色彩，例如肯定的可

以有狂喜、很高興、高興、熱愛、愛、喜歡、不討厭之分；否定的有憤恨、怨恨、恨、討厭，慘痛、悲哀、傷心、不高興之分；等等。

人的感情反應會引起人體的一系列變化，會引起呼吸、發音、血液循環、肌肉、分泌系統等一系列活動。如高興時眉開眼笑，手舞足蹈（肌肉系統活動），發出嘻嘻哈哈之聲（發音系統活動），甚至流出眼淚來（分泌系統活動）。生氣時拍桌子，咬牙切齒（肌肉系統活動），大聲吼叫（發音系統活動），唾沫飛濺（分泌系統活動）等等。這同思維、表象、想像的活動不同。後者如深藏的海流，前者如活躍的海面。但感情滲透於思維表象想像活動的過程中，提起稱心事，不禁眉飛色舞；想到傷心處，又會潸然淚下。

人的情感反應是有形的，在人的交際活動中互相可以直接感受。語言和詞中有甚麼記錄呢？

第一，人的感情的各種類型、狀態分別反映在一個個詞中。如"愛、恨、悲傷、高興、討厭、憤怒"等。對感情內容類型的說明成了這些詞的概念義。

第二，一部分歎詞表感情。如：

唉 ài　　表示傷感或惋惜：唉，他又生病了。

哼 hng　　表示不滿意或不相信：哼！你騙得了誰。

啊 à　　表示驚異讚歎：啊！多美的畫呀！

哈 hā（不是象聲詞"哈"）　表示得意或滿意：哈哈，

　　　　　　　　　　　　　　　我又贏了。

第三，附着在詞上同概念義同時存在，成為詞的感情色彩。如：

嘴臉　　面貌，臉色（貶義）。

嘴皮子　嘴唇（就能說會道而言，多含貶義）。

病夫　　　體弱多病的人（含譏諷意）。

詞的概念義一般能影響詞的感情色彩。詞意為肯定的，感情色彩為褒，詞意為否定的，感情色彩為貶。如：

溫順　淳樸　壯實　漂亮　雄偉　犧牲　貢獻

英雄　珍品

詞義肯定，感情色彩為褒。

兇殘　蠻橫　醜陋　粗劣　龐大　賣命　巴結

敗類　贓款

詞義否定，感情色彩為貶。

　　詞典中註釋感情色彩一般只分褒義、貶義兩大類型。一般只註出有強烈鮮明的感情色彩的詞。大部分詞不帶固定的感情色彩，是中性詞。

　　第四，沒有固定的感情色彩的詞，在運用中可以獲得感情色彩。我們引曹禺《日出》第一幕中的一個例子：

福　　〔按，指福昇，旅館茶房〕這房子就是五十二號。

黃　　〔按，指黃省三，被辭退的小職員〕（禁不住露出喜色）那，那我還是對了。（又向着福昇，有禮貌地）我找李石清，李先生〔按，指潘月亭經理的秘書〕。

福　　沒有來。

黃　　（猶疑半天）要是潘經理有工夫的話，我想見潘經理。先生，請你說一聲。

福　　（估量地）潘經理，倒是有一位。可是（酸溜溜地）你？你想見潘經理？

"你"是中性詞，這裏福昇酸溜溜地說的"你"帶有蔑視鄙夷的感情，"你"在這裏帶上了貶的感情色彩。

　　在口語中，詞的語音的高低、強弱、快慢的變化，說話的語調可以表示不同的感情色彩。這方面是演員和播音員的用武之地。

我們這裏談的詞的感情色彩，是指固定在詞上的感情色彩，只指上面所說的第三種情況。

（三）語體色彩

語體色彩指不同的詞適用於社會交際的不同範圍，適用於不同文體這種情況。很多詞能在不同的交際範圍，不同的文體中通用，但有一些詞適用於某一交際範圍，某一文體，而不適用於另一交際範圍，另一文體。語體色彩首先分為兩大類：書面語的和口語的，詞典一般標作：〈書〉〈口〉。書面語詞用於書面寫作，口語詞用於日常談話。如：

口語詞	書面語詞
嚇唬	恐嚇
小氣	吝嗇
蹓達	散步
壓根兒	根本
聊天	閒談

關於書面語詞和口語詞的不同，我們在第七章還要詳細說明。

有一部分詞既帶有一定的感情色彩，又只用在某些交際場合。如：

玉成　敬辭，成全。

玉音　尊稱　對方的書信、言詞（多用於書信）。

貴恙　敬辭　稱對方的病。

令尊　敬辭　稱對方的父親。

拙筆　謙辭　稱自己的文字或字畫。

鄙意　謙辭　稱自己的意見。

敬辭，感情色彩為褒，謙辭，通過壓低自己表示對對方的尊敬。這些詞多用於書面，用於莊重的人事應酬的交際場合。

　　詞的各種附屬色彩，也叫詞的附屬義。應該指出，"附屬義"的"義"同"概念義"的"義"意思不同。概念義的"義"是：①詞所標誌的客觀事物一般本質特點的反映，各個詞的概念義有千差萬別的內容；②有特定的語音形式同它聯繫。附屬義的"義"：①反映的不是詞標誌的客觀事物的一般本質特點，形象色彩是詞所標誌的具體事物形貌的反映，或者是語素義表示的一種形象（如"飯桶"指無用的人，"飯桶"本身有語素義表示的形象）。感情色彩表示了詞的運用者對所反映的事物現象的感情態度。語體色彩表示了詞運用的交際媒介（口說還是書面）所制約的交際場合。②形象色彩是人的心理活動，無需用語言說明。感情色彩語體色彩可以在詞典中說明，只能分出主要的類型。③它附着於概念義從而同一定的語音形式聯繫（因此，這個語音形式也是附屬義的符號），附屬義本身一般沒有特定的語音形式同它聯繫。

練習

一、從下列表名物詞的釋義詞語中劃出表示類別和表示特徵的詞語：

野味　獵得的做肉食的鳥獸。

鉚釘　鉚接用的金屬元件，圓柱形，一頭有帽。

蓑衣　用草或棕製成的，披在身上的防雨用具。

木耳　菌的一種，生長在腐朽的樹幹上，形狀如人耳，黑褐色，膠質，外面密生柔軟的短毛。可供食用。

二、從下列表動作行為詞的釋義詞語中劃出表示動作行為、表示動作行為的主體、表示動作行為的關係對象，以及對它們的種種限制的詞語：

逆行　（車輛等）反着規定的方向走。

掃描　利用一定裝置使電子束無線電波等左右移動而描繪出畫面、物體等圖形。

踏青　清明節前後到郊外散步遊玩。

吐絮　棉桃成熟裂開，露出白色的棉絮。

三、從下列表性狀詞的釋義詞語中劃出表適用對象、表性狀特徵的詞語：

瘦弱　肌肉不豐滿，軟弱無力。

順暢　順利通暢，沒有阻礙。

污濁　（水、空氣等）不乾淨；混濁。

細膩　（描寫、表演等）細緻入微。

四、指出下列各句中"擴大"一詞意義的細微差別：

耕地面積擴大了。

經過學習，他眼界擴大了。

應該多做宣傳，擴大這件事的影響。

五、根據例句，歸併義項：

粗：

他的胳膊比你的粗。

牛皮比羊皮粗。

我要克服心粗的毛病。

這個手工活太粗了。

這棵樹長得很粗。

行：

河邊楊柳排成行。

幹哪一行，愛哪一行。

他寫了幾行詩。

他改行了嗎？

反面：

這木板反面全糟了。

不但要看問題的正面，還要看問題的反面。

要重視反面的經驗教訓。

分析問題，正面反面都要考慮到。

六、不同的詞典對下列兩個詞的義項做了不同的歸併。試加評論：

出入：

①出去和進來：～隨手關門。

②（數目，語句）不一致；不相符：現款跟賬上的數目沒有～。（《現代漢語詞典》）

①出來進去。例：～關門。

② 相差。例：兩個數～很大。

③ 支出和收入。例：經費～相抵。(《四角號碼新詞典》)

深：

① 從上到下或從外到裏的距離大：井太～｜這院子很～。

② 深度：河水有多～？

③ 深奧：這本書很～。

④ 深刻，深入：～談｜影響很～。

⑤ (感情) 厚；(關係) 密切：～情厚誼｜兩人的關係
   很～。

⑥ (顏色) 濃：～紅。

⑦ 距離開始的時間久：～秋｜夜已經很～了。

⑧ 很；十分：～知｜～信｜～恐。(《現代漢語詞典》)

① 從上到下或從外到內的距離大。例：萬丈～淵｜～宅
   大院。

② 顏色濃。例：深紅。

③ 經歷的時間久。例：～夜｜年～日久。

④ 程度高的。例：～入淺出｜交情～｜～信 (《四角號碼
   新詞典》)

第四章　多義詞和同音詞

上一章講了詞義（狹義用法，指概念義，下同）的單位是義項。因此，詞義又有另一種劃分，就是義項的劃分。這是詞義單位的劃分。根據一個詞有一個義項還是多個義項，詞劃分為單義詞和多義詞。

詞的義項都聯繫於它的語音形式，如果從語音形式同義項聯繫的不同情況來看，又可得出下列分類：

1. 一音（語音形式）一義。如：

　　光壓　射在物體上的光所產生的壓力。

　　結焦　煤炭在隔絕空氣的條件下，經過完全燃燒，煉成焦炭的過程。

　　海藻　生在海洋中的藻類，如海帶、紫菜、石花菜、龍鬚菜。有的可以吃，有的可以提製碘或瓊脂等。

　　豆角兒　〈口〉豆莢（多指鮮嫩可做菜的）。

　　狗　哺乳動物，種類很多，嗅覺和聽覺都很靈敏，毛有黃、白、黑等顏色。是一種家畜，有的可以訓練成警犬，用來幫助打獵、牧羊等。

　　驢　哺乳動物，比馬小，耳朵長，胸部稍窄，毛多為灰褐色，尾端有毛。多用作力畜。

　　爐子　供做飯、燒水、取暖、冶煉等用的器具或裝置。

　　犁鏵　安裝在犁的下端，用來翻土的鐵器，略呈三角形。也叫鏵。

　　藺相如　戰國時趙國政治家，勇敢機智地抵抗秦國的侵略，對同僚廉頗以忍讓著稱，後傳為美談。
(《新華詞典》)

　　景德鎮　　市名，在江西省東北部，以產優質瓷器馳名中
外。(《新華詞典》)

這些也就是單義詞。

2. 一音多義，有兩種情況：

（1）一個語音形式聯繫幾個有聯繫的意義：

　　衝 chòng　　①勁頭足；力量大：小夥子幹活真～。

　　　　　　　　②氣味濃烈刺鼻：酒味很～。

這是一詞多義，也就是多義詞。

（2）一個語音形式聯繫幾個從現時看不出聯繫的意義：

chòng

衝$_1$　　見上

衝$_2$　　①向着：他～我笑了笑。

　　　　②憑；根據：～這句話，我也不答應。

衝$_3$　　衝壓：～模，～牀。

衝$_1$、衝$_2$、衝$_3$之間，現時看不出聯繫，它們是不同的詞，是同音詞。

　　根據以上的說明，我們說，單義詞是一個語音形式聯繫一個義項的詞，多義詞是一個語音形式聯繫多個有聯繫的義項的詞，同音詞是一個語音形式聯繫多個從現時看不出聯繫的義項，因而被看作是各個聲音相同，意義不同的詞。

　　單義詞意義確定。科學術語（例如上面所舉的"光壓""結焦"），不少鳥獸、草木、器物的名稱（如上面所舉的"狗""驢""海藻""豆角兒""爐子""犁鏵"），很多人名、地名（如上面舉的"藺相如""景德鎮"）都是單義的。

但單義詞在語言中是少數。語言用的語音形式是有限的，太多會造成記憶的沉重負擔，不易掌握，不便交際。拿北京話來說，全部音節 414 個，加上聲調的區別約有 1,300 個，加上七百多兒化音節，全部音節約 2,000 個①。而詞義的區分越來越細，詞義的積累越來越多，必然會大量出現一個語言式聯繫多個意義的情況。

一、多義詞

（一）詞義和語素義

為了分析多義詞不同義項的意義，要能分辨詞義和語素義。不成詞語素的意義都是語素義。如：語素"器"有這些意義：

　　①器具：陶～｜瓷～｜木～。

　　②器官：消化～。

　　③度量；才能：～量｜大～晚成。

　　④器重：～重。

語素"釋"有這些意義：

　　①解釋：～義｜註～。

　　②消除：～疑｜渙然冰～。

　　③開放；放下：～手｜手不～卷。

　　④釋放：開～｜保～。

它們都是語素義。

　　多義詞的幾個義項，有些是詞義，有些是語素義，怎麼區

① 陸志韋《關於北京語音系統的一些問題》，見《現代漢語規範化問題學術會議文件彙編》，57 頁。

別呢？語音形式聯繫詞義義項時，能作為詞來運用，語音形式聯繫語素義項時，不能作為詞來運用，它只存在於它構成的詞和固定結構中。如：

輕　①重量小；比重小（跟"重"相對）：油比水輕，所以油浮在水面上。

②負載小；裝備簡單：～裝｜～騎兵｜～車簡從。

③數量少；程度淺：年紀～｜工作很～｜～傷。

④輕鬆：～音樂。

⑤不重要：責任～｜關係不～。

⑥用力不猛：～抬～放｜～～推了他一下。

⑦輕率：～信｜～舉妄動。

⑧輕視：～慢｜～敵。

①③⑤⑥是詞義義項，qīng 這個語音形式聯繫這些義項時，能單說或獨用作句子成分。②④⑦⑧是語素義項，qīng 這個語音形式聯繫這些義項時，不能單說，也不能獨用作句子成分，這些意義只存在於它們構成的合成詞或固定結構中。

輕的②義只存在於它構成的合成詞"輕裝""輕騎兵"和固定結構"輕車簡從"等中。

輕的④義只存在於它構成的合成詞"輕音樂""輕省""輕鬆"和固定結構"輕歌曼舞"等中。

輕的⑦義只存在於它構成的合成詞"輕信""輕率"和固定結構"輕舉妄動""輕諾寡信"等中。

輕的⑧義只存在於它構成的合成詞"輕慢""輕敵""輕蔑""輕侮"等中。

詞義義項，除了使聯繫它的語音形式能單說或獨用外，也可以存在於它構成的合成詞或固定結構中。例如"輕"的①義"重量小；比重小"也存在於合成詞"輕巧""輕重"，固定結構

"輕車熟路""輕於鴻毛"等之中。

瞭解了詞和不成詞語素的區別，詞義和語素義的區別，可幫助我們在說話和寫作中不把不成詞語素當詞用，語素義當詞義用。如：

* ①四海翻騰濤洶湧。

* ②鑼鼓越敲，聲音越宏。

* ③學習要有恆和勤。

①中的"濤"，②中的"宏"，③中的"恆"都是不成詞語素，它們所有的意義都是語素義，這裏都把它們當詞使用了。"濤"可改為"浪"，"宏"可改為"響"，③可改為"學習要勤，有恆心"或"學習要有恆心，要勤奮"。

* ④這種行為真是禍了大家。

* ⑤他走到一處人稀的地方。

* ⑥公共汽車環着我們廠的院牆走。

④的"禍"是詞（它有一個詞義義項"禍事，災難"如：這是禍，還是福？）但這句中的"禍"是"損害"的意思，"損害"是"禍"的語素義義項，不能當詞義義項來用，可以改"禍"為"害"。⑤的"稀"也是詞（它有一個詞義義項"含水多"，如："粥真稀"），但這裏用的"事物部分之間空隙大"的意義是語素義，"稀"可改為"少"。⑥的"環"也是詞（它有一個詞義義項"環節"，如：這是基本的一環），但現在用的"環繞"義是語素義，可改為"繞"。

方言區的人有時用方言詞寫作，有不少方言詞，在普通話中是不成詞語素，其意義都是語素義。如：

穿衣——穿衣服

穿襪——穿襪子

坐在椅上——坐在椅子上

逮了一隻兔——逮了一隻兔子

同他較一下——同他賽一下

壞人劫東西——壞人搶東西

加點兒的，在普通話中是不成詞語素。

（二）多義詞的類型

多義詞可以根據它包含的詞義義項、語素義義項的情況來分類：

（1）全部義項是詞義的多義詞，如：

活　（～兒）①工作（一般指體力勞動的，屬於工農業生產或修理服務性質的）：細～｜重～｜莊稼～｜幹～兒。

②產品；製成品：出～兒｜箱子上配着銅～兒｜這一批～兒做得很好。

鬧　①喧嘩；不安靜：熱～｜～哄哄｜這裏～得很，沒法兒看書。

②吵；擾亂：又哭又～｜兩個人又～翻了｜孫悟空大～天宮。

③發泄（感情）：～情緒｜～脾氣。

④害（病）；發生（災害或不好的事）：～眼睛｜～水災｜～矛盾｜～笑話。

⑤幹；弄；搞：～生產｜把問題～清楚。

普通話的雙音合成詞和多音節合成詞，其義項絕大多數都是詞義，如：

鋼板　①各種板狀的鋼材。

②汽車上用的片狀彈簧。

③謄寫鋼板的簡稱。

灰溜溜　①形容顏色暗淡（含厭惡意）：屋子多年沒粉

　　　　　　刷，～的。

　　　　②形容懊喪或消沉的神態。

經驗主義　①認為感性經驗是知識惟一來源的哲學學說。

　　　　②主觀主義的一種表現形式，把局部的、狹

　　　　　　隘的經驗認為是普遍真理，只相信局部的

　　　　　　直接經驗，輕視理論的指導作用。

（2）一個義項是詞義，其餘都是語素義的多義詞。如：

富　　①財產多（跟"貧、窮"相對）：～裕｜～有。

　　　②資源；財產：～源｜財～。

　　　③豐富；多：～饒｜～於養分。

垂　　①東西的一頭向下：下～｜～柳｜～涎。

　　　②〈書〉敬辭，舊時用於別人（多是長輩或上級）

　　　　對自己的行動：～念｜～詢｜～問。

　　　③〈書〉流傳：永～不朽｜名～千古。

　　　④〈書〉將近：～老｜～暮｜～危。

這兩個詞的義項中，①是詞義，其餘都是語素義。

（3）詞義義項多，又帶語素義的多義詞。如：

風　　①跟地球平面大致平行的空氣流動：颳～了。

　　　②藉風力吹：～乾｜曬乾～淨。

　　　③藉助風力吹乾的：～雞｜～肉｜～魚。

　　　④風氣；風俗：世～｜儉樸成～｜民～｜這是一

　　　　股～。

　　　⑤景象：～景｜～光。

　　　⑥態度：作～｜～度。

　　　⑦（～兒）風聲；消息：聞～而動｜剛聽見一點～

　　　　兒就來打聽。

⑧傳説的：沒確實根據的：～聞｜～言～語。

⑨民歌：採～。

⑩中醫指某些疾病：羊癇～｜鵝掌～。

其中①④⑦為詞義，其餘都是語素義。

火 ①（～兒）物體燃燒時所發的光和焰：～光｜～
　　　花｜燈～｜點～｜玩～自焚。

②指槍炮彈藥：～器｜～力｜～網｜軍～。

③火氣：上～｜敗～。

④形容紅色：～紅｜～難。

⑤比喻緊急：～速｜～急。

⑥（～兒）比喻暴躁或憤怒：～性｜冒～｜心頭～
　　　起｜他～兒了｜你怎麼這麼大的～兒。

其中①⑥是詞義，其餘是語素義。

（4）多義不成詞語素。

多義不成詞語素雖然不是詞，但講多義詞時應該講到它。因為它們在古漢語中絕大多數都是詞，現在在一些書面語或文言格式中，有些仍當詞用。而且由它們構成的詞很多，不掌握多義不成詞語素的意義，就不能理解它們所構成的許多詞的意義。我們把多義不成詞語素，作為多義詞的附類。多義不成詞語素除了上面舉過的"器""釋"的例子外，再如：

危 ①危險；不安全(跟"安"相對)：～急｜居安思～。

②使處於危險境地；損害：～害｜～及生命。

③指人快要死：臨～｜病～。

④〈書〉高：～樓千尺。

⑤〈書〉端正：正襟～坐。

污 ①渾濁的水，泛指髒東西：糞～｜去～粉。

②髒：～水｜～泥。

③不廉潔：貪官～吏。

④弄髒：玷～。

（三）本義、基本義、引申義、比喻義

多義詞的各個義項，性質並不相同，有的是本義，有的是基本義，有的是引申義，有的是比喻義。下面分別説明。

1. 本義

本義是文獻記載的詞的最初的意義。例如"封"，本義為"加土培育樹木"，《左傳·昭公二年》"封殖此樹"（殖即植，種植）中的"封"就用本義，不是現在的"封閉"的意思。"集"的本義是"鳥棲止於樹"，《詩經·唐風·鴇羽》："肅肅鴇羽，集於苞栩。"後來才發展出一般的"集合、彙集"的意義。"軌道"的本義是"遵循法制"，《漢書·賈誼傳》："加之諸侯軌道，兵革不動……"以後才生出"條形鋼材鋪成的火車、電車行駛路線""物體運動路線"等意義。

本義有不少已經消失，在一般詞典中，已經不把它列為義項了。如上面所舉的"封""集""軌道"。但在閱讀古籍時，就必須瞭解。這可藉助於工具書，如查閱《辭源》、《漢語大字典》、《漢語大詞典》、《説文解字》等辭書。有的本義保留至今，但已不能獨立運用，只作為語素義義項存在着，出現在所構成的合成詞或固定結構中。如"兵"的本義"兵器"，還存在於成語"短兵相接""秣馬厲兵"等之中，"湯"的本義"熱水"，存在於成語"揚湯止沸""赴湯蹈火"等之中。"干"的本義是"盾"，存在於合成詞"干戈""干城"、成語"大動干戈"等之中。有一部分詞的本義，到現在仍然是最常用最主要的意義，在這種情況下，詞的本義和基本義就一致起來了。

2. 基本義

基本義就是詞在現代最常用最主要的意義。本義和基本義一致的詞如:

割 ㊀用刀截斷。《左傳·襄公三十一年》:"猶未能操刀而使割也。"(《辭源》)

截斷:～麥子。(《現代漢語詞典》)

圓 ㊀方圓的圓。《墨子·法儀》:"百工為方以矩,為圓以規。"(《辭源》)

①圓周所包圍的平面:～桌 | ～柱 | ～筒。

浪花 ㊀波浪互相沖擊而濺起的泡沫。唐杜甫《望兜率寺》:"霏霏雲氣重,閃閃浪花翻。"(《辭源》)

①波浪激起的四濺的水。

基本義和本義不一致的詞很多。如上面所舉的詞"封""集""兵""湯""軌道"。

詞的基本義都是詞義義項,不能是語素義義項。在現代漢語的語文性詞典中,基本義一般列為第一義項,如:

集 ①集合;聚集:匯～ | 齊～ |……驚喜交～。

②集市:趕～。

③集子:詩～ | 文～ | 全～ | 地圖～。

軌道 ①用條形的鋼材鋪成的供火車、電車等行駛的路線。

②天體在宇宙間運行的路線。

③物體運動的路線。

也有少數詞把本義列為第一義項的,如:

兵 ①兵器:短～相接 | 秣馬屬～。

②軍人:軍隊。

第二義項是基本義。

湯　　①熱水；開水：溫～浸種｜揚～止沸｜赴～蹈火。

　　　②專指溫泉（現多用於地名）：～山。

　　　③食物煮後所得的汁水：米～｜雞～。

　　　④烹調後汁兒特別多的副食：豆腐～。

　　　⑤湯藥：柴胡～。

其中①是本義，④是基本義。

3. 引申義

引申義是引申發展出來的意義，它有幾種情況。

（1）從本義、基本義發展出來的引申義。如：

口　　《說文》：“口，人所以言、食也。”

　　　㊀人及動物進食發聲之器官。《書·秦誓》：“不啻
　　　　若自其口出。”

　　　㊂戶口。一人亦曰一口。《孟子·梁惠王上》：“八
　　　　口之家，可以無飢矣。”（《辭源》）

　　　①人或動物進食的器官，有的也是發聲器官的一
　　　　部分。

　　　⑧量詞：一家五～｜三～豬。

“口”《辭源》義項㊂（戶口），《現代漢語詞典》義項⑧（量詞：
一家五口｜三口豬）是從本義㊀“人及動物進食發聲之器官”
發展出來的。口為人和動物的一個重要器官，就以這個器官作
為計算人和動物的單位。由於口的本義也是基本義，所以也可
以說，這個引申義也是從基本義發展出來的。再如：

板書　①教師講課時在黑板上寫字。

　　　②也指教師在黑板上寫的字。

白梨　①白梨樹。

　　　②白梨樹的果實。

"板書"的②，"白梨"的②是引申義，它們分別是從"板書""白梨"的基本義（也是本義）①發展出來的。

本義同基本義不一樣，而從基本義發展出的引申義如上面說的"軌道"，它的本義是"遵循法制"（見上）它的"基本義"是"用條形的鋼材鋪成的供火車、電車行駛的路線"，從這個基本義發展出"物體運動的路線""天體在宇宙間運行的路線"等引申義。再如："主席"的本義是"主持筵席"（《新唐書·韓偓傳》："主席者固請，乃坐。"），它的基本義是"主持會議的人"，從這個基本義發展出"某些國家、國家機構、黨派或團體某一級組織的最高領導職位的名稱"這個引申義。

（2）從引申義發展出來的引申義。如：

燒　　①使東西着火：燃～｜～毀。

　　　⑤發燒：他現在～得厲害。

　　　⑥比正常體溫高的體溫：～退了｜退燒了。

其中義項⑤"發燒"是從①發展出來的，⑥"比正常體溫高的體溫"是從⑤發展出來的，⑥是從引申義發展出的引申義。

筆桿子　①筆的手拿部分。

　　　　②指筆。

　　　　③指能寫文章的人。

③義是從②義發展出來的，這是用工具名來指稱用這種工具的人。而②是從①發展出來的，是用物體某一部位的名稱指稱物的全體。

4. 比喻義

比喻義就是詞的比喻用法固定下來的意義。如"口"，《辭源》義項㉞"關隘曰口"，《現代漢語詞典》義項②"容器通外面的地方"，義項③"出入通過的地方"，就都是比喻義。人的口同關隘，同容器的口有相似之處，就是供出入。所以在比喻的意義上可用"口"稱關隘、容器的口。這種用法成了習慣，固定在詞義中，就成為比喻義。同理，"門"之義項④"形狀或作用像門的"，也是"門"的比喻義。

本義、基本義、引申義都可以產生比喻義。

上面"口"《辭源》義項㉔，《現代漢語詞典》義項②③，是本義、基本義產生比喻義的例子。再如：

迷霧　①濃厚的霧：在～中看不清航道。

②比喻叫人迷失方向的事物。

下面是引申義產生比喻義的例子：

網　　①用繩線等結成的捕魚捉鳥的器具：一張～｜魚～。

④用網捕捉：～着了一條魚。

⑤像網似的籠罩着：眼裏～着紅絲。

"網"的義項⑤是比喻義，是從義項④來的，二者有相似之處，都是用網狀的東西圍繞着某物。而④是義項①的引申。又如：

鋤　　①鬆土除草用的農具。

②用鋤鬆土除草。

③剷除：～奸。

③是從②來的比喻義，而②是①的引申。

引申義和比喻義的界限有時不易劃開。這兩種意義性質的不同，後面有進一步的說明。這兩種意義要嚴格區分有時也是困難的。習慣上下列情況才算比喻義：

第一，原義項所指示的對象是具體的，往往是有個體存在的，比喻義所指的對象是抽象的，往往是無個體存在的，同原義有某種相似之處。如：

皮毛　①帶毛的獸皮的總稱：貂皮、狐皮都是極貴重的～。

②比喻表面的知識：略知～。

高峰　①高的山峰：1960 年 5 月 25 日中國登山隊勝利
　　　　地登上了世界第一～珠穆朗瑪峰。

　　　　②比喻事物發展的最高點：把改革推向勝利的～。

上二例中，"皮毛"的基本義"帶毛的獸皮"，"高峰"的基本義
"高的山峰"，都是具體的，有個體存在的事物，其比喻義所指
的對象，"表面的知識""事物發展的最高點"是抽象的、無法
指出其個體存在的，同原義有某種相似之處。

　　第二，原義項所指的對象和比喻義所指的對象性質懸殊，
很容易使人感到是一種比喻。如：

彈丸　①彈弓所用的鐵丸、泥丸，槍彈彈頭。

　　　　②〈書〉比喻（地方）狹小：～之地。

放炮　①使炮彈發射出去。

　　　　④比喻發出猛烈抨擊的言論。

　　詞的臨時的比喻用法不是比喻義，比喻用法經過長期運
用，鞏固在詞義中才稱比喻義。

　　本義、基本義、引申義、比喻義是在歷史發展過程中形

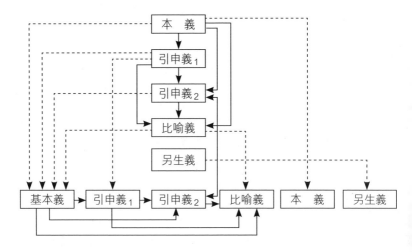

成的。就一個詞來説，這幾個意義可以全有，也可以不完全具備，可以某個方面有幾個義項，也可以只有一個義項。它們在歷史發展中有消有長、現時存在的意義就構成了一個多義詞的幾個義項。可以圖示如左下。

從這個圖可以看出：

（一）義項的現時關係反映了歷史的關係。

（二）基本義的來源多，不一定是本義，基本義是本義的，如上面所舉的"割"例；基本義是本義的引申義的，如上面所舉的"兵"例；基本義是本義的比喻義的，如"浪潮"（比喻大規模的社會運動或聲勢浩大的群眾運動）、"小鞋"（比喻暗中給別人的刁難，也比喻施加的約束、限制）。

（三）本義或即基本義，或消失，如上面所舉"封"，或作為一個義項保留在現時的詞義中，如上所舉的"湯"。

（四）引申義的來源多，不一定從基本義來。

（五）比喻義的來源多，不一定從基本義來。

（六）另生義項指同詞的原有義聯繫不明顯（或無聯繫，或有聯繫而不清楚）的新生義。如：

中人　㊀平常的人。《論語·雍也》："中人之上，可以語上也。"

　　　㊁有權勢之近臣。……曹植《當牆欲高行》："龍欲升天須浮雲，人之仕進待中人。"

　　　㊂宦者。《漢書·石顯傳》："以顯之典事，中人無外黨，精專而信任，遂委以政。"

"中人"的㊁㊂義同本義㊀很難説有甚麼聯繫。它們或消失（㊁㊂義），或保留在現時的詞義中（如"中人"的基本義"為雙方介紹買賣，調解糾紛等並做見證的人"也是另生義，同本義很難説有甚麼聯繫）。

（四）多義詞義項意義的聯繫

上面説引申義是發展引申出來的，比喻義是詞的比喻用法固定下來的意義。這就是説，引申義和比喻義同原義有某種意義的聯繫。

最初，詞的音義的聯繫是隨意的，詞的語音形式具有確定的概念義後，詞義在發展中就不是自由的，而有一定的發展規律，一般按照思維中的聯想規律，順着關聯性和相似性聯繫兩個方向，一個語音形式從指示一個事物現象發展到指示另一事物現象，形成新義。關聯性聯繫形成的新義一般是引申義，相似性聯繫形成的新義一般是比喻義。二者的意義聯繫的具體內容很複雜，下面分別説明常見的一些情況。

1. 關聯性的意義聯繫（引申義）

（1）名——→名 [①]

1）整體—部分引申義和原義（一義生出新義，對新義來説，它是原義）是部分和整體的關係。如上面舉過的"白梨"原義"①白梨樹"是整體，引申義"②白梨樹的果實"是部分。再如：

> 洋葱 ①多年生草本植物，花莖細長，中空，白色，地
> 下有扁球形的鱗莖，白色或帶紫紅色。是一種
> 蔬菜。
> ②這種植物的鱗莖。

2）有關聯的事物現象。

一種是"物—人"關係，即詞由指稱某事物發展為指稱同

[①] 這裏所用的名、動、形，分別指示事物現象、動作行為、性質狀態的意義，一般也可以理解為名詞義、動詞義、形容詞義（或指該意義只用作修飾語，如 94 頁所舉的動—形例子中"兼任①"為動詞義，②義只用作修飾語）。

該事物有聯繫的人。如：

便衣　①平常人的服裝（區別於軍警制服）。

　　　②（～兒）穿着便衣執行任務的軍人、警察等。

崗哨　①站崗放哨的處所。

　　　②站崗放哨的人。

　　一種是"物—物"關係，即詞由指稱某事物發展到指稱同其有聯繫的其他事物。如：

箱底（～兒）　①箱子的內部底層。

　　　　　　　②指不經常動用的財物：～厚。

人們常把不經常用的財物放在箱底，所以①義可生出②義。

高低槓　①女子體操器械的一種。

　　　　②女子競技體操項目之一。

　　因為這種體操項目是在器械高低槓上做的，所以由①義可以生出②義。

　　（2）動──→名

　　1）行為—行為結果　原義是行為，引申義是行為結果。如上面舉過的"板書"原義"①教師講課時在黑板上寫字"是行為，"②教師在黑板上寫的字"是結果。又如：

筆錄　①用筆記錄。

　　　②記錄下來的文字。

　　2）行為—行為的施動者原義是行為，引申義是行為的施動者。如：

編輯　①對資料或現成的作品進行整理、加工。

　　　②做編輯工作的人。

裁判　②根據體育運動的競賽規則，對運動員競賽的成

　　　　績和競賽中發生的問題做出評判。

　　　③在體育競賽中執行評判工作的人。

（3）形━━名

1）性狀─人　原義表性狀特徵，引申義表具有這種性狀特徵的人。如：

　　高明　①（見解、技能）高超：手藝～｜見解～。

　　　　　②高明的人。

　　奸邪　①奸詐邪惡。

　　　　　②奸詐邪惡的人。

2）性狀─物　原義表性狀特徵，引申義表具有這種性狀特徵的事物現象。如：

　　和氣　①和睦：他們彼此很～。

　　　　　②和睦的感情：咱們別為了小事傷了～。

　　專門　①專從事於某一項事的：～人才。

　　　　　②專長。

（4）動━━動

1）泛指─特指　原義是泛指，引申義是特指，或相反。如：

　　流通　①流轉通行；不停滯：空氣～。

　　　　　②指商品貨幣流轉。

　　視察　①上級人員到下級部門檢查工作。

　　　　　②察看：～地形。

"流通"①是泛指，②是特指，①在意義上可概括②，②是①的一種具體情況。"視察"①是特指，②是泛指。

2）自動─使動　原義是自動，即表示的動作行為影響自身，引申義是他動，即表示的動作行為影響他物。如：

　　腐化　①思想行為變壞（多指過分貪圖享受）。

　　　　　②使腐化墮落。

　　驚醒　①受驚動而醒來：突然從夢中～。

　　　　　②使驚醒：別～了孩子。

（5）名 —→ 動

常見的是原義指稱事物，引申義指稱用這種事物進行的動作行為。如：

鋤　①鬆土和除草用的農具。

　　②用鋤鬆土除草。

鋸　①拉（lá）開木料、石料、鋼材等的工具。

　　②用鋸拉。

另一種是原義指事物，引申義指以這種事物為對象的行為。如：

標點　①標點符號。

　　　②加上標點符號。

廢話　①沒有用的話。

　　　②說廢話。

（6）形 —→ 動

常見的是一些形容詞使動用法產生的引申義。形容詞使動用法在古漢語中是普遍現象。在現代漢語中，只有少數形容詞能這樣用，這就生出了引申義。其意義聯繫是性狀（原義指示）和產生這種性狀的行為（引申義指示）的關係。如：

動搖　①不穩固；不堅定。

　　　②使動搖：環境再艱苦也～不了這批青年征服自然的決心。

健全　②（事物）完善，沒有欠缺。

　　　③使完備：～生產責任制度。

（7）名 —→ 形

常見的是原義指稱事物現象，引申義指稱該事物的某一性狀。如：

精神　①表現出來的活力：～旺盛｜振作～。

②活躍；有生氣：這孩子大大的眼睛，怪～的。

實惠　①實際的好處：得到～。

②有實際的好處：你送他實用的東西比送陳設品
要～些。

（8）動──→形

常見的原義指某種行為，引申義指稱這種行為產生的一種
性狀。如：

兼任　①同時擔任幾個職務。

②不是專任的。

閉塞　①堵塞：管道～。

②交通不便；偏僻；風氣不開。

有一部分多義詞的不同義項，來自構成詞的語素意義的不
同，義項意義本身不見得有甚麼明顯的聯繫。如：

別字　①寫錯或讀錯的字。

②別號。

"別"在①②義中都是"另外"的意思；但"字"在①義中是"文
字"的意思，在②中是"人的別名"的意思。

發電　①發出電力。

②打電報。

"發"在①中是"產生"的意思，在②中是"送出"的意思，
"電"在①中指"電力"，在②中指"電報"。

真情　①真實的情況。

②真誠的心情或感情。

"真"在①中指"真實"，在②中指"真誠"。"情"在①中是"情
形"的意思，在②中是"感情"的意思。

2. 相似性的意義聯繫（比喻義）

常見的有：

（1）形狀相似。如上面舉過的"網"的比喻義"⑤像網似的籠罩着"同原義"④用網捕捉"是形狀相似。"彈丸"的比喻義"②比喻（地方）狹小"同原義"①彈弓所用的鐵丸、泥丸，槍彈彈頭"也是形狀相似。再如：

餅　　①泛指烤熟蒸熟後的麵食，形狀大多扁而圓：～乾｜燒～。

　　　②（～兒）形狀像餅的東西：鐵～｜豆～。

螺　　①一種軟體動物，體外有硬殼，上有旋紋。

　　　②螺狀形的指紋。

（2）性質相似。如上面說過的"高峰"的比喻義"②比喻事物發展的最高點"同原義"①高的山峰"是性質相似。再如：

變天　①天氣發生變化，由晴變陰，下雨，下雪，颳風等。

　　　②比喻政治上發生根本變化，多指反派勢力復辟。

並肩　①肩挨着肩：他們順着河灘～走去。

　　　②比喻行動一致，共同努力：～作戰。

比喻義和原義所指事物現象是不相同的，它們的性質也不會相同。所謂性質相似只可能是某一屬性有相似之處。如"變天"比喻義和原義是在變壞這一點上相似。"並肩"的比喻義和原義是在行為一致這一點上相似。

（3）作用相似。如上面說過的"迷霧"的比喻義"②比喻叫人迷失方向的事物"同原義"①濃厚的霧"是作用相似。再如：

本錢　①用來營利、生息、賭博等的錢財。

　　　②比喻可以憑藉的資歷、能力等。

窩　　①鳥、獸、昆蟲住的地方：鳥～｜狗～。

②比喻壞人聚居的地方：土匪～。

　　形狀、性質、作用相似往往是交錯的，如上面說過的“口”比喻義“②容器通外面的地方”，比喻義“③出入通過的地方”，同原義“①人或動物進食的器官”既有形狀相似，也有作用相似。再如：

　　　　剪裁　①縫製衣服時把衣料按照一定尺寸剪斷裁開。

　　　　　　　②比喻做文章時對材料的取捨安排。

比喻義②同原義①既有性質相似，也有作用相似。

　　不少詞典不標明比喻義的“動—動”“形—形”義項之間的聯繫是相似性聯繫。如：

　　　　發揮　①把內在的性質或能力表現出來：～積極性｜～炮
　　　　　　　　兵的威力。

　　　　　　　②把意思或道理充分表達出來：～題意｜借題～。

兩種行為性質相似。

　　　　進攻　①接近敵人並主動攻擊。

　　　　　　　②在鬥爭或競賽中發動攻勢。

兩種行為性質作用相似。

　　　　飽滿　①豐滿：顆粒～。

　　　　　　　②充足：精神～。

兩種性狀性質相似。

　　　　悠遠　①離現在時間長：～的童年。

　　　　　　　②距離遠：山川～。

兩種性狀性質相似。

　　理解多義詞各個義項之間的意義聯繫可以認識多義詞詞義的發展是有某種規律性的。這種認識是劃開多義詞和同音詞界限的一個基礎。

二、同音詞

聲母、韻母和聲調都相同的詞是同音詞。"富人"和"夫人""資產"和"自產"不是同音詞，因為聲調不同，"東西南北"的"東西"（dōngxī）和"買東西"的"東西"（dōngxi）不是同音詞，"文章的大意"中的"大意"（dàyì）和"你太大意了"中的"大意"（dàyi）不是同音詞，因為後邊的"西""意"唸輕聲。現代漢語的同音詞有一定的數量，文字改革出版社編《漢語拼音詞彙》（增訂稿，1963）收詞五萬九千一百多個，其中同音詞五千五百多個，佔 9.5％。①

（一）同音詞的類型

同音詞可以根據音形異同的不同情況加以分類。

1. 同音同形

風化₁　風俗教化。

風化₂　由於長期的風吹日曬、雨水沖刷、生物的破壞等作用，地殼表面和組成地殼的各種岩石受到破壞或發生變化。

黑人₁　黑色人種。

黑人₂　沒有戶口的人。

生氣₁　因不合心意而不愉快。

生氣₂　生命力；活力。

生地₁　藥名。

生地₂　從未耕種過的土地。

大方₁　指專家學者；內行人。

---

① 參見顧越《〈漢語拼音詞彙〉同音詞再統計》，《語文研究》1981 年第一輯。

大方₂　綠茶的一種。

儀表₁　人的外表。

儀表₂　測定溫度、氣壓、電量、血壓等的儀器。

　叫₁　①人或動物的發音器官發出的較大的聲音，表示某
　　　　種情緒、感覺或慾望。

　叫₂　①使；命令：要～窮山變富山。

　角₁　①牛、羊、鹿等頭上長的堅硬的東西。

　角₂　中國貨幣的輔助單位，一角等於一圓的十分之一。

　抱₁　①用手臂圍住。

　抱₂　孵（卵成雛）：～小雞兒。

附：（1）詞和不成詞語素同音同形

　井₁　能取水的深洞。

　井₂　形容整齊：～然｜～～有條。

　借₁　暫時使用別人的物品或金錢；借進。

　借₂　假託：～故｜～端。

　輸₁　①運輸；運送：～出｜～油管。

　輸₂　在較量時失敗：～了兩個球。

　修₁　②修理；整治：～收音機。

　修₂　〈書〉長：茂林～竹。

　率₁　①帶領：班長～本班戰士出擊。

　率₂　①不假思考；不慎重：輕～｜草～。
　　　　②直爽坦白：直～｜坦～。
　　　　③〈書〉大概；大抵：大～如此。

　聽₁　①用耳朵接受聲音：～音樂。

　聽₂　聽憑；任憑：～任｜～使。

　要₁　①希望得到；希望保持：他～一個口琴。

　要₂　①重要：主～｜緊～｜～事。

②重要的內容：綱～｜提～。

與₁ ①介詞，跟：～困難做鬥爭。

②連詞，和：工業～農業。

與₂ ①給：贈～。

②交往；友好：相～。

③讚許；贊助：～人為善。

（2）不成詞語素同音同形

津₁ ①唾液：～液。

②汗：遍體生～。

津₂ 渡口：～渡｜要～。

劇₁ 戲劇：演～｜話～。

劇₂ 猛烈：～烈｜～痛。

喬₁ 高：～木。

喬₂ 假（扮）：～裝。

審₁ ①詳細；周密：～慎。

②審查：～閱｜～稿。

③審訊：～案。

審₂ 知道：～悉。

審₃ 的確；果然：～如其言。

爽₁ ①明朗；清亮：秋高氣～。

②（性格）率直；痛快：豪～。

③舒服：身體不～。

爽₂ 違背；差失：毫釐不～｜屢試不～。

頤₁ 頰；腮：支～｜解～。

頤₂ 保養：～養。

嬰₁ 嬰兒：婦～｜保～。

嬰₂ 觸；纏繞：～疾。

2. 同音異形

（1）形—同—異

會議—會意	戰事—戰士	事物—事務
工架—工價	攻殲—攻堅	歸公—歸功
果腹—果脯	保膘—保鏢	白話—白樺
變幻—變換	天性—天幸	冷汗—冷焊
變異—變易	紅暈—紅運	大力—大吏
經心—精心	條理—調理	家法—加法
勢力—視力	家境—佳境	受命—壽命

公議—公意—公益

地力—地利—地栗

人氏—人世—人事—人士

（2）形全異

按—岸—暗	八—扒—疤	嘗—長—腸
汗—旱—焊	話—畫—化	嫁—駕—架
鬥—逗—豆	家—加—夾	填—田—甜
城—乘—呈—成	辦—半—扮—絆	
失—師—詩—濕—獅	十—石—時—實—拾	
戰友—佔有	匆匆—葱葱	案件—暗箭
久經—酒精	肅靜—素淨	著名—註明
就是—舊式	消瘦—銷售	沉積—陳跡
規格—閨閣	吉利—極力	密封—蜜蜂
年夜—黏液	目的—墓地	

附：（1）詞和不成詞語素同音異形

布—簿	殘—慚	長—裳	答—達
刁—碉	富—馥	焦—蕉	流—琉
撕—澌	礦—壙	補—哺	船—橡

翻—藩　　分—紛　　皮—疲　　刪—姍

（2）不成詞語素同音異形

姜—偉　　述—戍　　涅—臬　　欣—薪

煦—緒　　迅—遜　　易—益　　幼—佑

岳—悅　　展—斬　　滋—資　　茵—姻

酣—骿　　洄—徊　　誨—穢　　軀—祛

3. 派生同音詞

派生同音詞指原來讀音不同，音變後讀音相同的詞，這以兒化派生同音詞最為典型。

$$\begin{cases} 盤 > 盤兒 \ [p'an^{35}] \longrightarrow [p'ar^{35}] \ ① \\ 牌 > 牌兒 \ [p'ai^{35}] \longrightarrow [p'ar^{35}] \end{cases}$$

$$\begin{cases} 罈 > 罈兒 \ [t'an^{35}] \longrightarrow [t'ar^{35}] \\ 枱 > 枱兒 \ [t'ai^{35}] \longrightarrow [t'ar^{35}] \end{cases}$$

$$\begin{cases} 櫃 > 櫃兒 \ [kuəi^{51}] \longrightarrow [kuər^{51}] \\ 棍 > 棍兒 \ [kuən^{51}] \longrightarrow [kuər^{51}] \end{cases}$$

$$\begin{cases} 對 > 對兒 \ [tuəi^{51}] \longrightarrow [tur^{51}] \\ 頓 > 頓兒 \ [kuən^{51}] \longrightarrow [tur^{51}] \end{cases}$$

$$\begin{cases} 蛙 > 蛙兒 \ [ua^{55}] \longrightarrow [uar^{55}] \\ 彎 > 彎兒 \ [uan^{55}] \longrightarrow [uar^{55}] \end{cases}$$

（二）同音詞和寫別字

由於普通話中同音成分（包括同音不成詞語素，詞和不成詞語素同音）相當豐富，增加了辨認的困難，這是寫作中容易出現別字的重要原因之一。這有幾種情況。

---

① 右上角數碼代表北京語音的調值。

1. 音同（形義俱異）而誤

再 我們一在勸告他不要一個人去游泳。

在 他爸爸再家。

杈 樹岔上有鳥窩。

岔 三杈路口。

長 他常期住在叔叔家。

常 他長去圖書館借書。

工 這兒的公作不少。

公 要愛護工共財產。

漢 河汗星光閃爍。

汗 幹活不怕流漢。

各 不同情況要個別對待。

個 他們各各都用功。

和 我合他一塊去。

合 他們和計好了。

劇 一陣巨烈的疼痛。

巨 劇大的數目。

明 天名時刻。

名 明聲很大。

含 函有各種成分。

函 請多包含。

下邊加點兒的都是別字。這類字的意義相差很大，只要寫時注意檢查，就能發現糾正。

2. 音同形似而誤

這種情況比前一種情況容易發生。弄清各字的意義，它們所代表的詞或語素的性質，就能避免用錯。如：

辨—辯

"辨"是詞，意思是"分辨、辨別"，除獨用外(你辨不出味來)，能構成"辨認""辨正"等詞。"辯"也是詞，意思是"辯解、辯説"，除了能獨用外(你辯不過他)，能構成"辯護""辯解""辯論"等詞。除"辨白""辯白""辨證(施治)""辯證(施治)"是異形詞外，這兩字不能互換。

班—斑

"斑"是不成詞語素，有一義是"斑點、斑紋"，這個意思存在於"斑斑""斑點""斑紋"等詞中。"班"是詞，沒有這個意思。除"斑白""班白"是異形詞外，不能通用。

反—返

"反""返"有一義是"回"，但"返"的這個意思存在於合成詞"返工""返照"和成語"返老還童""流連忘返"之中。"反"的這個意思存在於"反擊""反攻""反問"之中。不能互換。"反照""返照"是異形詞。

勵—厲

"勵"是不成詞語素，義為"勸勉"，存在於"勉勵""獎勵"等詞中。"厲"也是不成詞語素，有一義是"猛烈"，存在於"厲害""雷厲風行"等詞語中。

赳—糾

"糾"，義為糾正，如：有錯必糾。一般不單用。"赳"單用無義，也不單用。"赳赳"才是"威武雄壯"的意思。

晃—幌

"晃"是詞，有一義是"很快地閃過"。"幌"是不成詞語素，意為帷幔，不單說。

　　棵—顆

"棵"用於植物，"顆"用於顆粒狀的東西。

　　輝—暉

"輝"是不成詞語素，有一義為閃耀的光彩，存在於"光輝""餘輝"等詞中。"暉"也是不成詞語素，義為陽光，存在於"春暉""朝暉"等詞中，不能互換。"輝映""暉映"是異形詞。

3. 音同義近而誤

　　對這類容易誤寫的字，最好全面分析它的意義及其代表的詞、語素的性質、結合能力，弄清它們使用的場合。如：

　　做—作

　　在歷史上，"作"先出現，"做"作為"作"的同義字後出現。但現在它們除某些意義用法相近有交叉外，已發展出不同的意義和用法。先看《現代漢語詞典》的解釋。

　　做　　①製造：～衣服｜用這木頭～張桌子。

　　　　　②寫作：～詩｜～文章。

　　　　　③從事某種工作或活動：～工｜～事｜～買賣。

　　　　　④舉行家庭的慶祝或紀念活動：～壽｜～生日。

　　　　　⑤充當；擔任：～母親的｜～哥哥的｜～教員｜～保育員｜今天開會由他～主席。

　　　　　⑥用做：樹皮可以～造紙的原料｜這篇文章可以～教材。

　　　　　⑦結成（關係）：～親｜～對頭｜～朋友。

　作 zuò ①起：振～｜日出而～｜一鼓～氣｜槍聲大～。

　　　　　②從事某種活動：～孽｜自～自受。

③寫作：著～｜～曲｜～書（寫信）。

④作品：佳～｜傑～｜成功之～。

⑤裝：～態｜裝模～樣。

⑥當作；作為：過期～廢｜認賊～父。

⑦發作：～嘔｜～怪。

作 zuō　作坊：石～｜小器～。

分析"做""作"的各個意義和用法，在運用中可以注意這幾點：

1）"作"各個意義作為語素構成的合成詞"振作""著作""作曲""作書""佳作""作態""作嘔""作揖""作孽""作弄""作死"以上各詞"作"讀 zuò，以下各詞"作"讀 zuō，"石作""小石作"等，其中的"作"不能換成"做"。它構成的固定結構"日出而作""一鼓作氣""成功之作""裝模作樣""過期作廢""認賊作父""自作自受"等，其中的"作"不能換成"做"。"做"的各個意義構成的詞和固定結構如"做東""做派"（戲曲中的動作、表演）"做手腳"（暗中進行安排）"做賊心虛"等不能換成"作"。

2）"作"當作詞用時一般在"寫作"的意義上同"做"有交叉，如"作（做）詩""作（做）文章"（"做文章"比喻抓住一件事發議論或在上面打主意時，"做"不能換成"作"）。在"從事某種活動"的意義上"作"當作詞來用，同"做"的這個意義的用法有些分工，一般是從事抽象活動用"作"，從事具體活動用"做"。如：

只要我們的工作做好了，控制人口的目的是能夠達到的。

3）"做"在"製造"的意義上當詞用時，不能換成"作"，如："做衣服""做張桌子"中的"做"不能換成"作"。

4）"做""作"構成的一部分詞可以當異形詞處理。"作法"

在"處理事情或製作物品的方法"的意義上同"做法",是異形詞。"作法"的"作文的方法""道士施行法術"的意義,又不能寫成"做法"。"做伴""做客""做夢"有人寫成"作伴""作客""作夢",可當作異形詞處理。

迭—疊

迭　①輪流;替換:更~。

　　②屢次:~挫強敵。

　　③及:忙不~。

疊　①一層加上一層;重複:重~│~石為山│層見~出。

　　②摺疊(衣被、紙張等):~衣服│把信~好裝在信封裏。

"迭"的三個意義都是語素義,"疊"的①義是語素義,②是詞義。它們意思不同,不能互換。"層見疊出"寫成"層見迭出",意思有些不同:前一個"疊"意為"重複",後一個"迭"意為"屢次"。在它們構成的"迭次""迭起""疊韻""疊嶂""疊牀架屋"中,"迭""疊"不能互換。

帶$_2$—戴

帶$_2$　①隨身拿着;攜帶:~行李│~乾糧。

　　②捎帶着做某事:上街~包茶葉來(捎帶着買)│你出去請把門~上(隨手關上)。

　　③呈現;含有:面~笑容│説話~刺兒。

　　④連着;附帶:~葉的橘子│連説~笑│放牛~割草。

　　⑤引導;領:~隊│~徒弟。

　　⑥帶動:以點~面│他這樣一來~得大家都勤快了。

戴　　①把東西放在頭、面、胸、臂等處：～帽子│～
　　　　花│～眼鏡│～領巾│披星～月│不共～天之仇。
　　　②擁護尊敬：愛～│感～。

"帶"的②—⑥義，"戴"全無；"戴"的②義，"帶"也無。這
些意義的"帶""戴"不能互換。"戴"的①義，所表示的動作
行為有身體部位的限制，"帶"的①義，沒有這種限制。因此
"□眼鏡"，用哪個字，根據情況而定。

（三）同音詞的來源

　　上面我們説過，普通話使用的音節數量有限，這種情況除
使多義詞增多外，也是同音詞增多的重要原因。每一種語言都
有相當數量的同音詞。但一個個具體的詞是怎樣同音的呢？就
普通話來説，主要有三種情況。

1. 語音變化而同音

　　語音簡單化是漢語語音發展的總的趨勢。普通話的聲母、
韻母比古漢語都減少了。漢語在發展中產生了大量的雙音詞，
這使漢語不再依靠複雜的語音系統來辨別詞義。就單音詞（包
括語素）來説，由於音節的減少，普通話同音的要比古漢語
多。雙音詞也有一定數量是同音的。下面現在讀作"jiàn"的單
音詞或語素在中古是不同音的：

　　　監　見（聲）鑒（韻）去（調）
　　　艦　匣檻上
　　　漸　從琰上
　　　劍　見釅去
　　　僭　精橋去
　　　諫　見諫去
　　　箭　精線去

踐　從獼上

賤　從線去

件　群獼上

其中"艦""漸""劍""箭""賤""件"現在是詞，其餘是語素。

　　雙音節的合成詞是由原來的語言材料作為語素構成的，在組合中也會出現一定數量的同音合成詞。例如在聲母為"g-"的雙音合成詞中就有這些同音詞：

　　公里—公理　　功力—功利　　工事—攻勢

　　公用—功用　　歸功—歸公

2. 詞義分化而成

　　一詞多義中的幾個意義，在歷史發展中失掉聯繫，成為不同的詞，構成了同音詞。

　　例如"刻字"的"刻$_1$"和"一時一刻"的"刻$_2$"。刻$_2$是從刻$_1$來的，但現在已感覺不到二者的聯繫，應算同音詞。刻$_1$原義就是雕刻，如《左傳‧莊公二四年》："刻其桷。"古代用漏壺計時，一晝夜共100刻（示時的立箭上有一百個刻度），刻度是刻出來的，"刻"就成為古時表時間的一個單位，成為刻$_2$。現在的"刻"意為1/4小時，是現在的時間單位，又表示一般的時間（此時此刻）。現代的"刻"義也是刻$_2$。刻$_2$和刻$_1$一般人已感覺不到有甚麼聯繫了。

　　又如動詞的"把"和介詞的"把"，現在是同音詞，但後者是從前者發展出來的。"把"的本義為"握"，如《史記‧周本紀》："周公旦把大鉞，畢公把小鉞。"又有掌握，把守，拿、用等義，都是動詞。在唐以後出現了"誰把長劍倚太行"（韓愈）"應把清風遺子孫"（方千）這樣的格式，其中的"把"仍是用、拿之意。這種用法的"把"，越用越虛，發展成表示對有關對象的處置，這在近代漢語中用得相當普遍，如"把林沖橫推倒曳"（《水滸傳》第七回），"把寶玉的襖兒往自己身上拉"（《紅樓夢》第七十七回）。這兩個"把"已不能解釋為用或拿。[①] 而現代的用法"你把窗戶關上""我們把敵人消滅了"中的"把"，更不能用相當的實詞來解釋它的意義，只能説，它表示一種處置的意義，它在句子中不是謂語的主要成分，完全是一個虛詞，同動詞的"把"成了同音詞。

3. 音譯外來詞，同本族語的一些詞同音。如：

> 米（糧食的一種）—米（長度單位）
>
> 俺—銨（銨離子）
>
> 鞍（鞍子）—氨（氨氣）
>
> 波瀾—波蘭（Poland）
>
> 智力—智利（Chile）

（四）同音詞和多義詞的界限

區分同音詞和多義詞，最普遍採用的標準是看現時詞義有無聯繫，詞義有聯繫的是多義詞，無聯繫的是同音詞。但對這一點，各家的理解和實際處理是有分歧的。依我們看，詞義有無聯繫可以從兩個角度看：詞源上有無聯繫，現時是否感覺意義有聯繫。這樣就有四種司能：

1. 詞源上有聯繫，現時感覺意義有聯繫；

2. 詞源上有聯繫，現時感覺意義無聯繫；

3. 詞源上無聯繫，現時感覺意義有聯繫；

4. 詞源上無聯繫，現時感覺意義無聯繫。

---

① 參看王力《中國語法理論》172 － 174 頁。

其中，1. 是多義詞，如上面講過的"口""門""板書""筆桿子"等都是如此。4. 是同音詞，如上面講的角₁（牛羊頭上長出的硬東西）和角₂（中國現時貨幣的輔助單位），米₁（糧食之一）和米₂（長度單位），風化₁（風俗教化）和風化₂（物體在空氣中受作用起變化）等都是。

困難的是如何處理，2.、3. 這兩種情況。我們覺得，3. 詞源上無聯繫，現時感覺意義有聯繫這一種情況以看作同音詞為好。如：

站₁　　直着身體，兩腳着地或踏在物體上。

站₂　　①行進中停下來，停留。

　　　　②為乘客上下或貨物裝卸而設的停車的地方。

　　　　③為某種業務而設立的機構：兵～｜保健～。

"站₂"之②義原是蒙古語借詞，原指驛站，後又指車站。它又孳生出一些新詞，如糧站、兵站等，其中的"站"，就是站₂的③義。因此，站₂的①義不宜同②③算一個詞的不同義項，站₂之①可同站₁合併，實際上這是從不同角度説明同一動作行為。

我們認為 2. 詞源上有聯繫，現時感覺意義無聯繫的應算同音詞，如上面講的"刻"的"雕刻"和"時刻"義，應分為兩個詞（《現漢》算多義詞）。否則，以"現時意義有無聯繫"作為區分多義詞和同音詞。

這個問題得到較好的解決，還需要作進一步的探討。

三、多義詞和同音詞的作用

作用可以從積極方面和消極方面來談。

先談積極方面。多義詞和同音詞雖然是不同的語言現象，但二者也有共同點：一個語音形式聯繫多個不同的意義。這在各種語言中都是共同的。每種發達的語言都有十幾萬到幾十萬個詞，每個詞平均都有幾個義項，義項總數將達到上百萬個到幾百萬個。如果一個義項用一個語言形式來標記，則人的記憶將負擔不了，而人的口舌也很難發出這麼多音來區分它們。如果出現這種語言，學習起來一定非常困難。所以多義詞和同音詞的存在是語言符號簡易經濟的一種表現。這使人們易於掌握和運用。有人大談多義詞和同音詞給語言造成的混亂。他們沒有想到，如果真的使語言完全消除多義、同音現象，那所造成的混亂將不知要比現在大多少倍。因此，使語言符號簡易經濟，便於掌握和運用是多義詞、同音詞給語言帶來的一個重要的積極作用。

多義詞和同音詞在表達上的作用是造成雙關。

同音詞的雙關叫諧音雙關。如民歌：

高山打鼓遠聞聲，三姐唱歌久聞名。

二十七錢擺三注，九文九文又九文。（《劉三姐》）

"九文"關聯"久聞"。

一詞多義的雙關叫意義雙關，如：

我從昆明到重慶是飛的。人們總是羨慕海闊天空，以為一片茫茫，無邊無界，必然大有可觀。因此認為坐海船坐飛機是"不亦快哉"！（朱自清《飛》）

"不亦快哉"的"快"是"痛快、高興"的意思，此處又關聯到"速度快"的意思。

雙關在日常交際和文藝創作中有廣泛的運用。可以從雙關的兩個特性上利用它。

一是利用其音義聯繫的偶然性，巧妙地使在正常情況下不相干的音義結合起來，造成語言的風趣幽默。如歇後語"對着窗戶吹喇叭，鳴（名）聲在外""癩蛤蟆掉瓷缸，口口咬瓷（詞）兒"。曲藝中的相聲，大量運用這種語言藝術。如：

> 甲　　我爸爸……說："先吃飯，吃完飯全家開個午會。"
>
> 乙　　怎麼，吃完飯要跳舞哇？
>
> 甲　　沒跳舞。就是開一個給我解決思想問題那麼個會。
>
> 乙　　怎麼叫"舞會"呢？
>
> 甲　　中午開的。（侯寶林《再生集·紅狀元》）

"舞會"（跳舞的會）關聯"午會"（中午開的會）。

一是從雙關的"含而不露"的特性上利用它。想把某種意思說出來，但又不直說，有時是由於情感難於明言，用語含蓄，如情歌：

> 郎做天平姐做針，
>
> 一頭砝碼一頭銀。
>
> 情哥不必閒敲打，
>
> 我也知道重和輕，
>
> 只要針心對針心。（安徽歌謠《只要針心對針心》）

"針心"關聯"真心"。

有時由於形勢不容，故作曲筆，如：

> 紀念碑前灑詩花，
>
> 詩刊不登報不發。
>
> 莫道謠文篇篇載，
>
> 此是人民心底花。（《天安門詩抄·神州正演捉鼈兵之
>
> 　　十四》）

"謠文"關聯"姚（文元）的反派文章"。

多義詞和同音詞的消極作用是有時容易造成歧義，語意不明，如：

> 她喜歡聽越（粵）劇。

出口三萬噸石（食）油。

這個人有驕（嬌）氣。

老一套公式（公事），令人生厭。

這增加了學習語文的困難。同音詞是寫別字的原因之一。

確定的語境和上下文能消除多義詞和同音詞造成的歧義。有時為了避免聽覺的混淆，可以迴避易引起其他意義聯想的詞語，如上面所舉的"老一套公式"中的"公式"，可換成"辦法"。又如"用這種方法計算，簡捷得多"，其中的"簡捷"同"簡潔"易混，可改為"簡便"。

附：異形詞和同形詞

由於漢字的形音義關係複雜，在發展中形音義有不同的變化，出現了同是一個詞，讀音一樣（極少數微異），意義一樣，書寫形式不同的現象。這就是異形詞。又出現了同一書寫形式代表不同的詞的現象，這就是同形詞。同形詞中有語音也相同的，這就是上面講過的同音同形詞。同形詞中有讀音不同的，是同形異音詞。

異形詞和同形詞同漢字關係密切，在文字學中有較多的說明。從劃分語言單位的角度看，異形詞是同一個詞，同一個語言單位，同形詞是不同的詞，屬不同的語言單位。理解它們同意義有關係，它們的劃分同意義有關係，在這裏也作一個簡要的說明。

（一）異形詞

異形詞指同一個詞的不同書寫形式。如"自序─自敍"反照─返照""風姿─丰姿"，它們讀音也是相同的。有少數讀音有差異，但仍是一個詞的不同書寫形式，如“跟頭—跟斗”“投生—托生”。異形詞是在語言運用中用不同的字記錄同一個詞的全部或部分形體造成的。異形詞舉例：

制伏—制服	斑白—班白	轉悠—轉遊
仔細—子細	起程—啟程	辯白—辨白
輝映—暉映	圖像—圖象	情愫—情愫
漂流—飄流	模擬—摹擬	模糊—模胡
詳實—翔實	賢惠—賢慧	訂婚—定婚

有一些異形詞只是在表示部分意義上構成異形詞。例如“伏帖—服帖”，二者在“馴服、順從”義上構成異形詞，“伏帖”另有“舒適”義（心裏很伏帖），“服帖”另有“妥當”義（事情都弄得服服帖帖），不構成異形詞。又如“申冤—伸冤”，在“洗雪冤屈”義上是異形詞。“申冤”另有“自己申訴所受的冤枉，希望得到洗雪”義，這個意義不能寫成“伸冤”，同“伸冤”不構成異形詞。

異形詞的整理一般可以通過三種辦法。第一是通過廢除異體字來整理。根據《第一批異體字整理表》，下列各組異形詞中的前一個是合乎規範的：“布告—佈告”“雇工—僱工”“脉搏—脈搏”“灾荒—災荒”。第二是選用，例如可以考慮選用“模擬”，廢“摹擬”，選用“漂流”，廢“飄流”，選用“含糊”，廢“含胡”。第三是分化。例如“利害”有兩義。一義為利益和損害，讀lìhài。另一義是猛烈、激烈，讀lìhai，後義也可以寫作“厲害”。這就可以考慮，把後義和後一種讀法，寫作“厲害”，前義和前一種讀法，寫作“利害”，而不必在“猛烈、激烈”的意義上有兩種寫法。

關於異形詞的選用，可以根據幾個原則來進行。一是從俗，即選用大眾多用的，如選“思維”，不用“思惟”，選“保姆",不用"保母"。二是從簡,即選用筆形簡易的,如選"人才"不用"人材",選"補丁"不用"補釘"。三是義明,即語素表義清楚,如選"耽擱"不用"擔擱",選"酒盅"不用"酒鍾",因為"耽"比"擔"、"盅"比"鍾"在這裏表義更明白。四是音準,即字的讀音同詞的讀音一致,如:"吊兒郎當—吊兒浪蕩",這個詞讀 diào·erlángdāng,故選前一個。

(二) 同形詞

同形詞包括同形同音詞,同形異音詞,它們是不同的詞。同形同音詞上面已談過了,下面簡要説明同形異音詞。

同形異音詞從語音上看有不同的情況,主要有:

1. 聲母、韻母相同,聲調不同:

哄(hǒng)(哄孩子)——哄(hòng)(一哄而散)

涼(liáng)(水涼了)——涼(liàng)(涼一碗水)

好(hǎo)(看好書)——好(hào)(好唱戲)

種(zhǒng)(選好種)——種(zhòng)(種小麥)

2. 聲母不同,或聲母聲調都不同,韻母相同:

彈(tán)(彈棉花)——彈(dàn)(彈無虛發)

調(diào)(調走軍隊)——調(tiáo)(調好溫度)

長(cháng)(竹竿太長)——長(zhǎng)(樹都長了)

折(zhé)(折樹枝)——折(shé)(腿折了)

3. 韻母不同,或韻母聲調都不同,聲母相同:

落(luò)(葉子落了)——落(là)(落在後面)

稱(chēng)(稱一斤糖)——稱(chèn)(稱了心願)

還(huán)(書還了)——還(hái)(還沒走)

和(hé)(和為貴)——和(huó)(和白麵)——和(hè)

(一唱百和)——和(hú)(牌和了)

4. 第一音節同，第二音節有讀不讀輕音的分別：

精神（jīngshén）（思維意識）——精神（jīng‧shen）（有
活力）

對頭（duìtóu）（仇敵）——對頭（duì‧tou）（正確）

合計（héjì）（合起來計算）——合計（hé‧ji）（商量）

地道（dìdào）（地下通道）——地道（dì‧dao）（真正的）

同形異音詞雖然是不同的詞，但有一部分在歷史上、在
意義上有聯繫。例如“種（zhǒng）”表示的是能長芽生長的
植物果實，把這種果實放到地裏讓其發芽生長的行為就叫“種
（zhòng）”。“長（zhǎng）”表示生長，是一種行為，生物生長
就會變“長（cháng）”。“長（cháng）”表示的是“長（zhǎng）”
所產生的性狀。這是因為在歷史上它們有同源的關係。先是意
義有了變化，意義不同語音也不同了，就成為不同的語言單位。

在日常用語中有所謂“異讀詞”的說法。它指的是同一書
寫形式表示的詞（或語素）具有不同的讀音。它們實際上有三
種情況：

1. 同一個詞的同一個意義在不同的組合中（包括作為詞來
使用和組成合成詞、固定語）的讀音不同；例如(據《普
通話異讀詞審音表》（1985 年 12 月修訂））：

虹　　（一）hóng（文）

　　　如：～彩　～吸

　　　（二）jiàng（語）單說。

色　　（一）sè（文）

　　　如：顏～　～彩

　　　（二）shǎi（語）

熟　　（一）shú（文）

　　　如：～悉　～練

（二）shóu（語）

　　如：飯～了。

2. 同形異音詞中意義有聯繫的詞，如：

籠　　（一）lóng（名物義）

　　～子　牢～

　　（二）lǒng（動作義）

　　～絡　～括　～統　～罩

倒　　（一）dǎo

　　顛～　顛～是非　顛～黑白……

　　～板　～嚼　～倉　～嗓　～戈　潦～

　　（二）dào

　　～糞（把糞弄碎）

3. 同形異音詞中意義沒有聯繫的詞，如：

都　　（一）dōu　～來了

　　（二）dū　～市　首～　大～（大多）

拗　　（一）ào　～口

　　（二）niù 執～　脾氣很～

　　漢字形音義關係的複雜，它們表示的詞、語素在發展中形音義種種不同的變化，使語言中出現了情況多種多樣的多義詞、同音詞、異形詞、同形詞。多義詞、異形詞在現代是一個詞、一個語言單位；同音詞、同形詞是不同的詞，不同的語言單位。詞彙學主要是從意義上分析它們的同異、關係的遠近，避免在認識上、應用中發生混淆。

練習

一、根據詞義、語素義義項的多少劃分多義詞的類型：

低 ①從下向上距離小；離地面近（跟“高”相對）：～空。

②在一般標準或平均程度之下：～地｜聲音太～。

③等級在下的：～年級學生｜我比哥哥～一班。

④（頭）向下垂：～着頭。

窮 ①缺乏生產資料和生活資料；沒有錢。

②窮盡：無～無盡｜理屈辭～｜日暮途～。

③徹底（追究）：～究｜～追猛打。

④極端：～兇極惡｜～奢極侈。

留 ①停止在某一個處所或地位上不動；不離去：～校｜

他～在鄉村工作了。

②使留；不使離去：挽～｜拘～。

③注意力放在某方面：～心｜～神。

④保留：～底稿｜～鬍子。

⑤（把別人送來的東西）收（下）：禮物先～下來。

⑥遺留：旅客～言簿｜他把書都～在我這裏了。

警 ①戒備：～惕｜～戒。

②（感覺）敏銳：機～｜～覺。

③使人注意（情況嚴重）：～報｜～告。

④危險的緊急的情況或事情：火～｜報～。

⑤警察的簡稱：民～｜交通～。

二、分析下列各詞義項的關係：

鑿 △～子。

△打孔；挖掘：～井｜～個窟窿。

蘋果　△蘋果樹。

　　　△蘋果樹的果實。

安定　△（生活、形勢等）平靜正常。

　　　△使安定：～人心。

主考　△主持考試。

　　　△主持考試的人。

記載　△把事情寫下來：忠實地～事實。

　　　△記載事情的文章：我讀過一篇當時寫下的～。

惡化　△情況向壞的方面變：防止病情～。

　　　△使情況變壞。

星　　△夜晚天空中發光的天體。

　　　△（～兒）細碎或細小的東西。

配角　△藝術表演中的次要角色。

　　　△比喻做輔助工作或次要工作的人。

橋樑　△架在河面上，把兩岸接連的建築物。

　　　△比喻能起溝通作用的人或事物。

三、下列有雙關詞的地方，哪些是利用同音詞的聯繫，哪些是
　　利用一詞多義的聯繫？

　　1. 狗撕爛羊皮，東一口西一口。

　　2. 毛驢和牛頂架，豁出臉來幹。

　　3. 這種辦法叫蘑菇戰術，將敵磨得精疲力盡，然後消滅
　　　　之。

　　4. 清不清，江水混，遙江呼應橋橫行。

　　　　試問九州聽不聽？國際歌聲山河震。

四、改正下列句子中音同而誤的別字：

　　1. 民眾須要你把工作堅持下去。

2. 快開學了，我準備好了學習用的必須品。

3. 我們必需出色地完成自己的工作。

4. 每個人都需知，農業是國民經濟的基礎。

5. 把木頭料下，我們就休息了一會兒。

6. 他睡眼醒鬆地開了門。

7. 你應該震作精神，把學習搞好。

8. 他性情急燥，看問題片面。

9. 那葡萄顆顆光潔晶螢。

10. 人的認識是主觀對客觀的反應。

11. 孩子在地上玩一個陀螺。

12. 他最近作了兩套西裝。

五、舉出兩個讀音有微異的異形詞，舉出兩個部分意義相同的異形詞。

六、舉例解釋同形詞和異讀詞的關係。

第五章　同義詞、反義詞和詞的層次關係

　　第一章中說明了詞彙的系統性問題。詞彙中的詞義關係是詞彙系統性的重要表現。詞彙成員的詞義關係有構成層次關係的，也有不構成層次關係的。詞義的上下位關係、整體和部分的關係是兩種基本的層次關係。處在同一層次上的詞有同義、反義、同位關係等。由於同義詞、反義詞在語言運用中有重要作用，學者對它們有較多的研究。詞的上下位關係、整體和部分關係也越來越受到關注。本章說明同義詞、反義詞，也簡要說明上下位詞和整體、部分關係的詞。

　　從詞彙中的詞義系統來看，上下位詞、整體部分關係詞、同義詞、反義詞、同位詞的相對關係可以用下列例子說明：

例 1

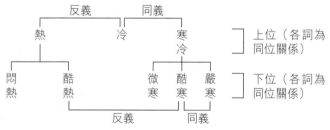

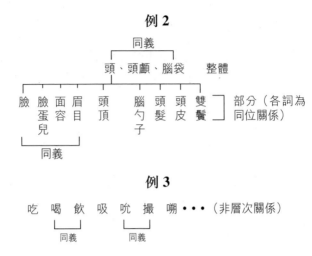

例 2

例 3

吃　喝　飲　吸　吮　撮　嘬•••（非層次關係）
　　　└─同義─┘　　└─同義─┘

一、同義詞

（一）同義詞的產生和類別

同義詞是怎麼來的呢？

新舊詞並存可以構成同義詞，如：文法──語法，母音──元音，日（出東方）──太陽（升起來了）。標準語和標準語吸收的方言詞可以構成同義詞，如：饅頭──饃，玉米──棒子，犁──犁杖。外來語詞和本民族語詞可以構成同義詞，如：幽默──詼諧，海洛因──白麵兒，拖拉機──鐵牛。外來語言的意譯詞和音譯詞也可構成同義詞，如：公尺──米，連衣裙──布拉吉。同義詞產生的最主要的原因是隨着社會生產、社會生活的發展、思想的發展，語言的詞語也在不斷豐富發展。如"地"原有"土地""田土"義，"地"現在單用，還可以表示這兩個意義（如：他家地不多｜他在家種地）。在語言發展中"地"又構成了"土地""田地"這樣的詞，這樣，"地""土地""田地"就構成了同義詞。"種"原有"種植""耕種"義，

"種" 加上別的語素，構成了"種植""耕種""栽種" 這些詞後，"種""種植""耕種""栽種" 就構成了同義詞。這樣，人們就可以用語言更細緻、靈活、完美地反映現實，表達思想感情。

現代漢語的同義詞很豐富，這是我們日常運用和閱讀中能充分感受到的。如陳增智等所寫的相聲《硬骨頭六連》中，講六連的英雄事跡又不許用"硬"字的一段：

甲　　他的骨頭

乙　　骨頭……結實

甲　　結實？！結實是甚麼意思？

乙　　結實就是不軟。

　　　……

乙　　不軟就是……（用手勢示意甲，這是容易理解的）啊……嗯……

甲　　（故作理解）噢……

乙　　（向觀眾）他明白了。

甲　　（不讓步）不軟是甚麼意思？

乙　　……"不軟"，用山東話來説"不孬"；上海話叫"結棍"；河南話叫"老鐵"……

這裏提到的 "硬" 的同義詞語是：硬，結實，不軟，不孬（山東語），結棍（上海話），老鐵（河南話），屬於普通話的同義詞是 "硬"，"結實"，還可以加上 "堅硬"。

同義詞的類別。從意義相同的程度上分類：

1. 等義詞

概念義完全相等。又有幾種情況。

（1）概念義、附屬義完全相等，任何語境都可以替換：

公尺——米　　　青黴素——盤尼西林

吉他——六弦琴　　維生素——維他命

（2）概念義相等，但不是任何語境都能替換：

　　1）普通話同吸收來的方言詞同義，流行區域不同：

　　　　西紅柿（北方流行）——番茄（南方流行）

　　　　暖壺（北方流行）——熱水瓶（南方流行）

　　　　玉米(通用)——棒子(北京、濟南、東北地區流行)

　　2）舊名（後者）新名同義，舊名已很少使用：

　　　　元音——母音　　輔音——子音

　　　　語法——文法　　激光——萊塞

　　3）概念義相等，附屬義不同，使用的場合不同：

　　　　水泥——洋灰

"水泥"書面上用得多，如"這些防禦工事全是鋼筋水泥構造"中的"水泥"不能用"洋灰"，廠名"××水泥廠"中的"水泥"，也不能用"洋灰"。"洋灰"則活在下層民眾的口語中，不能強迫他們改用"水泥"。

　　　　爸爸——爹——父親

三個詞都可以做同一親屬的名稱。"我＿＿＿＿是工人"中，用哪一個都可以。但"爸爸""爹"是稱呼語（兒女呼其父親），"父親"不是稱呼語，同是稱呼語，城市、知識分子多用"爸爸"，鄉村、下層民眾多用"爹"，不能強求一致。

以上的（1）可以說是絕對等義詞，（2）中的2）類也是絕對等義詞。絕對等義詞在語言中是少數，在表達上也無積極作用。2）類中的一個已消亡或正在消亡，（1）類中有的也用得少了，如現在多用"維生素""青黴素"，少用"維他命""盤尼西林"。

2. 同義詞

　　概念義有同，概念義和附屬義有異的詞。如：

　　　　江——河　　吞——嚥　　疼——痛

　　妨礙——妨害　　尊重——尊敬

消除——破除　　表揚——表彰

含糊——模糊　　廣大——寬廣

改進——改正　　減弱——削弱

同義詞還可從語素異同上分類：

語素全異的：

叫——喊　　　　　投——扔　　　　　肥——胖

美麗——漂亮　　籠罩——覆蓋　　毛病——缺點

憧憬——嚮往　　獨裁——專制　　課堂——教室

譏諷——嘲笑　　道路——途徑　　謹慎——小心

出色——卓越　　慢慢——漸漸　　怒吼——咆哮

語素一同一異的：

保衛——捍衛　　辯論——爭論　　實行——施行

輕率——草率　　慈愛——慈祥　　閃爍——閃耀

處理——處置　　出現——湧現——呈現

包含——包括——包羅　　步伐——步調——步驟

語素顛倒的：

式樣——樣式　　力氣——氣力　　泉源——源泉

整齊——齊整

（二）同義詞的分析

確定同義詞意義用法的異同是個很細緻的工作。我們準備對同義詞的分析方法先作一般的說明，然後具體分析幾組同義詞。

我們在第三章說過，詞有概念義，附屬義。構成同義詞必須概念義相同或相近，有同，才談得上分析其異。

如何分析同義詞的異同呢？一般應該進行詞義對比，充當句子成分的對比和詞語搭配對比。下面分別說明。

1. 詞義對比

這有幾種情況

（1）從一個義項對一個義項來説。

1）比較其概念義的異同。如：

讒言——流言——謠言

讒言　誣賴的、沒有根據的話。

流言　背後議論的、沒有根據的誣衊性的話。

謠言　沒有事實根據的，關於人或事物情況的話。

（意義説明參考詞典釋義，根據語言的應用情況）

這三個詞都是表名物的詞。本書第三章"概念義的分析"一節中我們説過，表名物詞語義的分析主要看它表示的事物所屬的類別，它表示的事物有甚麼特徵。這三個詞都可以用"話"作為它們的類詞語，説明它們都屬於人們所講的"話語"。從特徵看，它們都是沒有事實根據的，這是同。"流言"一般是背後議論的；"讒言"是可以公開説的；"讒言""流言"都是誣衊性的；"謠言"一般是關於人或事物的情況的，這是異。

頒佈——公佈

頒佈　（政府）公佈（法令、條例）

公佈　（政府、機關、團體）公開發佈（法律、命令、文告、通知）（意義説明參考詞典釋義，據語言的應用情況）

這兩個是表動作行為的詞。這類詞意義的同異主要看詞義包含的動作行為的特點、動作行為的主體、動作行為的關係對象等，這兩個詞的動作行為都是"公開發佈"，行為的主體都可以是"政府"，關係對象都可以是法令、法律、條例等，這是相同之處。"公佈"的行為主體還可以是"機構、團體"，它的關係對象還可以是"通知、文告"等,"頒佈"不能這樣用,這是不同之處。

優良——優秀——優異

優良 (品種、質量、成績、作用) 十分好。

優秀 (品行、學問、成績) 非常好。

優異 (品種、成績、貢獻) 特別好。

(意義說明參考詞典釋義,據語言的應用情況)

這三個詞都是表性狀的詞。這類詞意義的同異主要看"適用對象"和詞所表示的"性狀特徵"。這三個詞的同處在於,都表示超出一般的好的性狀特徵,它們也有相同的適用對象,都可以用於"成績"。不同之處在於,"優異"表示的好的性狀特徵超過"優秀"和"優良",它們有不同的適用對象,例如"優良"可以用於作風,"優秀""優異"都不行,"優異"可用於貢獻,"優良""優秀"都不能,"優秀"可用於作品,"優良""優異"不能用。

在分析詞義異同時,語素分解法有一定作用。我們舉"阻止"和"制止"為例。這兩個詞的構詞差別在於一有語素"阻",一有語素"制"。"阻"義為阻攔,"制"義為用強力約束,因此這兩個詞可分別解釋為:

阻止 使停止行動。

制止 強迫使停止。

"制止"有強迫義,"阻止"沒有,這就是這兩個詞表示的行為動作特徵的差別,兩個詞都有"使停止"義,這是它們的共同點。但很多詞意義有整體性,其含義語素不能完全表示,要在語境中才能表現出來,用語素分解來說明異同就很困難了。

2)比較其附屬義的差別。如"摧殘"有貶義,"摧毀"是中性詞,二者感情色彩不同,"哆嗦"是口語,"顫抖"是書面語，二者語體色彩不同，"玉照"是敬辭，"相片"是一般運用的中性詞，二者感情語體色彩都不同。

（2）從一個詞對另一個詞來說，又有好幾種情況。

1）單義詞對單義詞，實際上是（一）所談的情況。

2）單義詞對多義詞。

a. 單義詞只同多義詞的一個義項同義構成同義詞，如：

　　榜樣　值得學習的人、事。

　　樣板　①學習的榜樣。②板狀的樣品。③板狀工具
　　　　　（工業用）。

"榜樣"只同"樣板"①同義。

b. 兩個單義詞分別同多義詞的不同義項同義構成同義詞。
　　如：

　　料理　辦理，處理。

　　應酬　接待（客人）。

　　張羅　①辦理。②應酬。

"料理"和"應酬"分別同"張羅"的①②同義，構成同義詞。
這個類型還可以代表多義詞的更多的義項同更多的單義詞同義構成同義詞。

3）多義詞對多義詞

a. 兩個多義詞只有一個義項同義構成同義詞。如：

　　黑　①煤的顏色。②暗。③秘密的：～話。④惡毒
　　　　的：～心。

　　暗　①不明。②不公開的，隱藏不露的：～殺，～號。

"黑"的②和"暗"的①同義，構成同義詞。

b. 兩個多義詞有兩個（或更多的）義項同義，構成同義
　　詞。如：

　　舊　①過去的；過時的：～經驗，～時代。②長期使

　　　　　用變色變形：～書，～衣服。③老交情；老朋
　　　　　友：懷～。

　　老　①年歲大：～人。②老年人：扶～攜幼。③（口）
　　　　　婉辭，死。④很久以前存在的：～廠，～朋
　　　　　友，～根據地。⑤陳舊：～機器，房子太～
　　　　　了。⑥原來的：～脾氣，～地方。⑦長久：～
　　　　　沒看見他了。

"舊"的②同"老"的⑤同義，"舊"的①同"老"的④同義。

　　c. 一個多義詞的不同義項分別同另外兩個（或更多）多義
　　　詞的不同義項同義構成同義詞。如：

　　巧　①技巧。②靈巧：他很～。③虛浮不實：花言～
　　　　　語。④恰好：～極了，出門就遇到了他。

　　妙　①好；美妙：～不可言。②奇巧，神奇：～計。

　　好　①普遍使人滿意的：～東西，～作品。②友愛；
　　　　　和睦：我跟他～。③易於；便於：好辦。④完
　　　　　成：寫～了。⑤很：～冷。

"巧"的②同"妙"的②同義，"好"的①同"妙"的①同義。

　　一般認為，詞的基本義常用義同義才構成同義詞。同詞的
不常用義同義不算同義詞，如好③同"易於"、"便於"同義，
好⑤和"很"同義，但不構成同義詞。

2. 充當句子成分的對比

　　比較各個詞能否充當主謂賓定狀補，必要時，還可在更複
雜的語法結構中，比較它們能否充當某個成分。設同義詞為 A，
B，這種比較可以表示如下：

　　　主（1）謂（2）賓（3）定（4）狀（5）補（6）

A　　?　　　?　　　?　　　?　　　?　　　?

B　　?　　　?　　　?　　　?　　　?　　　?

這方面的對比可以顯示詞的語法特點（如所屬詞類，語法功能），也能顯示詞義特點。

3. 詞語搭配對比

比較各個詞同其他詞結合的情況，要在不同的句法位置上都進行比較，可表示如下（1、2、3、4、5、6代表主、謂、賓、定、狀、補，x、y、z代表加上去的詞語）：

$$x, y, z + \begin{cases} (A, B) & 1 \\ (A, B) & 2 \\ (A, B) & 3 \\ (A, B) & 4 \\ (A, B) & 5 \\ (A, B) & 6 \end{cases} + x, y, z$$

這方面的對比可以顯示詞的語法特點，也可以顯示詞的語義特點。

在充當句子成分的對比和詞語搭配的對比中：

1. 互相替換的試驗是主要方法。如：

A   B

（商量　商榷）$_4$ 的問題提出來了。

A   B

（商量　商榷）$_4$ 的錢給了。

上句"商量""商榷"皆可用，下句只能用"商量"。

2. 例句可自擬，也可以引用。

3. 公眾的語感（自己語感要能反映它）是鑒定的標準。不以有爭論的用例作根據。

有了上面所說的三方面的對比分析，然後綜合起來，就可以下結論了。

同義詞的分析大體上就是上面所說的內容。但是分析的步驟可以先 2. 充當句子成分的對比，3. 詞語搭配對比，再 1. 詞義對比。這是因為，詞義的對比雖然可藉助詞典，但自己應該通過觀察具體例句，再作一般的概括，有時還可以補充詞典釋義的不足。而 2.、3. 的對比也可以顯示詞的語義特點，所以 2.、3. 對比對具體例句的分析可以同 1. 的對比對例句的分析一致起來。

至此，我們可以給同義詞一個較完整的定義：同義詞除少數等義詞外，從詞的關係說，是基本義、常用義有相同或相近義項（一項或多項）的一組詞，從義項的關係說，是概念義有很大的共同性，但又有某些差別，或者附屬義有差別，或語法特點有差別的一組詞。

下面具體分析幾組同義詞。

商量　　商榷

（一）充當句子成分對比

1. 商量是必要的 ✓　商榷是必要的 ✓
   這種商量是必要的 ✓　這種商榷是必要的 ✓

2. 我們同他商量 ✓　我們同他商榷 ✓
   我們商量了一會兒 ✓　我們商榷了一會兒 ✗

3. 辦事要有商量 ✓　辦事要有商榷 ✗
   我們開始商量了 ✓　我們開始商榷了 ✓
   中美雙方進行商量 ✓　中美雙方進行商榷 ✓

4. 商量的意見給大家說了 ✓　商榷的意見給大家說了 ✓
   我們要商量的意見給大家說了 ✓
   我們要商榷的意見給大家說了 ✓

5. ────　　────

6. ────　　────

（二）詞語配搭對比

2. 對這個問題，我們要同你商量 ✓

對這個問題，我們要同你商榷 ✓

對這個提法，我們要同你商量 ✓　對這個提法，″✓

對這個觀點，我們要同你商量 ✓　對這個觀點，″✓

對這個論斷，我們要同你商量 ✓　對這個論斷，″✓

我們商量這個問題 ✓　我們商榷這個問題 ✓

我們商量這個提法 ✓　我們商榷這個提法 ✓

我們商量這個觀點 ✓　我們商榷這個觀點 ✓

我們商量這個論斷 ✓　我們商榷這個論斷 ✓

我們商量事情 ✓　我們商榷事情 ✗

我們商量借幾塊錢 ✓　我們商榷借幾塊錢 ✗

我們商量要幾個人 ✓　我們商榷要幾個人 ✗

我們商量買幾本書 ✓　我們商榷買幾本書 ✗

4. 商量的問題提出來了 ✓　商榷的問題提出來了 ✓

商量的條件提出來了 ✓　商榷的條件提出來了 ✓

商量的錢給了 ✓　商榷的錢給了 ✗

商量的人給了 ✓　商榷的人給了 ✗

（三）詞義對比

《現代漢語詞典》：

商量　交換意見：遇事要多同同事～｜這件事要跟他～
一下。

商榷　商討：這個問題尚待～｜他的論點還有值得～的
地方。

（四）分析

從（一）的對比看：1. "商量""商榷"都是討論協商的意
思。2. 兩個詞都能作主語、謂語，加"的"作定語，不能作狀語、補語；"商量"作賓語較自由，"商榷"作賓語有限制，它不能作"有"的賓語。

從（二）之 2. 的對比看：1."商榷"是對有不同看法的、有欠缺、錯誤的意見觀點提出討論，而"商量"除可用於有不同意見的問題的討論外，多用於一般的協商討論。2."商榷"的關係對象，一般只限於意見觀點；"商量"的關係對象則廣泛得多，可用於意見觀點，也可用於各種事情（如要人，借錢等）的商討。3."商量"的語體色彩是中性，"商榷"則有較濃的書面語色彩。

《現漢》的釋義和例句同上述分析一致。

總結：

兩個詞相同之處：都有協商、討論的意思，都能作主語、謂語、賓語、定語（帶的），是動詞。

兩個詞不同之處：1."商榷"着重指對有不同看法、欠缺錯誤的意見觀點提出討論，"商量"指一般的協商、討論；2."商榷"多用於意見、觀點，"商量"除用於意見觀點外，廣泛用於解決各種具體問題；3."商量"可帶表動作時間的詞語（如：商量了一會兒），"商榷"不能，"商量"能作"有"的賓語，"商榷"不能。

例句：

①杜竹齋……說："……——你們先把事情說清楚，回頭我再和他商量吧。"（茅盾《子夜》）

②對《評》文（指姚雪垠《評〈甲申三百年祭〉》）中提出的三個問題，我有不同看法，謹提出來與姚雪垠先生商榷。（谷斯範《應當全面評價〈甲申三百年祭〉》）

方法　方式

（一）充當句子成分對比

1. 方法要恰當 ✔　方式要恰當 ✔

　方法簡單 ✔　方式簡單 ✔

　科學的方法是重要的 ✔　適當的方式是重要的 ✔

2. ─── ───

3. 做工作要講究方法 ✔　做思想工作要講究方式 ✔

　採用正確的鬥爭方法 ✔　採用恰當的鬥爭方式 ✔

4. 方法的正確與否　方式的適當與否也要

　關係重大 ✔　認真考慮 ✔

5. ─── ───

6. ─── ───

（二）詞語搭配對比

1. 方法要正確 ✔　方式要正確 ✔

　方法要恰當 ✔　方式要恰當 ✔

　方法要科學 ✔　方式要科學 ✘

　方法很先進 ✔　方式很先進 ✘

　方法很複雜 ✔　方式很複雜 ✘

　方法很簡單 ✔　方式很簡單 ✔

　方法簡單 ✔　方式簡單 ✔

　方法很明確 ✔　方式很明確 ✘

　（談話的）方法粗暴 ✘　（談話的）方式粗暴 ✔

3. 講究方法 ✔　講究方式 ✔

　總結方法 ✔　總結方式 ✘

　制訂工作的方法 ✔　制訂工作的方式 ✘

　討論工作的方法 ✔　討論工作的方式 ✔

3.1 工作的方法 ✔　工作的方式 ✔

鬥爭的方法 ✓　鬥爭的方式 ✓

調查的方法 ✓　調查的方式 ✓

談話的方法 ✓　談話的方式 ✓

讀書的方法 ✓　讀書的方式 ✓

研究的方法 ✓　研究的方式 ✓

分析的方法 ✓　分析的方式 ✓

綜合的方法 ✓　綜合的方式 ✗

新的方法 ✓　　新的方式 ✓

老的方法 ✓　　老的方式 ✓

過時的方法 ✓　過時的方式 ✗

（以上"方法""方式"做中心語）

（三）詞義對比

《現代漢語詞典》：

方法　關於解決思想、說話、行動等問題的門路、程序等：工作～｜學習～｜思想～。

方式　說話做事所採取的方法和形式：工作～｜批評人要注意～。

（四）分析

從（一）的對比看，這兩個詞都能作主語、賓語，加"的"作定語，不能作謂語、狀語、補語，是名詞。

從（二）之 1 的對比可知，"方法"能從科學程度、先進程度、複雜程度方面去衡量，"方式"不能。這反映它們表示的特徵有差異。

從（二）之 3.1 的"談話的～"和（二）之 1 的"（談話的）～粗暴"對比可以知道："方式"有"形式"義，主要指談話時注意態度，講究措詞，考慮時間、地點、環境的因素等等，談話的方法主要指如何同對方談話，不強調態度、措詞等因素，所以"談話方式"可以説"粗暴","談話方法"則不能。

《現漢》的釋義和例句同上述分析一致。

總結：

兩個詞相同之處：都有"做事的門路、途徑"的意義，都能作主語、賓語、定語，是名詞。

兩個詞不同之處：1."方法"在"門路、途徑"意義上運用範圍比"方式"廣，指示科學研究的門路、途徑是其重要內容，可以有先進、落後，科學、不科學，複雜、不複雜的區分，"方式"不能這樣用。2."方式"在其運用範圍內有時指形式，"方法"不能這樣用。

例句：

① 可見救世的方法不對，要向西走向北了。(魯迅《華蓋集續編·我之節烈觀》)

② 生活方式中有一些東西是同社會經濟和文化水平的提高直接聯繫的。一個社會居民的消費水平，消費構成，消費方式就是如此。窮有過窮日子的方式，富有過富日子的方式……。

猛烈　激烈　劇烈

（一）充當句子成分對比

1. ——　　——　　——

2. 炮火猛烈 ✓　戰鬥激烈 ✓　疼痛劇烈 ✓
   進攻猛烈 ✓　壯懷激烈 ✓　反應劇烈 ✓

3. ——　　——　　——

4. 猛烈的炮火 ✓　激烈的戰鬥 ✓　劇烈的疼痛 ✓
   猛烈的進攻 ✓　激烈的反應 ✓　劇烈的反應 ✓

5. 猛烈地轟擊敵人 ✓　激烈地抨擊他們 ✓
   猛烈地抨擊他們 ✓

猛烈地進攻指揮所 ✓

6. 轟擊得猛烈 ✗　抨擊得激烈 ✗　痛得劇烈 ✗

　　抨擊得猛烈 ✗　　　　　　反應得劇烈 ✗

　　進攻得猛烈 ✗

　　轟擊得很猛烈 ✓ 抨擊得很激烈 ✓ 反應得很劇烈 ✓

　　抨擊得很猛烈 ✓　　　　　　痛得很劇烈 ✓

　　進攻得很猛烈 ✓

（二）詞語搭配對比

2. 炮火猛烈 ✓　炮火激烈 ✗　炮火劇烈 ✗

　　進攻猛烈 ✓　進攻激烈 ✗　進攻劇烈 ✗

　　轟擊猛烈 ✓　轟擊激烈 ✗　轟擊劇烈 ✗

　　抨擊猛烈 ✓　抨擊激烈 ✓　抨擊劇烈 ✗

　　風勢猛烈 ✓　風勢激烈 ✗　風勢劇烈 ✗

　　戰鬥猛烈 ✗　戰鬥激烈 ✓　戰鬥劇烈 ✗

　　運動猛烈 ✗　運動激烈 ✓　運動劇烈 ✓

　　鬥爭猛烈 ✗　鬥爭激烈 ✓　鬥爭劇烈 ✗

　　反應猛烈 ✗　反應激烈 ✓　反應劇烈 ✓

　　壯懷猛烈 ✗　壯懷激烈 ✓　壯懷劇烈 ✗

　　疼痛猛烈 ✗　疼痛激烈 ✗　疼痛劇烈 ✓

　　言詞猛烈 ✗　言詞激烈 ✓　言詞劇烈 ✗

　　爭論猛烈 ✗　爭論激烈 ✓　爭論劇烈 ✗

4. 以 2 的當主語的各個詞作中心語，替換試驗結果同
　　（一）之 2 一致。

（三）詞義對比

《現代漢語詞典》：

　　猛烈　氣勢大，力量大：～的炮火｜這裏氣候寒冷，風
　　　　勢～。

激烈　（動作、言論等）劇烈：百米賽跑是一項很～的運動 | 大家爭論得很～。

劇烈　猛烈：飯後不宜做～運動。

（四）分析

從（一）的對比看，三個詞都有變化程度高的意思，可以做謂語、定語、狀語、補語，都是形容詞。

從（二）之 2、4 的對比看，三個詞的適用對象有差異，"猛烈"可形容炮火、風、攻擊等，"激烈"可形容戰鬥、運動、言詞等，"劇烈"只形容運動、疼痛等。它們表示的性狀特徵也有些差別，"猛烈"偏指外形的氣勢和力量，"激烈"可指氣勢、力量，又可指人的思想感情活動變化大，"劇烈"偏指身體的活動、人的感受強烈。

《現漢》的釋義和例句同上述分析一致。

總結：

三個詞相同之處：都有活動變化程度高的意思，都能作謂語、定語、狀語、補語，是形容詞。

不同之處："猛烈"偏指氣勢和力量，適用範圍廣，但不用於人的思想感情活動，"激烈"既用於人的思想感情活動，也可用於形容氣勢和力量，"劇烈"用的範圍小，一般形容身體的活動和人的感受。

例句：

①他耳朵裏灌滿了轟，轟，轟！軋，軋，軋！啵，啵，啵！猛烈嘈雜的聲音會叫人心跳出腔子似的。（茅盾《子夜》）

②激烈得快，也平和得快，甚至於也頹廢得快。……所以前年的主張十分激烈，以為凡非革命的文字，統得掃蕩的人……（魯迅《上海文藝之一瞥》）

③她（指林佩瑤）的臉色現在也飛紅了，她的眼光迷亂，她的胸部很劇烈地一起一伏。（茅盾《子夜》）

（三）同義詞的作用

1. 增強語言的精確性。精確性主要是指意義。如：

> 油蛉在這裏低唱，蟋蟀們在這裏彈琴。翻開新磚來，有時會遇見蜈蚣，還有斑蝥，倘若用手指按住牠的脊樑（初稿作"背脊"），便會剝的一聲，從後竅（初稿作"後身"）噴出一陣（初稿作"股"）煙霧。（魯迅《從百草園到三味書屋》）

"背脊"指整個背部，"脊樑"指背的中間。"後身"所指部位較廣，"後竅"指煙霧噴出之處。改筆更加準確。"一陣"表示煙霧出現後很快消失，比"一股"更精細。

> 記得先已説過，這不過是我的生活中的一點陳跡。（初稿作"遺跡"）（魯迅《墳·寫在墳後面》）

"遺跡"更多用於指古代或舊時代的事物遺留下來的痕跡，如歷史遺跡，古代村落的遺跡。"陳跡"指過去的事情，用在這裏最恰當。

用詞精確也包括有時要顯示不同的語體感情色彩。挑選恰當的同義詞有助於做到這一點。

例如老舍在《龍鬚溝》中寫街道積極分子老趙拿着刀要殺惡霸的狗腿子馮狗子時説："我宰了這個王八旦！"這個"宰"不能換成"殺"。"宰"口語常用；更重要的是，用"宰"暗指對方是畜生，更傳達出仇恨和鄙視的感情。

又如丁玲在《太陽照在桑乾河上》寫知識分子文采對老鄉的一段講話：

> "老鄉，"文采的北方話很好懂，他的嗓音也很清

亮，"咱們今天是頭一回見面，也許——"文采立刻感覺
到這兩個字不大眾化，他在極力搜索另外的字眼，可是
一時找不到，想不起，他只好仍舊接下去："也許你們
還有些覺得生疏……"

"也許""生疏"多用在書面，它們的同義詞分別是"興許"（口
語詞）"不熟"（中性詞）。為了寫出知識分子文采在接近農民時
的情況，作者描述他在同老鄉講話中對不同語體色彩的同義詞
的挑選，顯得很真實。

2. 增強語言的表現力

同義詞這方面的作用主要通過變化和排列來表現。

變化——同一意思在不同的地方用不同的詞，如：

> 我之一方是比較地確實的，敵之一方很不確實，但
> 也有朕兆可尋，有端倪可察，有前後現象可供思索。

"朕兆""端倪"都指兆頭，預兆。

> 這樂器正像我們全班戰士，
>
> ——一排整齊的小夥：
>
> 聽那音調，激越高亢。
>
> 呼山山應，喚水水和。（李瑛《給一個戰士演奏者》）

"呼"和"喚"，"應"和"和"是同義詞。

排列——相近的意思在同一的地方用不同的詞，如：

> 青松喲，
>
> 是小興安嶺的旺族。
>
> 小興安嶺喲，
>
> 是青松的故土。
>
> 咱們小興安嶺的人啊，
>
> 與青松親如手足。

一樣的志趣，

一樣的風度，

一樣的胸懷，

一樣的抱負

青松啊，

是咱們林業工人的形圖！（郭小川《青松歌》）

詩中“志趣”“胸懷”“抱負”都有理想義，加以排比，意思和感情都更鮮明了。

二、反義詞

（一）甚麼是反義詞

一般説反義詞是意義相反的詞。但甚麼叫意義相反呢？需要解釋它的邏輯意義。

意義相反首先指所表達的概念意義在邏輯上有矛盾關係。甚麼叫矛盾關係？就是肯定一方必否定另一方，否定一方必肯定另一方的關係。如：

肯定	否定
則	
否定	肯定
真	假
動	靜
存	亡
男	女
白天	晚上
這	那

這些詞是有矛盾關係的反義詞。

其次指所表達的概念意義在邏輯上處於反對關係的兩個極

端。甚麼叫反對關係，即肯定一方必否定另一方，但否定一方不能肯定另一方的關係（因為有第三者的可能）。如：

黑	藍	紅	黃	白
大		中		小
上		中		下
優	良		中	差
開始		中間		結束
光明				黑暗
勝利				失敗

對於反對關係的兩個極端之間的中間狀態，有時有詞表示，有時用詞組表示，如"光明—黑暗"中間可以有"微明"、"暗淡"、"不黑不亮"，"勝利—失敗"中間可以是"和局"，也可以說"不分勝負"。

甚麼叫反對關係的兩個極端呢？指的是兩個詞所表示的是行為變化性質狀態時空位置等等的兩個極端的情況和位置。它們的特徵是：第一，在意義上有鮮明的對照，如大、小，上、下，勝利、失敗等，這是客觀事物變化發展兩種極端狀態的反映。第二，它們有時連用可以代表變化、狀況、時空的全部，如上下（上下一條心），大小（大小都平安），左右（左右都是得力的助手），古今（古今中外）等。

哪些詞代表兩個極端有時由於詞具有不同的社會內容而不同，如黑白，分別代表黑暗光明，或錯誤正確；紅白，分別代表政治上先進與落後。

反義詞意義也有同的一面，它們從兩個對立的方面去表示同一運動、變化、過程，同一方面的性質、狀態，如古、今表時間，頭、尾表過程，黑、白表顏色等等。

（二）反義詞的類別

1. 從構詞上分類

單音的：

冷—熱	乾—濕	高—低	厚—薄
深—淺	強—弱	疏—密	忙—閒
沉—浮	進—退	買—賣	攻—守
喜—怒	哀—樂	生—死	上—下

雙音的：

結構相同，語素義相反：

堅強—脆弱	稀疏—稠密	狹窄—廣闊
前進—後退	上升—下降	快樂—痛苦

結構相同，一個語素的意義相反，一個語素相同：

高級—低級	好看—難看	片面—全面
進步—退步	出席—缺席	開幕—閉幕
長處—短處	正面—反面	上游—下游

結構相同，語素皆不同：

公開—秘密	平坦—崎嶇	乾淨—骯髒
先進—落後	擁護—反對	看重—忽視

多音的：

唯物主義—唯心主義

2. 從詞類上分類

名詞中的反義詞：

和平—戰爭	主觀—客觀	優點—缺點
天堂—地獄	君子—小人	支出—收入
男子—女子	現象—本質	高潮—低潮

形容詞中的反義詞：

偉大—渺小　　誠實—虛偽　　迅速—緩慢

勇敢—怯懦　　高尚—卑鄙　　正確—錯誤

單純—複雜　　積極—消極

動詞中的反義詞：

團結—分裂　　服從—反抗　　積累—消費

擁護—反對　　破壞—建設　　集中—分散

進攻—退卻　　擴大—縮小　　吶喊—沉默

其他詞類中的反義詞：

來得及—來不及　　永遠—暫時　　至少—至多

3. 從義項關係上分類

單義詞對單義詞：

　稀疏　（物體、聲音）在空間或時間上間隔遠。
　稠密　多而密。

　自大　自以為了不起。
　自卑　輕視自己，認為無法趕上別人。

單義詞（或多義詞的一個義項）對多義詞的一個義項：

　買　拿錢換東西。
　賣　①拿東西換錢。②為自己的利益出賣祖國或朋
　　　友：～國，～友。③儘量用出來：～勁兒，～力。

"買"只跟"賣"①義構成反義。

　　真　①實在的。②清楚：字看不～。

　　假　①不真實，不是原來的。②借用，利用：～人之手。

"真"的①義和"假"的①義構成反義。

多義詞多個義項對多義詞多個義項：

冷　　　　　　　　　熱

①溫度低：～水 ◄────────► ②溫度高：～水

②使冷：～一下再吃 ⟵⟶ ③使熱：～一下再吃

③不熱情：～心腸。 ⟵⟶ ⑤情意深：～心腸。

⑥不受歡迎的：～貨 ～門。 ⟵⟶ ⑦受歡迎的：～貨～門。

⑦暗中發射：～槍 ⑥非常羨慕，急切想得到：眼～。

這類詞常見的還有：上—下，深—淺，好—壞，長—短，光明—黑暗等等。

一個詞的各個意義（分義項或未分），分別同不同的詞構成反義詞：如：

開（門） 開①使關閉着的東西不再關閉。
關（門） 關①使開着的物體合攏。

開（卷） 開⑤解除（封鎖、限制）。
封（卷） 封①封閉。

（花）開 開③舒張。
（花）落 落①物體失去支持而下來。

開（燈） 開①
閉（燈） 閉①關，合。

忽視（不注意，不重視） ⟵⟶ 重視 對人的德才事物的作用認真對待
注意 把思想放到某方面
看重 看得起，看得很要緊

4. 語言反義詞和言語反義詞

語言反義詞指脫離上下文皆可成立的反義詞，它們表示的是普遍對立的意義範疇。上面所舉的例子都屬語言反義詞。

言語反義詞是指在一定的上下文中，一定的條件下，所用的詞表示了現實生活中非此即彼的對立，或兩極性的對照，成了反義詞。如：

　　不作風前的楊柳，要作岩上的青松。（程光銳《雷聲

萬里》）

　　突出點選在左翼，恰當敵之弱點，容易取勝；選在
右翼，碰在敵人的釘子上，不能奏效。（《論持久戰》）

　　我慚愧：我終於還不知道分別銅和銀；還不知道
分別布和綢；還不知道分別官和民；還不知道分別主和
奴；還不知道……（魯迅《野草·狗的駁詰》）

"楊柳"和"青松"一般不是反義詞，上句它們分別比喻"懦弱
的人"和"堅強的人"，成為言語反義詞。"弱點"和"釘子"更
不是反義詞，但在上句中，"釘子"比喻敵人防守堅固之處，同
"弱點"表示"敵人防守薄弱之處"構成反義，形成了言語反義
詞。"銅"和"銀"、"布"和"綢"也不是反義詞，在這裏通過
詞的借代用法，"銅"和"布"指代卑賤的（東西、人），"銀"
和"綢"指代高貴的（東西、人），分別構成了兩組言語反義詞。

　　相關的詞反映了現實生活中尖銳對立的雙方，也可以成
為言語反義詞。現實生活中許多矛盾着的事物現象，在一般情
況下不一定都是尖銳對立的，但在一定的條件下，雙方對抗激
烈，就成為對抗的兩個極端。反映這些事物現象的詞，就有了
非此即彼或反對關係的兩個極端的關係，成了言語反義詞。
如：

　　妥協還是抗戰？腐敗還是進步？（《論持久戰》）
在這種條件下，在一定的上下文中，"妥協"和"抗戰"，"腐
敗"和"進步"成了言語反義詞。

　　很多詞離開上下文配成反義詞不盡恰當，在作者用以表示
現實生活中種種對立着的矛盾時，它們就構成了非常恰當的反
義表述。如：

　　她在深夜中盡走，一直走到無邊的荒野；……石像
似的站在荒野的中央，於一刹那間照見過往的一切……

又於一剎那間將一切併合：眷念與決絕，愛撫與報仇，養育與殲除，祝福與咒詛（魯迅《野草‧頹敗線的顫動》）

“眷念”“愛撫”“養育”都不易找到確定的反義詞，在這裏，在對種種對立矛盾的雙方的表述中，它們分別同“決絕”“報仇”“殲除”配成了反義詞。上面所引魯迅《狗的駁詰》的一段中，“官”和“民”也屬這種情況。

語言運用中的反義表述（不限於詞）是很豐富的。可以用語言反義詞（數量有限），可以用肯定否定式（合法—非法，清楚—不清楚，“不清楚”是詞組），而言語反義詞的運用更是大量的。實際上，這些手段是穿插使用的。例如：

做這件事需要極大的主觀努力，需要克服戰爭特性中的紛亂，黑暗和不確實性，而從中找出條理，光明和確實性來，方能實現指揮上的靈活性。（《論持久戰》）

這段文章中，“黑暗”“光明”是語言反義詞，“確實性”和“不確實性”是詞和它的否定式（詞組）構成反義表述，“紛亂”是形容詞，“條理”是名詞，孤立地說它們是反義詞會有爭議，但在這個上下文中，它們配成了很好的反義詞。

（三）反義詞的作用

反義詞的作用是表示事物、行為、性狀等等的對立。

1. 表示不同事物現象的對立。如：

牆上蘆葦，頭重腳輕根底淺，

山間竹筍，嘴尖皮厚腹中空。（《改造我們的學習》）

要完整地反映整個事物，反映事物的本質……就必須經過思考作用，將豐富的感覺材料加以去粗取精，去偽存真，由此及彼，由表及裏的改造製作工夫，造成概念和理論的系統，就必須從感性認識躍進到理性認識。

（《實踐論》）

2. 表示同一事物現象在不同關係上的對立。如：

> 我們的山區是貧困的，
>
> 但最貧困的卻是山區的母親。
>
> 你知道，有甚麼屬於她，
>
> 除了自己乾枯的雙手瘦瘠的腰身，
>
> ……
>
> 但我們倔強的母親，
>
> 十分慳吝卻又十分慷慨，
>
> 十分嚴峻卻又十分溫順
>
> 她在山洞——
>
> 用僅有的一粒鹽，
>
> 為我們沖洗傷口：
>
> 用僅有的一把米，
>
> 為我們熬粥暖身，
>
> 而自己卻煮着一鍋草根。
>
> （李瑛《深山行進——致山區母親》）

詩中用了"慳吝—慷慨""嚴峻—溫順"兩對反義詞。表面上似乎是不能並存的性質，同時用於一個人，一個地方，耐人咀嚼。它表現了山區母親對待不同對象的不同感情：對自己，慳吝；對戰士，慷慨。對敵，嚴峻；對己，溫順。

反義詞還能幫助構成不少雙音詞、成語。

反義詞構成的雙音詞的意義往往不是兩個語素義簡單的相加，有時是以兩個部分代替整體，如：

> 動靜　　以"動""靜"代表變化的全部情況。
>
> 始終　　以"始""終"表示事情的全過程。

寒熱　　代替整個氣候變化。

方圓　　代替幾何圖形的整體。

其他如"是非，旦夕，得失"等皆如此。

有些反義詞構成的詞的意義是語素義的引申，如：

雌雄（一決雌雄）　表勝負。

沉浮（與世沉浮）　喻盛衰。

深淺（不知深淺）　表困難、險惡情況。

反義詞構成的成語如：水落石出，七上八下，朝秦暮楚，眼高手低，等等。成語我們以後再講。

三、上下位詞

（一）甚麼是上下位詞

前面已經提到上下位詞是有類（大）和種（小）關係的詞。類和種的關係，本質是一般和個別的關係。一頭頭世上存在的牛是個別，把它們總稱為"牛"，這個"牛"的概念和詞是一般。個別和一般也是相對的。"牛"這個概念對具體的一頭頭牛來說是一般，對於"動物"這個概念來說它又是個別。"動物"對於"牛"來說是一般，對於"生物"來說又是個別。它們的關係是：個別體現一般，一般存在於個別之中。

從詞的概念義的適用對象和表示的對象特徵來講，上位詞的適用對象大於下位詞的適用對象，下位詞表示的對象特徵深於（包含的特徵多於）上位詞表示的對象特徵。例如：

食品　能吃的東西。它表示的對象特徵是"能吃的"。

麵食　麵製成的食品。它表示的對象特徵是"能吃的""麵製成的"。

餃子　一種小麵食，用未發過的麵擀成薄片包肉菜餡製成。它表示的對象特徵是"能吃的""麵製成的""用未發過的麵擀成薄片，包肉菜餡製成""小"。

可見，從適用對象講"食品"＞"麵食"＞"餃子"。從對象特徵講"食品"少於"麵食"，"麵食"少於"餃子"。

不要把一般和個別的關係同整體和部分的關係相混淆。有兩種整體和部分的關係，一種是整體和它的構件的關係，如：

$$
房子\begin{cases} 屋頂 \\ 門 \\ 窗戶 \\ 牆壁 \end{cases}
$$

房子是整體，屋頂、牆壁等是組成整體的各個構成部分。這種部分和整體的關係是部分＋部分＋部分＝整體。單個部分不能體現整體。表示這種整體部分關係的詞，不構成上下位詞。

有另一種整體和部分的關係，就是整體和它的各個成員的關係，如：

$$
學生\begin{cases} 小學生 \\ 中學生 \\ 大學生 \end{cases} \qquad 金屬\begin{cases} 金 \\ 銀 \\ 銅 \\ 鐵 \\ 錫 \end{cases}
$$

一方面，它們是整體和部分的關係，適用於"部分＋部分＋部分＝整體"的公式；另一方面，它們也有個別和一般的關係：個別體現一般，一般存在於個別之中。這類詞，可以構成上下位詞。

（二）上下位詞在語言中出現的情況

1. 有嚴格的、科學分類中的上下位詞，也有非嚴格的日常運用的上下位詞。

前者如：

$$
金屬\begin{cases}
黑色金屬\begin{cases}鐵\\ 鉻\\ 錳\end{cases}\\
\\
有色金屬\begin{cases}重金屬（比重在5以上）：銅鎳鉛錫鋅\\ 輕金屬（比重在5以下）：鈉鈣鋁鎂\\ 稀有金屬：鋯鉻鈮鉭等三十餘種\\ 貴金屬：金銀鉑族金屬（釕銠鈀鋨銥鉑等）\end{cases}
\end{cases}
$$

動物界

> 門　脊索動物門
>
> 　亞門　脊索動物亞門
>
> 　　綱　哺乳綱
>
> 　　　亞綱　真獸亞綱
>
> 　　　　目　食肉目
>
> 　　　　　科　犬屬
>
> 　　　　　　種　家犬

很多學科都有對研究對象的嚴格的科學分類，其分類系統就是一個嚴整的上下位概念關係的系統。在這些分類系統中，不少類別的名稱是用詞組來表示的，如上面的"脊索動物門""脊索動物亞門"，但相當多的類別名稱是用詞表示的（如上面的門、亞門、綱、亞綱、目、科、種），因此包含着詞的上下位關係。

非嚴格的日常運用的上下位詞有幾種情況：

一種是對學科中嚴格的科學分類作簡縮和變通，如以前舉過的例子：

$$生物—動物— \begin{cases} 人 \\ 牛 \end{cases}$$

又如：

$$果子 \begin{cases} 漿果 \begin{cases} 桃 \\ 李 \\ 杏 \end{cases} \\ 硬果 \begin{cases} 核桃 \\ 栗子 \end{cases} \end{cases}$$

一種是本沒有嚴格的科學分類系統，由習慣運用而形成的。如：

$$方法 \begin{cases} \underline{烹調方法}——熬、炒、燉、紅燒 \\ \underline{嫁接方法}——枝接、芽接 \\ \underline{治療方法}——針灸、烤電、理療 \\ \underline{記分方法}——五分制、百分制 \\ 畫\quad\quad 法——工筆\quad 潑墨 \\ 染\quad\quad 法——捲染\quad 軋染 \\ 印\quad\quad 法——影印\quad 石印 \end{cases}$$

加線者為詞組。

這一種情況最多，若以布、符號、人（人員）、器物（器具）、儀器、工具、容器、事情、活動、變化、現象等為上位詞，其下位詞的數量是相當可觀的。

2. 有多級的上下位詞，有兩級的上下位詞，在嚴格的科學分類中多級的多，兩級的多出現在日常運用的分類系統中。

多級的如上面舉過的動物界的分類系統。

兩級的如：

$$土\begin{cases}熟土\\生土\end{cases} \qquad 井\begin{cases}苦井\\甜井\end{cases} \qquad 溝\begin{cases}明溝\\暗溝\end{cases}$$

3. 一個詞在不同的聯繫上可以有不同的（多個）上位詞。
   如：

$$物—動物—\begin{cases}家畜\\力畜\\役畜\\牲畜\\牲口\end{cases}馬 \qquad \begin{cases}色彩\\顏色\\光\end{cases}紅 \qquad \begin{cases}動作\\行為\\行動\\運動\end{cases}跑$$

表名物的詞中普遍存在詞的上下位關係，上面舉的例子，絕大多數都是表名物的詞。

表動作行為的詞和表性狀的詞中，有一部分也存在詞的上下位關係。如：

$$跑\begin{cases}小跑\\快跑\\飛跑\\狂奔\end{cases} \qquad 洗\begin{cases}沖洗\\刷洗\\乾洗\\水洗\end{cases}$$

$$黃\begin{cases}嫩黃\\鵝黃\\昏黃\\焦黃\end{cases} \qquad 香\begin{cases}清香\\異香\end{cases}$$

（三）上下位詞的作用

上下位詞常用來構成一種表達認識的重要方式，這個方式是：

> 下位詞 是 ××× 的 上位詞

這種表達方式是根據客觀實際，把個別同一般聯繫起來，使人認識某個個別屬於何種一般，它在這種一般中又有何特徵。例如：

　　　小孩問：甚麼是象呢？

　　　　答：象是有長鼻子的動物。

“象”是下位詞，“動物”是上位詞，“有長鼻子的”表示象的特徵。這種表達方式日常運用甚廣，甚頻繁。表述不要求精密，只要找到一定的上位詞，指出一般的特徵就可以成立。

　　如果對這個表達方式加以嚴格的限制，就成為科學的精確的定義。這個限制主要是：

1. 用來構成定義的類概念（上位概念，用詞或詞組表示）應該是被定義的種概念（下位概念，用詞或詞組表示）的最近的類。

2. 所説明的被定義概念的特徵（叫種差），應該是本質屬性。例如：

重金屬　　比重大於 5 的金屬。

民　　族　　是在歷史上形成的一個有共同語言、共同地域、共同經濟生活，以及表現於共同文化上的共同心理素質的穩定的人們的共同體。

植物學　　研究植物的形態、分類、生理、生態分佈以及遺傳進化的科學。

　　這個表達方式也是詞典常用的釋義方式，叫定義式釋義，它的原理同定義相同，其精確程度有時等於定義，有時不及定義，但一般比日常表達準確。這種釋義方式以後還要講。

　　詞的上下位關係在構詞中有重要作用。語言中常看到利用表示某種事物現象的詞作為詞根，加上修飾限制它的語素，產生出這個詞的許多下位詞來。上面舉的例子中許多屬於這種情況。再如：

　　　人——名人、要人、常人、盲人、病人、好人、壞人、

　　　　　窮人、富人、親人、客人……

　　船——木船、渡船、帆船、海船、輪船、漁船、郵船、
　　　　　油船、拖船……

　　審——初審、復審、公審、會審、終審

　　唱——獨唱、對唱、領唱、輪唱、吟唱

　　藍——翠藍、碧藍、藏藍、湛藍

　　爛——腐爛、潰爛、霉爛

這種構詞方法是詞彙豐富發展的重要手段。

　　上下位詞的存在是詞彙系統的一個重要表現，如果對不同語言的上下位詞進行比較，就會發現不同語言詞彙的一些特點，例如漢語“紅”的下位詞有桃紅、橘紅、猩紅、金紅、棗紅、粉紅、血紅、朱紅、鮮紅、緋紅、大紅等等，而英語 red 的下位詞是 crimson（深紅）scarlet（緋紅、淺紅、鮮紅）pink（桃紅），棗紅是 purplish red，血紅是 blood red，後二者英語用詞組表示。

四、整體—部分關係詞

　　有整體—部分關係的詞，如“手”和“手心”，“衣服”和“袖子”，“年”和“月”，“中國”和“北京”，因其關係清楚，不會引起理解和應用上的麻煩，在語言知識的說明中少涉及。在語言詞彙系統、詞義系統中它是一個重要的方面。

　　思維語言對事物空間的分割、時間的分割，對組成物體的各個部分的分割，都存在不同角度的、多層次的整體—部分的分割，其中有許多分割單位的名稱是用詞來表示的，這些詞就構成整體—部分關係。在這類詞中有一部分是整體—成員關係的（如：學生——小學生、中學生、大學生），它們同時也具有

上下位關係；有一部分是整體—構件關係的（如上面舉的"手"和"手心"等例子），它們之間不存在上下位關係。下面我們着重說明含有"整體"—"構件"關係的詞。

（一）語言中存在的整體—部分關係詞

語言中存在大量的整體—部分關係詞。例如：

1. 地區、地域名稱

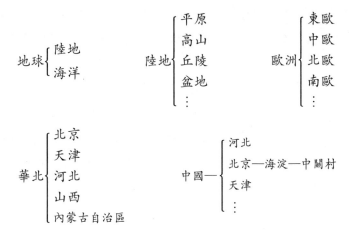

2. 時間、時段名稱

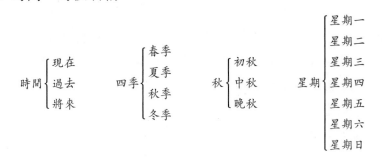

3. 動物體部位名稱

人體 ⎰ 頭、頸、手、肩膀、胸、腹、背、腿、腳、⋮

手 ⎰ 拇指、食指、中指、無名指、小指、手掌、手腕、⋮

魚 ⎰ (魚頭)、(魚身)、(魚尾)、鰭、鱗

鳥 ⎰ (鳥頭)、(鳥身)、翅膀、腳、爪子、尾巴

＊加括號的可看作詞組，下同。

4. 植物體部位名稱

樹 ⎰ 樹根、樹幹、樹枝、樹葉

葉子 ⎰ 葉肉、葉脈、葉腋、葉鞘、葉柄

花 ⎰ 花冠、花梗、花托、花瓣、花蕊

果子 ⎰ 果皮、果肉、果殼、果核

5. 機械各部位的名稱

汽車 ⎰ 發動機、底盤、車身子、輪子

電鑽 ⎰ 電動機、減速器、(麻花桿子)

$$
(蒸汽機車)
\begin{cases}
煤水車 \\
火箱 \\
鍋胴 \\
煙管 \\
煙箱 \\
火星網 \\
(乏汽噴嘴) \\
導輪 \\
汽缸 \\
活塞 \\
導板 \\
搖桿 \\
主動輪 \\
連桿 \\
他動輪 \\
爐牀 \\
從輪
\end{cases}
$$

$$
驗電器
\begin{cases}
金屬桿 \\
絕緣體 \\
圓\quad 筒 \\
金\quad 箔
\end{cases}
$$

6. 用品用具各部位的名稱

$$
筆
\begin{cases}
筆桿 \\
筆帽 \\
筆尖 \\
筆膽
\end{cases}
$$

$$
電熨斗
\begin{cases}
(熨斗芯子) \\
(金屬底板) \\
壓鐵 \\
罩殼 \\
手柄
\end{cases}
$$

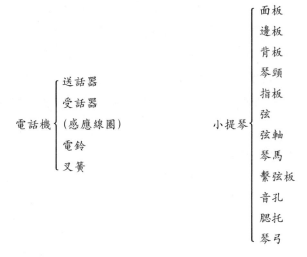

以上只是舉例。各種各樣的自然物、人工製造物的整體—部分的名稱是不勝枚舉的。

（二）整體—部分關係詞的意義關係

這類詞意義的關係可以從兩個角度來分析。

1. 從"整體"和"部分"間的關係來看，有分割層次多的，有分割層次少的。層次多的如對人體的分割：

如對廣大的地區、地域的分割：

　　亞洲—中國—華北—北京—海淀—中關村

分割層次少的如對一般器物的分割：

眼鏡 { 鏡片 鏡架子　　門 { 門框 門板 門閂 門坎

分割層次的多少顯然依賴於人們對事物認識的需要。複雜的事物，需要深入認識的事物，分割產生的整體—部分關係的詞層次就多；反之，就少。

另外可注意的是，人們對同一事物作整體—部分分割是可以從多角度進行的。例如對於時間，可以有"現在""過去""將來"的劃分，又可有"世紀""年""月""日"的劃分，又可有"初期""中期""末期"的劃分。對於"人體"，可以有上面說過的"頭""頸""肩膀""胸""腹"等的劃分，又可有"上身""下身"的劃分。對於"山"，可以有"山頂""山腰""山腳"的劃分，又可另有"山谷""山坡""山崖""山脊"等的劃分，等等。

2. 從"整體"之下同一層次的表"部分"的詞的意義關係來看，它們可以有同義關係，如上面舉過的例子："頭"之下的"臉、臉蛋兒、面容、眉目"。再如"手掌"之下的"掌心、手心、手掌心"，"腳"之下的"腳掌、腳板、腳底板"，"車"之下的"車輪、輪子、輪盤、輪、軲轆"等。也可以有反義關係，如"時間"之下的"過去—將來"，"河流"之下的"上游—下游"，"地區"之下的"本地—外地"，"方向"之下的"東方—西方"，等等。

有的同一層次的表部分的詞，對有關對象的分割比較粗，如"河流"分為"上游""中游""下游"，"山"分為"山頂""山腰""山腳"，"草"分為"草根""草葉"，"刀"分為"刀刃""刀背""刀把"等。有的同一層次的表部分的詞，對有關對象的分割很細。如"人體骨骼"分為大類十九個部分：顱骨、鎖骨、肩胛骨、肱骨、橈骨、尺骨、腕骨、掌骨、指骨、脊椎、骶骨、髖骨、股骨、臏骨、腓骨、脛骨、跗骨、蹠骨、趾骨。在專業的用語中，各部分還有更細密的劃分，如"掌骨"下又分為"月骨""三角骨""豌豆骨""鈎骨""頭狀骨""舟骨""大多角骨""小多角骨"等八個部分。其中的名稱有些是固定詞組式的專門用語，而多數是用合成詞表示的。分割的粗細也依賴於人們對事物認識的需要，複雜的事物，需要深入認識的事物，隨着認識的進步、科學研究的發展，人們對有關對象各部分的分割越來越細密。

"整體"之下同一層次表"部分"的詞意義關係另一值得注意的方面是有些"部分"之間的界限是清楚的，有些"部分"之間的界限是模糊的。"星期"之下的"星期一、星期二、星期三、星期四、星期五、星期六、星期日"界限是清楚的，"一天"之下的"早上、中午、下午、晚上、夜間"界限不是那麼清楚的。"河流"之下的"上游""中游""下游"界限也不那麼清楚，而"華北"之下的"北京""天津""河北""山西""內蒙古自治區"界限就是清楚的。

下面簡要説明認識"整體"—"部分"關係的詞的作用。

不同語言分割某一事物產生的"整體"—"部分"的詞的系統往往有不同的地方。例如漢語的"眉毛"同英語的"brow"相當，漢語的"眉頭"英語叫"brows"，"眉梢"英語叫"the tip of the brow"，"眉心"英語説成"between the eyebrow"；漢語的"眉頭""眉梢""眉心"英語都無專門的詞表示。由此可見兩種語言對"眉毛"的分割構成的詞彙系統的不同。

漢語中表示"整體"下各部分的詞或語素在構詞中有一定的作用，它們往往組合起來構成合成詞(如"筆墨""手足"等)，這種合成詞的意義往往不是語素義的組合，而是借指，比喻其他意義。例如：

筆墨　指文章或詩文書畫等。

手足　①指舉動，動作：～無措

　　　②比喻弟兄：情同～

眉目　①眉毛和眼睛，泛指容貌：～清秀

　　　②文章、文字的綱要；條理：～不清

　　　（按：①義為借代義，②義為比喻義）

耳目　①指見聞：～所及｜～一新｜～不廣

　　　②指替人刺探消息的人：～眾多。

　　　（按：①義為借代義，②義為比喻義）

枝葉　枝子和葉子，比喻瑣碎的情節或話語。

肝膽　①比喻真誠的心：～相照。

　　　②比喻勇氣、血性：～過人。

　　表整體下各部分的詞往往出現在並列詞語中，這時要注意意義是否相稱，如常説 "京津地區" 不説 "華北河北地區"。在精確地説明地區、時間時，表整體—部分的詞排列有一定的次序，漢語是從整體到部分，英語是從部分到整體。

練習

一、分析下列兩組同義詞：

　　典範　　範例　　糟蹋　　浪費

二、在下列空格中填入適當的反義詞或同義詞：

　　1. 敵強我弱，我有滅亡的危險，但敵尚有其他缺點，我尚有其他優點。敵之優點可因我之努力而使之_____，其缺點亦可因我之努力而使之擴大。我方反是。我之優點可因我之努力而加強，缺點因我之努力而_____。所以我能最後勝利，避免滅亡，敵則將最後失敗，而不能避免整個帝國主義制度的_____。

　　2. 這些年，發生了多少令人眼花繚亂的事件……素日被崇敬的一切在一個早上突然統統踏在了腳下，而新的隆重儀式卻被證明是完全的騙局。衝動變成了_____，_____變成實際上的推廣；希望和_____，_____和吶喊，對政治的厭倦和前所未有的政治熱情正在交織變化……啊！光明而又_____的中國，莊嚴、動盪而又_____的歲月。

三、給下列各詞找到適當的上位詞，並用它對各詞做定義式的釋義：

　　古玩　　燒酒　　白字

四、在建築物、交通工具中各舉一組包含有整體—部分關係的詞，它們都各包含一組同義詞。

五、舉出一組上下位詞，其中包含有一組同義詞，一組反義詞。

第六章　詞義的發展

　　分析詞義的發展，可以有不同的角度。一種是從詞義的聯繫來分析，這種分析同多義詞各個意義聯繫的分析是一致的。只不過講詞義發展，是從歷時平面上說明；講多義詞意義的聯繫，是從共時平面上說明。這個內容，我們在第四章中"多義詞義項意義的聯繫"一節中已作過講述。另一種分析是將詞義同它發展出的意義加以比較，看在內容上出現了甚麼樣的結果。常見的情形是詞義深化、詞義擴大、詞義縮小、詞義轉移、感情色彩改變等。各類型又有不同的情況。這一章就從這個角度來說明詞義的發展。

一、詞義發展的類型

（一）詞義深化

　　概念義適用對象不變，表示的對象特點深化。

　　這主要是一些表示最基本的自然現象，表示動物植物的詞，它們的適用對象古今基本上是一樣的，但詞的概念義所表示的對象特點，則隨着人的實踐和認識的發展而深化。如：

　　　土　　《說文》：地之吐生物者也。
　　　　　　《現漢》：①土壤，泥土。
　　　土壤　地球表面的一層疏鬆的物質，由各種顆粒狀礦物
　　　　　　質、有機物質、水分、空氣、微生物等組成，能
　　　　　　生長植物。

《現漢》"土壤"的釋義就是"土"的釋義。"土"這個詞的適用對象古今是一樣的。《現漢》用類別詞"物質"顯示,《説文》用代詞"者"(可釋為"的東西")顯示。《説文》的"地之吐生物"説的是"土"的特徵("地"指存在處,"吐生物"指作用)。《現漢》説明的"土"的特徵要豐富深入得多。不僅説明了其存在處"地球表面",説明其作用"能生長植物",還説明其構成"由各種顆粒狀礦物質、有機物質、水分、空氣、微生物等組成",其質地是"疏鬆的"。這反映了人們對"土"性質特徵的認識比《説文》時期有了很大的發展。

> 人　《説文》:天地之性最貴者也。
>
> 　　《現漢》:能製造工具並使用工具進行勞動的高等
> 　　　　　　動物。

"人"這個詞的適用對象古今也是一致的,《現漢》用類別詞語"高等動物"顯示,《説文》用代詞"者"顯示。《説文》説明的人的特徵是"天地之性最貴"(天地之間本性最高貴的),《現漢》對人特徵的説明抓住了本質特徵:"能製造工具並使用工具進行勞動"。這説明近代科學對人本質的認識也表現在詞義的發展中。

> 牛　《説文》:大牲也。
>
> 　　《現漢》:哺乳動物,身體大,趾端有蹄,頭上有
> 　　　　　　一對角,尾巴尖端有長毛。是反芻類動物,力氣
> 　　　　　　大,供役使,乳用或乳肉兩用,皮、毛、骨等都
> 　　　　　　有用處。中國常見的有黃牛、水牛、犛牛等幾種。

"牛"這個詞的適用對象古今也是一致的,《説文》用類別詞"牲"顯示,《現漢》除用類別詞語"哺乳動物""反芻動物"顯示外,還分類列舉説明:"黃牛、水牛、犛牛等"。"牛"的特徵,《説文》只舉一"大"字,《現漢》的説明,有外貌特點:

"身體大，趾端有蹄，頭上有一對角，尾巴尖端有長毛"，有功用："力氣大，供役使乳用或乳肉兩用，皮、毛、骨都有用處"，類別詞語中的"哺乳""反芻"又說明了牛的生物學特徵。這表明人們對"牛"認識的發展也反映在詞義的發展中。

詞義發展的這種類型有些人不承認，他們認為這類詞詞義沒有發展。但如果分別考察詞義表示的適用對象和表示的對象特徵，則很容易看到，這類詞古今義相同的是適用對象，表示的對象特徵則有很大發展。

（二）詞義擴大

常見的有六種不同的情況。

1. 表名物的詞適用對象從部分發展到整體（指空間），表示的對象特徵也隨着變化。如：

   臉　《古今韻會舉要》：臉，目下頰上也。今"臉"指整個臉面。

"臉"原指"目下頰上"的部分，今指"從額到下巴"的部分，其適用對象在空間上擴大了，表示的對象特徵（即對所指部位的限制），也隨着變化。

   腿　《玉篇》：腿，腿脛也。按，脛指小腿。今"腿"是小腿大腿的總稱。

"腿"原指"腳上膝下"的部位，今指"腳上臀下"的部位，其適用對象空間上擴大了，表示的對象特徵（即對所指部位的限制）也隨着變化。

2. 表名物的詞適用對象從部分發展到整體（指成員），表示的對象特徵也隨着變化。如：

   婦人　古稱士之妻曰婦人。《禮·曲禮下》："天子之妃曰

后，諸侯曰夫人，大夫曰孺人，士曰婦人，庶人
曰妻。"（《辭源》）　已婚女子。（《現漢》）

"婦人"原指"同士匹配的女子"，現指"已婚的女子"。詞義的
適用對象的成員從部分發展到了整體（原義的適用對象是發展
出來的意義的適用對象的一部分）。表示的對象特徵也隨着變
化，"婦人"原有"同士匹配"這個特徵，"婦人"現在的意義
這個特徵消失了，現義的特徵僅是"已婚的"。所以説表示的對
象特徵也隨着變化。

火花　㊀指燈花。唐李商隱《為東川崔從事謝辟並聘錢
啟》之二："陸賈方驗於火花，郭況莫矜於金
穴。"舊時迷信者以燈花為喜事之兆。（《辭源》）
迸發的火焰：煙火冒出燦爛的～。（《現漢》）

"火花"由指燈的迸發的火焰，發展到指所有煙火迸發的火焰，
其適用對象從部分成員發展到指整體的成員。其表示的對象特
徵（即對所指成員的限制）也隨着變化。

3. 表名物的詞其適用對象從單一的事物發展到一般的事
物，其表示的對象特徵也隨着變化。如：

河　　古代是黃河的專名。《説文》："河，水出焞煌，
塞外崑崙山發原，注海"。現指一切河流。

江　　古代是長江的專名。《説文》："水出蜀湔氐徼外
崏山，入海。"現指一切江河。

這兩個詞適用對象擴大了，表示的對象特徵也變化了。
"河"原指一條河，它的特徵是"出焞煌，塞外崑崙山發原，注
海"。現指一般的河流，其特徵是"水量大或較大，流入其他河或
海"。"江"原指一條江，它的特徵是"出蜀之湔氐徼外崏山，入
海"。現指一般的江河，其特徵是"水量大，流入其他江河或海"。

4. 表性狀的詞適用對象擴大。如：

> 動聽　言辭足以使人留心傾聽。《文選》三國魏阮元瑜
> 《為曹公作書與孫權》："夫似是之言，莫不動聽，
> 因形設象，易為變觀。"（《辭源》）　聽起來使人
> 感動或者感覺有興趣。（《現漢》）

"動聽"適用對象原是言辭。現在擴大了，還可用於聲音、音樂。

> 平衡　本指衡器兩端所承受重量相等而處於水平狀態。
> 後泛指兩種以上事物所處位置相當或得以均
> 等。……《荀子·大略》："平衡曰拜，下衡曰稽首。
> 至地曰稽顙。"此指拜時頭與腰相平。《漢書·律
> 曆志》上："準正則平衡而鈞權矣。"此用本義。
> （《辭源》）

"平衡"的適用對象原是衡器的兩端，後擴大為一般的事物。

這種類型的詞義發展，後起義如果用得頻繁，常常分出自成義項。這樣，原義和後起義因適用對象不同，所表示的性狀特徵也有差異了。如：

> 平和　㊀寧靜溫和，不偏激。《禮·樂記》："感條暢之
> 氣，而滅平和之德。"（《辭源》）　①（性情或
> 言行）溫和。②（藥物）作用溫和，不劇烈。（《現
> 漢》）

《現漢》的①是本義，②是①的比喻用法，現在獨立為一個義項了。

5. 表動作行為變化的詞的行為變化的主體擴大。如：

> 瞎　㊀一目閉合。《十六國春秋·前秦·苻生》："吾聞
> 瞎兒一淚，信乎？"㊁目盲。唐孟郊……《寄張

籍》詩："西明寺後窮瞎張大祝，縱爾有眼誰爾珍？"(《辭源》)

"瞎"的行為變化的主體原是"一目"，後擴大為也可用於雙目。

缺　《説文》：缺，器破也。

《現漢》：①殘破，殘缺：～口｜完滿無～｜這本書～了兩頁。"缺"的行為變化主體原是"器"，後擴大到多種事物，如書、桌子（桌子缺了一個抽屜）椅子（椅子缺了一條腿）等。

6. 表動作行為的詞關係對象擴大。

表動作行為的詞表示的動作行為所影響所涉及的對象是它的關係對象，一般是動作行為的受事者。一部分表動作行為的詞的詞義中包含有特定的關係對象，如"參謁"指"進見尊敬的人；瞻仰尊敬的人的遺像、陵墓等"，其中"尊敬的人"尊敬的人的遺像、陵墓"等都是"參謁"的關係對象。表動作行為的詞詞義的擴大，有其關係對象擴大這個類型。如：

洗　㊀洗腳。《禮·內則》："足垢燂湯請洗。"《史記》九一《黥布傳》："淮南王至，上方踞床洗。"(《辭源》)

①用水或汽油、煤油等去掉物體上的髒東西。(《現漢》)

"洗"的關係對象本義只限於腳，後來擴大到一般的物體。

沉湎　謂沉溺於酒。《書·泰誓上》："沉湎冒色，敢行暴虐。"

註："沉湎，嗜酒。"(《辭源》)　沉溺。(《現漢》)

"沉湎"的關係對象原只限於酒，現已擴大到其他不良嗜好，如沉湎聲色。

表動作行為的詞也有行為主體和關係對象都擴大的。如：

> 容納　指人能寬容任用人才。《文選》晉干令升（寶）《晉
> 紀總論》：「昔高祖宣皇帝（司馬懿）……性深阻
> 有如城府，而能寬綽以容納。」（《辭源》）　在固
> 定的空間或範圍內接受（人或事物）。（《現漢》）

「容納」原指人（行為主體）寬容任用人才（關係對象），現指
人、容器、房屋等（行為主體）接受人、物（關係對象）。這個
詞的行為主體，關係對象都擴大了。

（三）詞義縮小

常見的有五種情況。

1. 表名物的詞適用對象從整體變為部分（指空間），表示的對象特徵也隨着變化。如：

> 肌肉　㊀皮肉的統稱。漢王充《論衡・實知》：「澤有枯
> 骨，髮首陋亡，肌肉腐絕。」（《辭源》）　人體和
> 動物體的一種組織（《現漢》）

「肌肉」現在的意義只指肉。這個詞的適用對象的變化是從整體
到部分。皮肉的特徵和肉的特徵是有差別的。所以說詞表示的
對象特徵也隨着變化了。

> 腳　㊀人和動物的行走器官。《墨子・明鬼下》：「羊起
> 而觸之，折其腳。」（《辭源》）
> ①人或動物的腿的下端，接觸地面支持身體的部
> 分：～面｜～背。（《現漢》）

「腳」原指行走器官的整體，現在只指行走器官的下端，接觸地
面支持身體的部分，詞的適用對象在空間上縮小了。對象特徵
也隨着變化。

2. 表名物的詞適用對象從整體變為部分（指成員），表示
   的對象特徵也隨着變化。如：

   學者　㊀求學的人。《論語‧憲問》："子曰：'古之學者
   　　　　為己，今之學者為人。'"（《辭源》）　　指在學術
   　　　　上有一定成就的人。（《現漢》）

"學者"原指"求學的人"，後指"學術上有一定成就的人"，後
者是前者中的一部分。對象特徵（即對所指成員的限制）隨之
改變。

   烈士　㊀堅貞不屈的剛強之士。《莊子‧秋水》："白刃交
   　　　　於前，視死若生者，烈士之勇也。"（《辭源》）
   　　　　①為正義事業（特指為民眾事業）而犧牲的人。
   　　　　（《現漢》）

"烈士"原指"堅貞不屈的剛強的人"，後指"為正義事業（特指
為民眾事業）而犧牲的人"，後者所指成員的範圍，比前者狹小
得多，僅是其中的一部分。表示的對象特徵（即對所指成員的
限制）隨之改變。

3. 表性狀的詞適用對象縮小。如：

   皎潔　光白貌。唐張九齡……《感遇》詩之一："蘭葉
   　　　　春葳蕤，桂華秋皎潔。"……顧況《悲歌》之五：
   　　　　"我心皎潔君不知，轆轤一轉一惆悵。"（《辭源》）
   　　　　（月亮）明亮而潔白。（《現漢》）

"皎潔"的適用對象原來較寬，可以是花、心等，現在一般只用
於月亮。

   皚皚　白貌。《太公金匱‧書刀》："刀利皚皚，無為汝
   　　　　開。"《文選》漢班叔皮（彪）《北征賦》："飛雲霧
   　　　　之杳杳，涉積雪之皚皚。"（《辭源》）

形容霜雪潔白。(《現漢》)

"皚皚"的適用對象原來可以是刀,也可以是霜雪,現在只用於霜雪了。

4. 表動作行為的詞行為主體縮小。如:

> 結婚　結為婚姻之好,結親。《漢書·張騫傳》:"其後,烏孫竟與漢結婚。"也稱男女結成夫婦。《三國誌·魏書·桓階傳》:"劉表辟為從事祭酒,欲妻以妻妹蔡氏,階自陳已結婚,拒而不受。"(《辭源》)
>
> 　　　男子和女子經過合法手續結合成為夫婦。(《現漢》)

這個詞原來可用於國與國之間,也可用於男子女子之間,現在只用於男子女子之間了。

> 休養　《史記·匈奴傳》:"休養息士馬,習射獵。"漢書作"休養士馬"。休,指士兵休整;養,指軍馬繁殖。後因稱病老靜養為休養。(《辭源》)
>
> 　　　①休息調養:暑假他去青島～了半個月。(《現漢》)

"休養"的行為主體原有士兵和馬,現只用於人了。如果只比較士兵和人,則行為主體有擴大,但從整體說,行為主體從多類變為一類更為顯著。

5. 表動作行為的詞關係對象縮小。如:

> 報復　報答恩怨。《漢書·朱買臣傳》:"上拜買臣會稽太守,……買臣到郡……悉召見故人,與飲食,諸嘗有恩者,皆報復焉。"《三國誌·蜀書·法正傳》:"一飧之德,睚眥之怨,無不報復。"(《辭源》)
>
> 　　　對批評自己或損害自己利益的人進行反擊。(《現漢》)

"報復"原是報答恩和怨，現縮小為報怨。

> 營業　經營生計。《三國誌‧吳書‧駱統傳》上疏："百
> 姓虛竭，嗷然愁擾，愁擾則不營業，不營業則致
> 窮困。"（《辭源》）
>
> （商業，服務業，交通運輸業等）經營業務。（《現
> 漢》）

"營業"的關係對象原是一般百姓的生計，現縮小為商業等行業
經營的業務。

　　表動作行為的詞，其行為主體和關係對象可以同時縮小。
如"營業"，除關係對象縮小外，其行為主體也從一般的百姓縮
小為商業、服務業、交通運輸業等的人員。再如：

> 生育　生長養育。《詩‧大雅‧生民》："載震載夙，載生
> 載育。"《淮南子‧原道》："是故春風生而甘雨降，
> 生育萬物。"（《辭源》）
>
> 生孩子。（《現漢》）

"生育"的行為主體從動物植物等縮小為人，其關係對象從動植
物等的後代，縮小為人的後代（孩子）。又，原義"生長養育"
並重，現義重在"育"。

（四）詞義轉移

　　詞義轉移有兩類。

1. 詞性不變，原義和後起義的適用對象之間沒有整體和
   部分，類和種，多類對象和其中一類對象（如"動聽"
   的適用對象本義是"言辭"，現在是"言辭、聲音、音
   樂"，後同前的關係就是多類對象同其中一類對象的關
   係）的關係，表示的對象特徵也不同；或者是雖可有
   同樣的適用對象，但表示的對象特徵迥異。如：

主人公　主人。《漢書·武五子傳》："主人公遂格鬥死。"
（《辭源》）

指文學作品的中心人物。（《現漢》）

"主人公"是名詞，本義和後起義的適用對象不同類，表示的對象特徵也不同。

熱烈　喻權勢極盛。《抱朴子·刺驕》："生乎世貴之門，居乎熱烈之勢，率多不與驕期而驕自來矣。"今指情緒興奮激動。（《辭源》）

"熱烈"是形容詞，本義和後起義的適用對象不同類，表示的性狀特徵也有差異。

發行　猶啟程。《漢書·匈奴傳》："搜諧單于立八歲，元延元年，為朝二年發行。"註："欲會二年歲首之朝禮，故豫發其國而行。"今指批發、發售。（《辭源》）

"發行"是動詞，本義和後起義的行為主體雖然都可以是人，但表示的行為動作特徵完全不同。

2. 詞性轉換所造成的詞義轉移。

動──▶名

佈告　對眾宣告，公告。《史記·呂后本紀》："劉氏所立之九王，呂氏所立之三王，皆大臣之議，事已佈告諸侯。"（《辭源》）

（機構、團體）張貼出來通告群眾的文件。（《現漢》）

"佈告"原義是動詞，發展出來的意義是名詞。

環境　環繞全境。《元史》一四三《余闕傳》："乃集有司與眾將議屯田戰守計，環境築堡寨，選精甲外

地，而耕稼於中。"今指周圍的自然條件和社會
條件。(《辭源》)

"環境" 原義是動詞，發展出來的意義是名詞。

形──▶名

細軟　㊀纖細柔軟。……《百喻經》三《估客駝死喻》："駝
上所載，多有珍寶，細軟上氈，種種雜物。"㊁
輕便而易於攜帶的貴重物品。《古今雜劇》元賈仲
明《荊楚臣重對玉梳》三："嗨，誰想顧玉香夜來
收拾了房中細軟，共梅香走失，不知何往。"(《辭
源》)

"細軟" 原義是形容詞，發展出來的意義是名詞。

秀才　意謂才能優秀。《管子·小匡》："農之子常為農，
樸野而不慝，其秀才之能為士者，則足賴也。"
註："有秀異之才，可為士者。"秀才之稱始見
此。至漢始為舉士之科目。(《辭源》)
①明清兩代生員的通稱。②泛指讀書人。(《現漢》)

"秀才" 原義是形容詞，發展出來的意義是名詞。

名──▶動

交遊　㊀往來的朋友。《莊子·山木》："辭其交遊，去其
弟子，逃於大澤。"(《辭源》)
結交朋友。(《現漢》)

"交遊" 原義是名詞，發展出來的意義是動詞。

珍藏　謂所藏的珍寶。《文選》漢班孟堅 (固)《西都賦》：
"其陽則崇山隱天，幽林穹谷，陸海珍藏，藍田美
玉。"(《辭源》)
認為有價值而妥善地收藏。(《現漢》)

"珍藏" 原義是名詞，發展出來的意義是動詞。

形 ——→ 動

修理　㈠完善有條理。《漢書・薛宣傳》谷永疏：“竊見
　　　　少府宣，……為左馮翊崇教養善，威德並行，眾
　　　　職修理，奸軌絕息。”㈡整治。《後漢書・光武紀
　　　　下》：“修理長安高廟。”（《辭源》）

　　　　使損壞的東西恢復原來的形狀或作用。（《現漢》）

“修理”原義是形容詞，發展出來的意義是動詞。

沖淡　謂平和淡泊。《晉書・杜夷傳》王敦薦夷疏：“夷
　　　　清虛沖淡，與俗異軌，考槃空谷，肥遁匿跡。”
　　　　（《辭源》）

　　　　①加進別的液體，使原來的液體在同一個單位內
　　　　所含的成分相對減少。②使某種氣氛、效果、感
　　　　情等減弱。（《現漢》）

“沖淡”原義是形容詞，發展出來的意義是動詞。

名 ——→ 形

粗同“麤”。㈠稷類粗糧，粗米。《左傳・哀公十三年》：“梁
　　　　則無矣，麤則有之。”《詩・大雅・召旻》：“彼
　　　　疏斯粺。”漢・鄭玄箋：“疏，麤也，謂糲米
　　　　也。”（《辭源》）

　　　　①（條狀物）橫剖面較大。（《現漢》）

“粗”原義是名詞，發展出來的意義是形容詞。

俊秀　㈠才智出眾的人。《三國誌・吳書・孫權傳》：“招
　　　　延俊秀，聘求名士。”（《辭源》）

　　　　（容貌）清秀美麗。（《現漢》）

“俊秀”原義是名詞，發展出來的意義是形容詞。

動 ——→ 形

勤勞　㈠辛勤勞作。《書・無逸》：“厥父母勤勞稼穡。”

《辭源》）

努力勞動，不怕辛苦。(《現漢》)

"勤勞"原義是動詞，發展出來的意義是形容詞。

墨黑 ㊀指畫眉毛。《戰國策・楚》三："彼周、鄭之女，
粉白墨黑。"㊁陰晦如墨，形容極黑。宋蔡絛《鐵
圍山叢談》："俄日暮，風益急，燈燭不得張，坐
上墨黑，不辨眉目矣。"(《辭源》)

"墨黑"現在的意思同《辭源》㊁。

"墨黑"原義是動詞，發展出來的意義是形容詞。

（五）感情色彩變化

感情色彩變化的詞，詞的概念義往往也有變化。現在是從
這種變化最明顯的特徵上命名。如：

爪牙 原指鳥獸用於攻擊和防衛的"爪"和"牙"，引申
指武臣。《詩・小雅・祈父》："祈父，予王之爪
牙。"現在用來比喻壞人的黨羽。

復辟 辟，君主。失位的君主復位叫～～。《書・咸有一
德》："伊尹既復政厥辟。"《明史・王驥傳》："石
亨、徐有貞等奉英宗復辟。"
失位的君主復位，泛指被推翻的反派統治者恢復
原有的地位或被消滅的反派制度復活。(《現漢》)

勾當 ㊀辦理。《北史・序傳》："事無大小，（梁）士彥
一委(李)仲舉，推尋勾當，絲發無遺。"(《辭源》)
事情，今常指壞事情。(《現漢》)

這三個詞最明顯的變化是感情色彩變了。"爪牙"從"中性
或褒"變為貶，詞義的變化是：原指"武臣"，發展出來的意義
指"壞人的黨羽"，詞義轉移了。"復辟"的感情色彩從"中性"

變為"貶"，原義的行為主體是"君主"，發展出來的意義行為主體可以是"反派統治者，反派政治制度"，詞義有擴大。"勾當"的感情色彩從"中性"變為"貶"，詞義原指"做、辦理"，發展出來的意義指"壞事情"，是名詞。詞義轉移了。

上面講的是詞義發展的主要類型。詞義發展是曲折的。一個詞在歷史上可以產生出多個意義，各個意義發展的類型可以不同。如：

珠　㊀蚌殼內所生的珍珠。《書·禹貢》："淮夷蠙珠暨魚。"㊁玉珠。漢王充《論衡·率性》："繆琳琅玕者，此則土地所生，……兼魚蚌之珠，與《禹貢》繆琳皆真玉珠也。"㊂環狀的小顆粒。唐李白《李太白詩》七《金陵城西樓月下吟》："白雲映水搖空城，白露垂珠滴秋月。"㊃喻優美的事物。《禮·樂記》："纍纍乎端如貫珠。"註："言歌聲之著動人心。"南朝梁劉勰《文心雕龍·時序》："茂先（張華）搖筆而散珠，太沖（左思）動墨而橫錦。"（《辭源》）

①珠子：～寶｜夜明～。②（～兒）小的珠形的東西：眼～兒｜淚～兒｜水～兒。（《現漢》）

詞義的發展可表示為：

$$[珍珠] \begin{cases} \xrightarrow{擴大} [珠子（包括珍珠和玉珠）] \xrightarrow{擴大} [小的珠形的東西] \\ \xrightarrow{轉移} [比喻優美的事物] \end{cases}$$

充實　㊀增加擴大。《孟子·盡心下》："充實之謂美，充實而光輝之謂大。"㊁充足飽滿。漢班孟堅《公孫弘傳贊》："是時漢興六十餘載，海內乂安，府庫充實。"（《辭源》）①豐富充足（多指內容或人

員物力的配備）。②使充足加強：下放官員充實基層。（《現漢》）

詞義發展可表示為：

　　［增加擴大］$_動$ $\xrightarrow{轉移}$ ［（物）充足飽滿］$_形$ $\xrightarrow{擴大}$ ［（物、內容等）豐富充足］$_形$ $\xrightarrow{轉移}$ ［使充實加強］$_動$

二、詞義發展的原因

　　社會生活的發展，包括新事物出現，舊事物消滅，階層鬥爭的發展；人的思想意識的發展；語言內部各個因素的相互作用；這三方面是詞義發展的主要根源。這三個方面是互相影響，相互聯繫的，但有時詞義的發展，又顯出某個因素佔主導地位。

　　"錢"一詞意義的變化，着重說明了新事物出現，舊事物消亡所引起的詞義變化。"錢"原為一種除草鏟土的農具，前闊後窄，像鐘的剖面形，古時農器也用作交易的媒介。後來有一種錢幣模仿這種農具的形狀鑄成，就用"錢"來表示這種貨幣。古以貝為錢。秦廢貝行錢後，錢成為貨幣的通名。後來作為農具的"錢"不用了，在生活中消失了，它的本義跟着消失，而貨幣之義則沿用下來。

　　又如"火箭"一詞，原指引火物燃燒以攻敵的戰具。《三國誌·魏書明帝紀》"諸葛亮圍陳倉"《註》引《魏略》："（亮）起雲梯衝車以臨城。（郝）昭於是以火箭逆射其雲梯。""火箭"現在指"利用反推力推進的飛行裝置，速度很快，目前主要用來運載人造衛星、人造行星、宇宙飛船等，也可以裝上彈頭製成導彈。"（見《現漢》）"火箭"古今所指的兩種事物是不相同的，舊火箭早已消失，新火箭方興未艾。"火箭"一詞舊義也不為一般人所知，新義成為惟一的意義。

又如"飛"一詞，原指鳥蟲等鼓動翅膀在空中活動。出現了飛艇、飛機以後，"飛"有了新義：利用動力機械在空中行動。

在階層社會中，各個階層，特別是統治階層，常把本階層的思想意識輸入語詞之中，使詞義發生變化。如"崩"，原指山塌，後專指皇帝死。"忠"，原義為敬，後專指對君王專一。"節"，原指竹的關節，後用來指婦女對丈夫專一，丈夫死後不改嫁。這些詞都表達了古代統治階層的思想意識。隨着社會的發展，不少詞有了新的意義，反映了新的概念，它們迅速成為詞的基本義。如"地主"，過去指"土地之所有者"，後指"佔有土地，不勞動，以剝削為生的人"，後義成為基本義。"貧農"，過去指一般的窮苦農民。後指佔有部分生產資料，主要靠租入土地，或以出賣勞力為生的窮苦農民。後義迅速成為基本義。

人的思想意識的發展引起詞義的發展可以從兩方面說明：

第一，思想認識的發展。許多古今都用到的詞，主要是一些反映自然現象、動物、植物的詞，古今詞義適用對象大體相當，但表示的對象特徵有了很大的發展。如上面講過的"土""人""牛"三個詞。又如：

> 天　　顛也，至高無上。從一大。(《説文》)
>
> 　　　天空。日月星辰羅列的廣大空間。(《現漢》)
>
> 雲　　山川氣也。(《説文》)
>
> 氣　　雲也。(《説文》)
>
> 雲　　水滴、冰晶聚集形成的在空中懸浮的物體。(《現漢》)

《説文》釋"天"，用了聲訓(天，顛也〔顛，頭頂〕。)，但釋義中仍包含對天特徵的理解：天指頂上的至高無上的地方。《現漢》的釋義反映了現代的認識，抓住了天最主要的特徵：它是"廣大的"，"羅列着日月星辰"。《說文》釋"雲"為山川氣，"氣"又同"雲"互訓，反映了當時人們對雲的認識。《現漢》的釋義講到雲的成分，構成（"水滴冰晶聚集形成"），反映了今天人們對雲的科學認識。

第二，思維聯想規律的作用。這就是我們講過的思維順着相似性、關聯性產生聯想，會使人把一個指甲事物現象的詞用到指乙事物現象上去，使詞產生新義，鞏固下來，就成為詞的固定義項。如"包袱"，原指用布包衣物的包，後用來比喻思想上的負擔。"尖端"原指尖銳的末梢，中國掀起向科學進軍的高潮後，用來指最先進的科學技術。相似性聯想和關聯性聯想都能產生新義。

語言內部諸因素的作用對詞義發展的影響研究得不夠，下面做一個大概的說明。

語法、語音、詞彙、詞義的發展變化是互相作用的。漢字字形的變化對詞彙、詞義的發展也有相當作用。

詞在句子中位置和作用的變化常常引起詞義的變化。我們以動—名之間的變化為例。"恩典"原指"帝王對臣民的恩惠"，宋韓琦《謝除使相判相州表》："被恩典之特優，顧人言而甚愧。"後泛指"恩惠"，《紅樓夢》三七回："憑他給誰剩的，到底是太太的恩典。"這兩個意義都是名詞義。現在"恩惠"是這個詞的基本義。現在"恩典"能作動詞用，如可以說："你就恩典了他吧。""老爺恩典了他。"這樣就生出動詞義"給予恩惠"。再如"標點"，原指"標記句讀的符號"。《宋史·何基傳》："凡所讀，無不加標點……義顯意明，有不待論說而自見者。"這是名詞義，這個意義現在仍是標點的基本義，但現在它能作動詞用，例如可以說"標點古書""標點二十四史"，這樣它又生出動詞義"加上標點"來。以上兩個詞是名變動發展出動詞的意義的例子。下面兩個詞是動變名，發展出名詞義的例子。一個是"流毒"，本義是"流傳毒害"。《書·泰誓》中："而夏桀弗克若天，流毒下國。"這是動詞義，後來可用作名詞，生出"流傳的毒害"的意義。漢王充《論衡·言毒》："則知邊者陽氣所為，流毒所加也。"這兩種意義一直用到現在。另一個是"流言"，"流言"原來可用作動詞，義為"散佈沒有根據的話"。《書·金縢》："武王既喪，管叔及其群弟乃流言於國，曰，（周）公將不利於孺子。"又可用作名詞，義為"帶有誹謗性的話"。《荀子·大略》："流丸止於甌臾，流言止於知音。"現在"流言"已不能作動詞用，動詞義也喪失了，只能作名詞用，名詞義就保留下來。

　　詞義變化不一定以語音變化為條件。但語音變化可以產生或鞏固詞義的變化，有可能分化出另一個詞來。如古漢語中出現過詞性變化伴隨聲調變化的現象，名、動、形可以互相轉化，轉化出來的一般讀去聲。這種以聲調區別詞義詞性保留到今天的，如：

　　　好　　hǎo，形容詞，美，善。《詩·鄭風·叔于田》："不如叔也，洵美且好。"｜這個人真好。

　　　　　　hào　動詞，喜好。《詩·大雅·彤弓》："我有嘉賓，中心好之。"｜他不好動。

　　　種　　zhǒng，名詞，植物和種子。《詩·大雅·生民》："誕降嘉種"｜買稻種。

　　　　　　zhòng，動詞，栽種。《詩·大雅·生民》："種之黃茂，實方實苞。"｜種莊稼。

　　又如"利害"有"利益與損害"和"劇烈兇猛"的意思。後義同於"厲害"，"害"已讀輕聲。"利害（lì hài）"和"厲害（lì hài）"已可能分為兩個詞了。"畫"有"圖畫"（名詞）"繪畫，作圖"（動詞）義，名詞義現在在口語中已兒化，動詞義則必不兒化，語音的變化使"畫"的這兩個意義區分得更清楚了。

漢字字形的變化往往能使新發展出來的詞義分出來，成為一個新詞。如：

益 — 溢

益　《説文》："益，饒也。從水皿，皿益之意。"本義就是水漫出來。《呂氏春秋·察今》："澭水暴益。"本義引申為"增加"（《韓非子·定法》："五年而秦不益一尺之地"），引申為"利益"（《左傳·僖公三十年》："若亡鄭而益於君"）等義。後來造"溢"字表示其本義，其他意義仍用"益"字表示，益、溢成為不同的詞，現在是詞（溢）和語素（益）同音。

文 — 紋

"文"有"彩色交錯"（《易·繫辭》下："物相雜，故曰文。"）"紋理，花紋"（《左傳·隱公元年》："仲子生而有文在其手。"）"文字、文辭"（《孟子·萬章下》："故説詩者不以文害辭"；《説文·敍》："倉頡之初作書，蓋依類象形，故謂之文。"）等義。後為"紋理、花紋"這個意義造"紋"字，其他義仍以"文"字表示，文、紋成為不同的詞。

這裏談一談假借對詞義、詞彙發展的影響，無本字的假借如"然（燃）"假借為"然（對）"，"師（眾）"假借為"師（獅）"。在未用同一字表示這兩個意義之前，它們是同音詞。用同一字表示這兩個詞之後，它們是同音同形詞，不應該看作是一詞發展出新義。後來往往給其中一義造出新字，如"然"的"燃"義成寫"燃"，"師"的"獅"義寫成"獅"，它們就是同音異形詞了。現在"獅""師"仍是同音詞，"燃""然"是詞和語素同音。有本字的假借如"厶（奸邪）"寫成"私（原義為'禾'）"，"冊（書簡）"寫成"策（原義為馬箠）"，與其看作"私""策"增加了新義，不如看作"私"、"策"各代表兩個同音詞。後來"私"的原義消失，"厶"字也消失，"厶"的本義及後起義（"屬於個人的、為個人"等）佔據了"私"這個字形。這裏，假借是造成詞形更換的一個條件。"冊"同假借它的意義的"策"各自獨立，各自發展出新義。這裏，假借是分化出新詞的一個條件。現在"冊"是詞，"策"是語素。

詞義在發展中有時也表現出互相影響，互相制約的關係。

如"洋"原有一義指大海，文天祥《過零丁洋》："零丁洋裏歎零丁。"19世紀中晚期海禁打開，外國事物湧入中國以後，"洋"用來標誌外來的事物，如洋槍，洋炮，洋紗，洋油……這是社會變化逐步使詞義按照關聯性聯想而發生變化。"洋"的變化相應引起反義詞"土"的變化，"土"原有鄉里義，《後漢書·班超傳》："超自以久在絕域，年老思土。""洋"有"外來的"意義後，"土"就有了"本國的，中國的"意義。後來"洋"又有"現代化的，水平較高的"意義，"土"就有"水平較低的，較粗糙的"等意義，"土"的詞義變化，很明顯是受"洋"的影響。

三、現代漢語詞義的發展

上面講述了詞義發展的主要根源有三個方面：社會生活的發展，人的思想認識的發展，語言內部各因素的相互作用。這三個方面是互相影響、互相聯繫的，有時詞義的發展又顯示出某個方面佔主導地位。下面將根據這種認識，討論現代漢語詞義發展的一些特點。

中華人民共和國建立以後，中國的政治、經濟、文化各方面產生了巨大的變化。這種社會生活的發展變化，以及引起的思想意識的發展變化成為支配現代漢語發展，包括現代漢語詞義發展變化的強大力量和主要根源。

一大批原用的政治、經濟、文化、社會生活各方面的詞語都融入了新的認識，或者有了新的含義。例如“國家”，原來的認識一般是指“在一定歷史時期中由固定的土地、人民組成的有一個進行管理的組織的共同實體”，現在認識到它的本質是“由軍隊、警察、法庭、監獄等組成的階層統治的工具”，它是“專政的暴力組織”。“資本”，原來認識是指“經營工商業的本錢”，現在認識它是“資本家佔有並用作剝削手段的生產資料和貨幣”。反映社會生活、社會認識的變化，一些日常用語也改變了意義。例如“愛人”，原指“戀愛中的一方”，現在特指丈夫或妻子。詞義縮小了。新產品、新事物的出現常常使新詞語大量湧現，也誘發一些詞語生出新義。如“網”原指“用線繩等結成的捕魚捉鳥的器具”，它後來發展出“像網的東西”（水網，電網）“像網一樣縱橫交錯的組織系統”（交通網、通信網），隨着計算機網絡系統的產生和發展，“網”又可特指“計算機網絡”，這個意義不僅可以作為詞來運用（如：學會在網上購物。這個信息在網上發佈了。），還構成了一大批詞語。如網民、網迷、網頁、網址、因特網、互聯網等等。“綠色”原指大地植物的顏色，它使人聯想起純真、自然、不受污染。這樣，當出現了符合環保要求、無有害物質污染的用品、食品等時，人們就以“綠色”來形容，如“綠色食品”“綠色包裝”“綠色建築”，這樣"綠色"就有了"不污染生態環境不危害人的健康的"這樣的含義。"垃圾"原指"灰土、生活消耗產生的廢物",在"垃圾郵件""垃圾股""垃圾債券"中,它有了"無用的,使用價值、收益低的"意義。在"藍色農業""藍色國土"中,"藍色"指海洋、海水,都屬於這種情況。

詞義發展出新義以比喻義居多。如"東風"原指"春風"、"西風"原指秋風。但在"東風壓倒西風"的常用語中,"東風"指革命的力量和氣勢,"西風"指日趨沒落的腐朽勢力。這顯然是從春風吹醒萬物,大地欣欣向榮,西風肅殺寒冷、草木枯落凋零生起聯想而產生的比喻義。"出台"原指"演員上場",發展出新義"(政策措施等)公佈或予以實施","接軌"原指"連接鐵路路軌",發展出新義"不同體制、措施調整貫通起來"(如:中國經濟要和國際經濟接軌。)這些都是比喻用法。"充電"原義是"使蓄電池連接電源,使獲得電能",新產生的比喻義是"通過學習補充知識、提高技能","風景線"原義是"山水的自然風光",新產生的比喻義是"社會各方面出現的美好景象"。有些詞的比喻義是從港台詞語吸收過來的。如"包裝"原指"用裝飾性的紙、盒包或裝商品",比喻義指"對人或事的形象裝扮美化,使更具有吸引人或商業的價值。""鎖定"的"使固定不動"義(如:鎖定中央 1 台電視頻道。)"緊緊跟定"義(如:這種電子系統能同時鎖定多個來犯的目標。)都是比喻用法。

詞性轉換引起詞義轉移也令人注目。它一般是由於表達的靈活經濟產生的。在運用中,人們使某一詞有了非常規的功能(這裏是詞性轉換),無需創造新詞,在一定的上下文中、一定的語境中使原來一個詞表示了新的含義。"端正""豐富""鞏固"等原是形容詞,五六十年代這些詞帶上賓語(如"端正態度""豐富內容""鞏固國防")的用法很普遍,它們就有"使……

端正""使……豐富""使……鞏固"等動詞的意義。原來有一些名詞可用作形容詞,如"科學"(這種做法不科學),"機械"(這種規定太機械),困難(他們家很困難),這些詞於是有了相應的表性狀的意義,"科學"義為"認識做事合乎科學","機械"義為"拘泥死板,沒有變化","困難"義為"(生活)不好過"。近年來,名詞用作形容詞因而具有表性狀的意義的情況較多。如"經典"原指各種具有權威性的著作,現在有了"經典影片""經典唱片"的說法,因而它有了"具有典型性而影響較大"的意義,"時尚"原指"當時的風尚",現在有了"這種衣服很時尚","這種做法很時尚"的用法,因而它具有了"合乎當前流行潮流"的意義。

一些原是外來詞中的譯音音節用來構成新詞,因而變成有意義的構詞語素是這個時期詞義發展中的一個現象。例如"啤"原是"啤酒"這個詞中的譯音音節(beer),"酒"是譯義的語素。現"啤"可以構成"紮啤""罐啤""瓶啤""散啤"等詞,"啤"就有了指示啤酒的意義。"的"原是譯音詞"的士"(taxi)中的一個音節,它現在可以構成"面的""摩的""打的"等詞,"的"在這裏就有了指示"出租車"的意義。

"軟件"原是計算機系統運行所需的各種程序、數據和文檔的統稱,後用來指示地區、團體、單位的人員素質、管理水平和服務質量等。"軟件"意義的發展也使"硬件"的意義有了相應的發展。"硬件"原是組成計算機的運算器、控制器、存儲器等固定裝置的統稱,又用來指地區、團體、公司在生產、經營、工作過程中的資金、機器設備、物質材料等。這是詞義發展相互影響的結果。"白色收入""黑色收入""灰色收入"的意義差別、對立和聯繫,也是詞義發展相互影響造成的。"白色收入"指按規定獲得的薪水、津貼報酬。"黑色收入"指用違法手段（貪污、受賄、盜竊等）掠取的財物，"灰色收入"指在薪水以外通過其他途徑（如兼職等）取得的收入，它不很公開，也不怎麼隱蔽。"白色""黑色"原就表示對立的意義，"灰色"則不黑不白，因而可以用它們作修飾成分表示意義有對立、有區別，又有聯繫的三種不同收入的詞語。

在社會政治經濟發展的不同階段，人們所處的社會地位、對事物的認識評價有很大的不同。起初，廣大民眾認識到帝王、貴族、富豪等是屬於剝削階層的，因而這些原來帶有崇高評價的詞語隨着人們對這些詞語所表示的人的憎恨、厭惡、否定而帶上被否定的評價。隨着社會經濟有了很大的發展，社會生活有了很大的改變。一部分人佔有了較多的社會財富，開始追求更高的生活享受。人們開始借用帝王、貴族、富豪這些詞來形容表示生活享受超過常人，豪華富貴的居住、娛樂、休閒場所（如"富豪酒家""貴族別墅"等），這些詞的詞義變為"像帝王（貴族、富豪）……一樣的"，又帶有欣賞、讚許的色彩了。改革開放以後，社會容納私人經濟的發展，大量吸收國外資本。因而先前帶有否定評價的"老闆""業主""經紀人"這樣的詞，其否定評價也消失了。

練習

一、利用工具書，查出下列各詞的古義（最早的一個義項）和
今義（基本義），指出其發展類型：

　　　　口訣　思量　挑撥　粉飾　管轄

　　　　碩士　水產　佳人　固執　守節

二、分析 "電" "草" 詞義的發展過程。

三、在現代漢語中舉出一個因詞性轉換發展出新義的例子，舉
出一個詞因詞義互相影響而發展出新義的例子。

四、在現代漢語中舉出一個由音節變為有實義的語素並構成合
成詞的例子。

第七章　幾種重要的詞彙劃分

人們對現代漢語詞彙有不同角度的劃分，它反映了指導語言應用的需要和對詞彙認識的深度。本章說明三種類型的詞彙劃分：1. 20 世紀 50 年代以來中國學者對詞彙所作的劃分；2. 非語義詞群劃分；3. 主題詞群劃分。重點說明第一種劃分。

20 世紀 50 年代以來中國學者對現代漢語詞彙所作的劃分是：

1. 從詞在語言詞彙構成的地位作用上所作的劃分，即基本詞彙和一般詞彙。

2. 從詞出現的時間上所作的劃分，即古語詞和新詞。

3. 從詞在兩種最重要的交際領域的運用上所作的劃分，即口語詞彙和書面語詞彙。

4. 從詞的運用的區域所作的劃分，即標準語詞彙和方言詞彙；從詞在不同社會階層運用所作的劃分，即社會習慣語，附入這一類。

5. 本族語詞彙和外來語詞彙的劃分。

這些劃分，反映了人們對各種詞彙地位作用的認識，各種詞彙在應用上也各有特點和限制。下面闡述這五種劃分，說明各類詞的特點和運用。

一、基本詞彙和其他詞彙

（一）基本詞彙和一般詞彙

1. 基本詞彙

　　語言的詞彙中的主要東西就是基本詞彙，其中就包括成為它的核心的全部根詞。基本詞彙比語言的詞彙少得多，可是它的生命卻長久得多，它在千百年的長時期中生存着，並且為構成新詞提供基礎。20 世紀 50 年代以來，中國學者運用這種觀點來分析漢語詞彙。一般認為：基本詞彙是從古代到現代，在實際運用中必不可少的詞，它們表達的是對於人們交際最不能缺少的概念。基本詞彙包括下列八種詞：

　　（1）表示人們最熟悉的自然界現象和事物的一些詞：

　　　　天象名　天、星、雷、電、雲

　　　　地象名　地、山、水、江、河、海

　　　　動物名　牛、羊、豬、狗、魚、鳥

　　　　植物名　草、樹、花、果、麥、稻

　　（2）表示生產和生活資料的一些詞：

　　　　刀、斧、鋤、犁、房、屋、碗、盆

　　（3）表示時令和方位概念的一些詞：

　　　　年、月、日、春、夏、秋、冬、東、西、南、北、上、下、左、右

　　（4）表示最基本的性質狀態的一些詞：

　　　　大、小、長、短、粗、細、輕、重、紅、白

　　（5）表示最基本的動作變化的一些詞：

　　　　出、入、走、生、死、開、關、問、答

　　（6）表示人體部位器官的一些詞：

　　　　頭、心、手、腳

（7）表示數量的一些詞：

一、二、三、十、千、萬

（8）表示人稱和指代關係的一些詞：

我、你、這、那

屬於基本詞彙的詞的特點是：

（1）普遍性　這是從共時角度説的。即，它是普遍使用的，常用的。

（2）穩固性　這是從歷時角度説的。穩固性不能理解為它的語音形式和意義沒有變化。它的語音形式從上古音變為今音，它的概念義有不少也隨着人們的認識發展而深化。所謂穩固性是指它存在很長時間，在長時間中它的指示範圍是穩固的。上古的山、水、牛、人，今天還是指示着山、水、牛、人。

（3）是構成新詞的基礎　就是説它可以用來構造新詞，那些能夠構成新詞的屬於基本詞彙的詞就是根詞。例如以"天"作根詞構成的詞語：

天邊、天兵、天稟、天波、天才、天車、天窗、天道、天敵、天底下、天地、天地頭、天電、天鵝、天鵝絨、天分、天賦、天干、天罡、天公、天宮、天溝、天光、天國、天河、天候、天花、天花板、天皇、天火、天機、天際、天驕、天井、天空、天籟、天藍、天狼星、天老兒、天理、天良、天靈蓋、天倫、天命、天幕、天年、天牛、天棚、天平、天氣、天塹、天橋、天青、天青石、天穹、天球、天球儀、天趣、天然、天然氣、天壤、天日、天色、天神、天時、天使、天授、天書、天數、天堂、天梯、天體、天條、天庭、天王、天王星、天文、天文學、天文鐘、天下、天仙、天險、天線、天象、天象儀、天曉得、天性、天幸、天涯、天閹、天意、天鷹座、天牢、天淵、天災、天葬、天真、天職、天軸、天竹、天竺、天主教、天資、天子、天足、天尊、蒼天、雲天、藍天、今天、春天、青天、霜天、沖天、江天、飛天、遮天、呼天、怨天、九重天、海天、滔天、連天、補天、換新天、杏花天、豔陽天、不夜天、天差地遠、天長地久、天長日久、天翻地覆、天高地厚、天公地道、天花亂墜、天荒地老、天昏地暗、天經地義、天羅地網、天馬行空、天南地北、天怒人怨、天網恢恢、天懸地隔、天旋地轉、天涯海角、天衣無縫、天造地設、天誅地滅、天字第一號、別有洞天、一步登天、不共戴天、女媧補天、杞人憂天、鑼鼓喧天、天外有天、坐井觀天。

如何運用普遍性、穩固性、構詞基礎這三個標準確定語言中哪些詞屬於基本詞彙呢？不同學者有不同的意見，有不同的側重方面。下面說明的是一種分析和考慮。

單用普遍性這個標準，很難把基本詞彙和常用詞劃開。下面是表示天象的幾個常用詞(見《普通話三千常用詞表(初稿)》)：天、空氣、太陽、陽光、日蝕、月亮、衛星、月蝕、星、地球、空氣。從普遍性上看，除衛星，日蝕，月蝕外，其他都不能說不是普遍使用的，不是常用的，那它們是否都屬於基本詞彙呢？顯然不能這樣說。

根據穩固性這個標準，上述那些詞的情況就很不相同。

天 　早在甲骨文中多次出現。《說文》：“天，顛也。至高無上，從一大。”《釋名》：“顯也，在上高顯。”《論衡·談天》：“天，氣也。”《史記·太史公自序》：“昔在顓頊，命南正重以司天，北正黎以司地。”

天空 　謂天之空曠也。五代貫休《送鄭准赴舉詩》：“海靜三山出，天空一鶚飛。”

這裏“天空”是詞組，還不是詞。

太陽　《漢書・律曆志上》："大（通太）陽者，南方。南，任也，陽氣任養物，於時為夏。"《後漢書・桓帝紀》："太陽虧光。"《張衡・靈憲序》："日者，太陽之精，積而成烏象。"

陽光　陽氣之光，又太陽光也。《禮・月令・仲春之月》"始電"疏："雲始電者，電是陽光，陽微則光不見。此月漸盛，以擊於陰，其光乃見，故雲始電。"《後漢書・桓帝紀》：五月乙亥詔曰："間者日食毀缺，陽光晦暗。"

日蝕　又作"日食"。《左傳・昭公七年》："晉侯問於士文伯曰：'誰將當日食？'"《史記・天官書》："春秋二百四十二年間，日蝕三十六。"

月亮　唐李益《奉酬崔員外副使攜琴宿使院詩》："庭木已衰空月亮，城砧自急對霜繁。"

這裏"月亮"是詞組，還不是詞。

衞星　satellite，天空中環繞行星而行之星也。

月蝕　又作"月食"。《禮・昏義》："月食後素服，而修六宮之職。"《漢書・韓延壽傳》："候月蝕鑄作刀劍鈎鐔。"

星　甲骨文中已見。《説文》："萬物之精，上為列星。"《詩・召南・小星》："嘒彼小星，三五在東。"

地球　《新法曆書・地球》："地球仿地之原形，必為圓面儀……"

這裏"地球"指地球儀，後才用以指地球本身。

空氣　《周禮政要・冶金》："鋼……中多含空氣與各種氣質，錘煉不精，則往往有細孔……"

上述各詞出現的時間可以列成下表：

先秦	漢代	魏晉南北朝	唐宋元明	近代
天	太陽		（月亮）①	衛星
星	陽光		（天空）	地球
日蝕				空氣
月蝕				

再看構詞基礎這個標準。

一般地說，屬於基本詞彙的詞應有構詞能力。構詞能力強的成為所謂根詞。構詞能力差的應不算根詞。如：

地球　　地球化學　　地球物理學　　地球儀

月亮　　月亮門

"地球""月亮"這兩個詞應不算根詞。

又，根詞和詞根不相等。根詞必定現時也是詞。有很多語素有很強的構詞能力，過去是詞，現時不是詞。如：

童　　童蒙　童工　童年　童僕　童山　童生　童聲

　　　童心　童養　童謠　童貞　童子

但"童"不是詞，在它構成的詞中它是一個詞根。

這裏特別關係到這樣一些詞：在歷史上曾經是詞，構成了一大批詞，它所表示的事物概念，又是最重要的一些東西，而今天，它們的詞的地位已受到了新起形式的排擠，但在某些格式中，它們還算是詞。如：

月　　能構成"月亮、月暈、明月、殘月"等六十多個詞

月亮　只能構成"月亮門"一個詞

現在普通話中"月亮"是詞，"天上一輪月亮"，"月亮升起來了"不能說"天上一輪月""月升起來了"，但在"月如鈎，天如水"中，"月"仍算詞。

---

① 加括號表示出現時間未能確定。

在這種情況下，寧可把"月"看作屬於基本詞彙的詞。因為"月亮"的穩固性不如"月"長，"月亮"構詞能力差。

但又有另一種情況：同一詞的新舊形式都有構詞能力，老的更強一些，而新的也表現出越來越旺的勢頭，如：

日　　能構成：日光、日照、白日、天日等六十多個詞

太陽　構成的詞有：太陽燈、太陽能、太陽系、太陽黑子、太陽年、太陽穴、太陽曆、太陽日、太陽時、太陽爐、太陽鳥、太陽宮、太陽光譜、太陽草（草名）、太陽蟲（蟲名）等。

"日"在現時也未完全失去詞的身份，"日出東方""日落西山"中它都是詞。可以把"日""太陽"都看作屬於基本詞彙的詞。

可以認為，在三個標準中，構詞能力是最重要的一個標準。有很強的構詞能力，說明它是穩固的，因為它構成那麼多詞，要在一個長時期中才能陸續完成。構詞能力強，有穩固性，往往又能顯示它的普遍性。

對代詞（人稱代詞"你、我"，指示代詞"這、那"）、虛詞（"於、對、在"等）不能以構詞能力作為確定其是否屬於基本詞彙的標準。

根據以上幾個標準綜合考察，我們開始列舉的表天象的常用詞當中，屬於基本詞彙的詞有：

天　　先秦出現，能構成"天邊、天兵"等一百六十多個詞語，現時有普遍性。

星　　先秦出現，能構成"星辰、星斗"等三十多個詞，現時有普遍性。

太陽　漢代出現，能構成"太陽燈、太陽能"等十八個詞，現時有普遍性。

日　　先秦出現，能構成"日光、日晷、日照"等六十

多個詞，現時還能以詞的身份存在。

月　　　先秦出現，能構成"月宮、月光、月華"等六十

多個詞，現時還能以詞的身份存在。

"陽光、日蝕、月蝕"等雖出現較早，但無構詞能力，不是基本詞彙中的詞，"天空、衛星、空氣"出現晚，構詞能力不強，不是基本詞彙中的詞。

"月亮"雖代表重要事物，但出現晚，構詞能力差，不是基本詞彙中的詞。"地球"雖代表重要事物，但出現晚，構詞能力不強，同"月亮"一樣，不應算基本詞彙中的詞。

2. 一般詞彙

詞彙中基本詞彙以外的詞彙就叫一般詞彙。

一般詞彙和基本詞彙的關係是：

第一，基本詞彙中的詞派生的詞，構成的新詞，絕大多數是一般詞彙，如上面所舉"天"一詞所構成的合成詞，都是一般詞彙。

第二，一般詞彙中有些詞，隨着社會生活的發展，它們所表示的事物和概念在長的歷史時期中同人們的生活關係密切，具有了基本詞彙中的詞的三個特點，它就進入基本詞彙的行列。如"黨"，古代原有這些意義：①古代地方組織，五百家為黨（《周禮・地官・大司徒》："五族為黨。"鄭玄註："黨，五百家"）。②親族（《禮記・坊記》："睦於父母之黨。"鄭玄註："黨，猶親也"）。③朋輩（《離騷》："惟黨人之偷樂也"）。在漢代，"黨"已可指集團，是貶義。如《鹽鐵論・禁耕》："私門成黨。"後來"黨"發展成指政治黨派，政治組織，無貶義，這個意思成了基本義。在發展中，"黨"構成了黨人、黨羽、黨禍、黨禁、黨員、黨同伐異、同黨、朋黨、政黨、鄉黨、入

黨、共產黨等詞語。這樣，從普遍性、穩固性、構詞能力三方面看，"黨"已進入基本詞彙。又如"原子"，是 Atom 的意譯。隨着近代科技的發展，原子的知識已得到普及，原子對人們的生活有了巨大的影響，原子已構成了原子能、原子筆、原子塵、原子彈、原子核、原子價、原子量等詞，"原子"有可能進入基本詞彙之列。

第三，隨着社會生活的發展，某個屬於基本詞彙的詞所表示的某些事物、某些概念，在人們的社會生活中已顯得不甚重要，甚或成了過時的東西，這個詞就退出基本詞彙，變為一般詞彙中的詞。如"君"，《儀禮·喪服》："君，至尊也。"鄭玄註："天子、諸侯及卿、大夫有地者皆曰君。"在長期的古代社會中它又特指最高統治者，"君"構成了君王、君主、君侯、君側、君臨等詞。"君"在古代社會中可以說是屬於基本詞彙的。但現在它顯然已退出基本詞彙。"神"也是同樣的情況。"神"指神靈，鬼神。楚辭《九歌·國殤》："身既死兮神以靈"。它指示的是人們幻想的產物。在近代科學發達以前，這個幻想物對人們的精神生活產生巨大影響，"神"這個詞也構成了"神人、神仙、神女、神物、神明、神采"等詞。以前它無疑也應屬於基本詞彙的，而現在，它已沒有這個資格了。

在探討確定基本詞彙和一般詞彙的劃分標準的研究中，也有學者強調普遍性或穩固性這兩個標準的。多年來這方面的論述有較大的分歧，難以得到科學的結論。

不少學者認真思考基本詞彙和一般詞彙劃分的不同意見，認識到，不能機械地應用這兩個概念來說明現代漢語詞彙的構成。漢語的發展有很長的歷史，漢語詞的形式從以單音節為主發展到以雙音節為主，並且產生了許多三音節以上的詞語。漢語的發展經歷了社會文明的不同階段。在各個階段中新事物不斷出現，新概念新觀念不斷產生。就一個時期來說，人們普遍使用的詞語，反映最重要的事物、最重要概念的詞語有很大差異。有許多單音節的詞，在後代用雙音節的詞來代替，但在構詞時，人們往往不用雙音節的詞作為構詞成分構詞，而繼續用同雙音節詞同義、近義的不成詞語素或活動力減弱的語言單位構詞。如"機械"代替了"機"，但仍用"機"構成發動機、柴油機、留聲機、內燃機、拖拉機、打火機、抽水機、計算機等許多詞，其中"機"義即廣義上所說的"機械"。上面說過，"童"在現代漢語中已不能作為詞來用，同它同義的詞是"兒童""小孩兒"，但"童"仍有強大的構詞能力，構成數量可觀的詞，其中"童"的意義就是兒童。因此機械地應用穩固性、普遍性、構詞能力三個標準來確定不同時期的基本詞彙和一般詞彙，必然產生種種矛盾。

可以吸收基本詞彙這個概念提出的重要特徵來分析漢語詞彙。根據漢語的實際和應用的需要，提出一些理論上應用上都有價值的詞彙劃分。下面簡要說明學者在這方面的研究。

（二）幾種詞彙的統計研究

1. 常用詞

常用詞就是當代社會生活中最常用的詞。常用詞的研究同基本詞彙所說的"普遍性"特徵是相通的。為了普及教育、提高語文教學的質量，中國學者在 20 世紀二三十年代就對常用字、常用詞作過研究。

常用詞的確定完全根據詞在最流行的書刊上運用的頻率。1962 年中國文字改革委員會研究推廣處出版了《普通話三千常用詞表》（初稿）。這個詞表按詞類編排，分名、動、形、數、量、代、副、介、連、助、歎十一類，每類再根據意義劃分次類，如名詞部分為：

(1) 天象　天，天空，太陽，陽光，月亮，衛星……

(2) 地理　地，土地，平原，草地，森林，田地……

(3) 時間　時間，時候，功夫，時代，現在，過去……

(4) 理化現象　物質，原子，原子能，分子，光，影子……

(5) 礦物及其他無生自然物　礦，礦物，金子，銀子，銅，鐵，錫……

(6) 動物　動物，野獸，老虎，獅子，象，熊，狼……

(7) 植物　植物，樹，草，竹子，松樹，柏樹，槐樹……

(8) 糧菜果品　莊稼，麥子，豆子，花生，青菜，蘿蔔……

(9) 食品　糧食，麵粉，飯，燒餅，糕，肉，糖，茶……

(10) 服裝　衣服，布，背心，皮帶，帽子，靴子……

(11) 房屋公共場所　住處，院子，教室，禮堂，廣場，公園……

(12) 傢具生活用品　物件，東西，牀，書架，肥皂，燈，筆……

(13) 生產工具材料　工具，鋸子，車牀，原料，木頭，玻璃……

(14) 人的身體生理　身體，模樣，臉，眼睛，肝，肺，神經……

(15) 體育衛生醫藥　健康，體操，衛生，傷風，門診，藥……

(16) 人的長幼家族關係　男人，青年，老人，媽媽，丈夫，親戚……

(17) 人的社會關係稱謂　先生，官員，英雄，縣長，會計……

(18) 職業行業　職業，社員，司機，技師，鐵匠，演員……

(19) 工農商業生產　農業，企業，車間，農場，百貨公司……

(20) 社會團體宗教　社會，民眾，階層，黨派，佛，廟，塔……

(21) 政治法律經濟　政策，改革，政府，生產，義務，紀律……

　　20世紀八九十年代，常用詞的研究有了更大的成績。為了給語文教學、語言研究、中文信息處理、機器翻譯等多門學科提供重要的基礎材料，北京語言學院語言教學研究所同中國社科院語言研究所、郵電數據通信技術研究所等單位合作，利用電子計算機，從1979～1985年完成了現代漢語詞彙的統計分析研究。統計運用的語料達200萬字，有13l萬詞次，包括不同的詞條3.1萬個。利用研究成果編成出版《現代漢語頻率詞典》（北京語言學院出版社，1986）等書。據統計，現代漢語的高頻詞有8,000個，出現頻率佔語料總量的95％以上。低頻詞2,300個。常用詞劃分為兩個層次，第一層次3,000個，以"的"字為頭，中間有"用""打"等，最後是"農""批准"。第二層次為2,000個。下面是第一層次常用3,000個詞的前10個詞的統計情況（摘要）：

	頻率級次	詞次	頻率	使用度 [①]
的 de	1	73835	56174	69080
了 le	2	28881	21973	26342
是 shì	3	21831	16609	20401
一（數）yī	4	20672	15727	19589
不 bù	5	18107	13776	15757
我 wǒ	6	16970	12911	11699
在（介）zài	7	14656	11150	13438
有 yǒu	8	12591	9579	12238
他 tā	9	12206	9286	10017
個（量）gè	10	11042	8401	10303

常用詞比常用字作用大。常用字有一千多，一部分是常用的單音節詞，一部分是用來構成多音節詞的語素。脫離開活的語言，孤立地硬記一千多漢字，較難收到識字教育的效果。

常用詞表對推廣普通話有很大意義，可以讓方言區的人花較短的時間掌握普通話詞彙中最有用的部分。它對兒童教育和外國人學習漢語的好處也是很明顯的。可以據以編寫課文，安排教學。它對於電訊技術發展也有用處，電訊用語和略號研究，可以參考這個詞表。此外，速記的略寫符號、旗語燈語上的略號等，都可以用這個詞表作基礎來進一步研究。

隨着計算機技術的發展和普遍應用，隨着語文文字信息處理研究的發展和普遍應用，常用詞以及各類詞的頻率的研究必將取得更大的成績。

2. 現代漢語詞彙地域分佈的定量研究

由於眾所周知的歷史、政治原因，中國大陸、台灣、香港三區域政治、經濟、社會生活存在明顯的差異。這反映到語

---

① "使用度"是綜合反映詞的頻率和它的分佈情況的概念。

言運用中詞語的差異一般人也感受得到。但台灣、香港同大陸一樣使用的是漢民族共同語漢語，三個地區語言中詞語的共同之處和差異之處究竟是甚麼樣的呢？有學者藉助於電子計算機作了調查研究。香港大學中文系及雙語學系陳瑞瑞、湯志祥從1991～1997年完成了《九十年代漢語詞彙地域分佈的定量研究》①。他們從1990～1992年大陸、台灣和香港的報刊中選取600萬字語料，共60,811個漢語詞條，進行詞頻、覆蓋率、使用度的統計分析。他們把詞語分為三類："三區域共用詞語""雙區域通用詞語""單區域獨用詞語"。下面是三類詞語舉例：

1. 三區域共用詞語

的、在、一、是、有、不、了、十、和、人⋯⋯

經濟、公司、政府、問題、表示、他們、國家、我們、發展、市場⋯⋯

委員會、共和國、電視台、發言人、一方面、候選人、大多數、負責人、青少年、運動員⋯⋯

卡拉OK、經濟學家、引人注目、平方公里、前所未有、大專院校、管弦樂隊、供不應求、眾所周知、成千上萬⋯⋯

2. 雙區域通用詞語

（1）京、台通用詞語

棟、坑、縣府、額度、違章、組建、攤販、違規、片子、醬油⋯⋯

廢棄物、被害人、複印機、電信局、海洛因、合作社、冰淇淋、社會化、政策性、階段性⋯⋯

---

① 參看陳瑞瑞、湯志祥《九十年代漢語詞彙地域分佈的定量研究》，《語言文學應用》1999年第3期。

（2）台、港通用詞語

　　　民運、飛彈、瘦弱、私校、同業、權證、私家、藉著、相較、房東……

　　　嘉年會、六合彩、精神科、大陸客、爭議性、劇情片、生育率、同意權……

（3）京、港通用詞語

　　　靚、碟、通脹、船民、展銷、樓宇、的士、物業、軟體、弱智……

　　　錄像帶、錄像機、遊戲機、公積金、打印機、商品房、大排檔、贊助商、國慶節、集團化……

3. 單區域通用詞語

（1）大陸獨用詞語

　　　案犯、團夥、民警、房改、熒屏、糧店、解困、民辦、公房、老伴……

　　　居委會、文化站、糧食局、離退休、群眾性、小商品、麵包車、煤氣竈、特困戶、人販子……

（2）台灣獨用詞語

　　　國中、國小、安打、職棒、聯考、行庫、國代、課徵、竊盜、國協……

　　　證交稅、公權力、國中生、立法院、歌仔戲、交流道、原住民、督察室、原委會、雙年展……

（3）香港獨用詞語

　　　公屋、求證、輕鐵、經已、若然、規例、加幅、失車、收生、學額……

　　　大律師、開幕禮、保護令、臨屋區、區局節、律師行、音繞處、反黑組……

他們分析統計的結果是：三區域共同詞語數量佔90％，使用頻度集中於高頻度、中頻度，覆蓋率達到 95％。"雙區域通用詞語"和"單區域獨用詞語"不到總數的 10％，大都集中於低頻度。在這個基礎上，他們又把三區共同詞語作了分級，甲級詞，即最常用詞，1,200 個，乙級詞，即次常用詞 2,500 個，丙級詞，也屬常用詞，2,500 個，丁級詞，又稱通用詞，6,500 個。

這種分析是根據普遍性的特徵對詞語地域分佈進行的研究。所得結論有力地證明作為民族共同語的漢語常用詞語的普遍性，證明了漢語強大的生命力和穩固的歷史地位。這種研究對發展大陸、台灣、香港三地區的交際交流也有相當的作用。

3. 語素的定量研究

學者從不同角度對語素作各種定量研究。這裏主要說明關涉到語素構詞能力的研究。構詞能力強是基本詞彙的主要特徵，在現代漢語中許多構詞能力強的語素已是不成詞語素，以這個特徵研究語素，有助於認識漢語的詞彙特徵以至於認識漢語的特徵。漢語中許多語素都用一個個漢字來書寫，所以這種研究又稱為漢字構詞能力分析。

1982 年出版的《常用構詞字典》（傅興嶺、陳章煥主編，中國人民大學出版社）就按字收集了各字所構成的詞語，各字所構成的合成詞一般就稱為同族詞，在本書第一章介紹過"網"所構成的同族詞，在本章中又介紹過"天"所構成的同族詞。《現代漢語頻率詞典》中包含有"漢字構詞能力分析"，列出了 4,574 個漢字構詞能力的說明。其中前十個字的構詞能力如下（摘錄）：

序號	漢字	構詞條數總計	單音詞	多音詞		
				詞首	詞間	詞末
1	子	668	1	11	32	624
2	不	500	1	227	266	6
3	大	296	2	202	53	39
4	心	287	1	88	55	143
5	人	278	1	68	51	158
6	一	275	2	192	65	16
7	頭	263	4	31	41	187
8	氣	237	3	58	25	151
9	無	216	1	133	79	3
10	水	209	1	121	20	67

又有學者以國家教委和國家教委 1988 年公佈的《現代漢語常用字表》中的 3,500 個漢字為基礎，從《現代漢語詞典》等詞典中找到這些字構成的詞。70,343 條，對每個字的構詞次數及位置進行統計分析，根據構詞率的大小把 3,500 個常用漢字劃分為 5 個等級，確定其中的 1,056 個字為漢語的構詞基本字。[①] 同此相似，有學者提出 "基本語素" 的研究，[②] 以語素為單位，不以字為單位。認為基本語素是語言詞彙的基礎，它的特點是：全民常用，歷史穩固，構詞能力強，大多數語素有比較多的義項。這些研究顯然是用基本詞彙這個概念所提出的特徵，深入漢語語素的層面作分析統計，有明顯的理論價值和應用價值。

[①] 參看張凱《漢語構詞基本字的統計分析》，《語言教學與研究》1997 年第 1 期。

[②] 參看周行《關於 "基本詞彙" 的再探討》，《漢字文化》2002 年第 1 期。

二、古語詞和新詞

漢語詞彙從時間上可以劃分為現代漢語詞彙、古代漢語詞彙；古代漢語詞彙還可以再劃分為上古漢語詞彙、中古漢語詞彙和近代漢語詞彙。現代漢語詞彙是歷代積累傳承下來的大量詞語和不斷產生的大量詞語組合起來的整體。在這個整體中，有兩種詞語在性質上、應用上引起人們的關注，這就是古語詞和新詞語。從詞語存在的時間長河來審視，古語詞存在於河流的源頭、上游，新詞語處於不斷往前延伸的下游。這個下游不是固定的，它在不斷地延伸中。經過一段時間，原來處於下游的東西現在離下游越來越遠了。

下面分別說明古語詞和新詞語。

（一）古語詞

古語詞有兩類：

1. 歷史詞語

歷史詞語指示歷史上曾經存在過、現在已不存在的事物現象行為，有一部分歷史詞語所表示的事物現象現在成了遺跡、文物，歷史詞語也包括一些歷史上出現過的神話傳說中的事物的名稱。這種詞語在日常交際中很少應用，只是在說明解釋歷史現象、事物、事件、人物時要用到，特別是在歷史的學術著作中運用。它們主要有這幾類：

（1）古器物的名稱：壎（古樂器）、圭（上尖下方之玉器）、鼎（大鼎）、韇（弓套）、韝（臂衣）、闕（古宮門外之望樓）

（2）古典章制度的名稱：門閥、科舉、九賓（一種隆重的典禮）、臏（去膝蓋骨的刑罰）

（3）古官職的名稱：宰相、太尉、御史、刺史、司馬、亭長

（4）古人名（包括神話傳說中出現的）：契（商始祖）、后稷（周始祖）、共工（上古部族領袖）、精衛（傳說中炎帝之女）、刑天（神話傳說中人名）、望舒（神話傳說中為月神駕車的神）

（5）古地名（包括神話傳說中出現的）：邾（周時國名，在今山東鄒縣）、北邙（山名，在河南洛陽東北，古貴族墓所）、邗溝（古水名，今江蘇境內運河，自江都西北至淮安三百七十里為古邗溝水）、西海（神話中的海，在最西方）

下面是出現在學術著作、歷史小說中的歷史詞語的例子：

商朝有侯、伯、子等爵位，有侯、甸、男、采、衛等五服名稱。周制分公、侯、伯、子、男五等爵位。侯、甸、男、衛稱外服，封在外服的是正式的國家。采稱內服，封在內服的是卿大夫食邑。服定貢賦的輕重，爵定位次的尊卑。（范文瀾《中國通史簡編》）

為着文書太多，怕的省覽不及，漏掉了重要的，他（指崇禎皇帝）採取了宋朝用過的方法，叫通政司收到文書時用黃紙把事由寫出，貼在前邊，叫做引黃，再用黃紙把內容摘要寫出，貼在後邊，叫做貼黃。這樣，他可以先看看引黃和貼黃，不太重要的就不必詳閱全文。（姚雪垠《李自成》）

2. 文言詞語

歷史詞語所指示的事物，現實生活中已不存在，有些只是作為遺跡文物存在，因此，現代漢語中也沒有同它對應的詞語存在。文言詞語是指古漢語中用過的特別是它的書面語中使用，但現代一般已不再使用的詞語，它所表示的事物現象和觀念，現實中還存在，只不過用現代漢語的詞語來稱呼。所以文言詞語一般有其對應的現代漢語詞語存在。文言詞語中有很多是單音的，到現代許多已成為不成詞語素，如“首（頭）”、“卒（士兵）”、“忤（違背）”、“緘（封閉）”、“倦（疲勞）”、“巨（大）”，文言詞語還包括一批雙音詞，如“畏葸（害怕）”“昂藏（氣宇軒昂）”“傲岸（高傲）”“懊憹（煩惱）”“安瀾（河流平靜）”等，此外還包括一些文言虛詞，如“之（的）”“尚（還）”“乎（嗎）”“矧（況且）”等。

下面這句話的文言詞語都可以找到相對應的現代漢語詞語：

倘有逃逸情事，必以縱匪論處，決不姑寬，勿謂言之不預也。

倘——如果，要是　　逃逸——逃走　　情事——情況
姑寬——姑息寬容　　必——一定　　　縱——放走
論——評定　　　　　處——處理　　　勿——別
謂——説　　　　　　言之不預——不預先説明

文言詞語的作用

1. 用於賀電、唁電、重要聲明等文件中，表示莊嚴嚴肅的感情態度。如：

獲悉埃德加·斯諾先生不幸病逝，我謹向你表示沉痛的哀悼。

凡此十端，皆救國之大計，抗日之要圖。當此敵人謀我愈急，汪逆極端猖獗之時，心所謂危，不敢不告。倘蒙採納施行，抗戰幸甚，中華民族解放事業幸甚。迫切陳詞，願聞明教。

2. 有些政論雜文，恰到好處地運用一些文言詞語，可以表示激憤，譏諷：

美國人在北平，在天津，在上海，都灑了些救濟粉，看一看甚麼人願意彎腰拾起來。太公釣魚，願者上

鈎。嗟來之食，吃下去肚子要痛的。

3. 在文藝作品中有時同白話穿插，也有詼諧幽默的效果。
如：

甲　聽説你們相聲演員，都是博學多聞，才華出眾。

乙　您太誇獎了。

甲　鄙人有一事不明，要在您台前領教一下，不知肯
賜教否？

乙　説着説着轉上了，有話請講當面，何言領教二字。

甲　小弟今日郊遊，行在公路上，偶見一物，頭如麥
斗，尾似垂鞭，額生二角，足分八瓣，套車耕
地，性情緩慢，其色黃，其毛短，其肉肥，其味
鮮，或蒸、或烤、或涮，取肥瘦肉爆之，其滋味
特美，此何物也？

乙　此乃黃牛也。

甲　想不到您連黃牛都知道。　　　（王長友等相聲《牽
牛記》）

不要不管是否需要，是否協調，濫用文言詞語。如：

①＊我們過去對外語不重視，現在看原版外文書，只好瞪
眼視之。

②＊走進美麗的校園，我像傻孩子一樣貪婪地看着周圍的
一切。乃至停下了走步。

③＊他訂做了許多盒子，將好橘子置上，將小的、有斑點
的橘子置下，整盒出賣。

①的“瞪眼視之”可以改為“瞪着眼睛發愣”。②“乃至”可改
為“不覺”。③中的“置上”“置下”也是文言説法，可改為平常
所説的“放在上面”“放在下面”。

（二）新詞語

新詞語就是新創造的詞語。它或者指示的對象是新的，或者代表的概念是新的，同時它的形式也是新的。上面說過，新詞語處於語言詞語發展長河的下游，這個下游是不斷延伸的；一個時期的新詞語過了一段時間，它離開下游就會越來越遠。這裏一般地說明新詞語的性質，也說明當前被認作是現代漢語的新詞語，也就是中國改革開放以來出現的新詞語。

新詞語的產生主要是利用原有的語言材料，按照原有的構詞方法、詞語組合方法構成。它的創造是以固有的語言傳統為根據的。下面是改革開放以來產生的新詞語舉例：

並列式	打拼	點擊	封殺	查控	擁堵
偏正式	股民	歌廳	黑客	罰單	芯片
支配式	炒股	撤資	打黑	瘦身	上網
補充式	鎖定	搞定	勝出	趨同	錄入
陳述式	雙贏	情變			
附加式	老總	老外			

新詞語中有一部分是外來詞，如托福、作秀、萬維網、艾滋病、厄爾尼諾現象等。外來詞後面還要說明。

值得注意的是在新詞語中有些外來詞中用漢字書寫的音譯音節，有了一定的構詞能力，可能成為具有實義的語素。如"吧"在"酒吧"中只是譯音音節（英語 bar），現在出現了新詞"網吧""氧吧"，"吧"可指"（除經營……外，）兼出售酒水的商店"。"的"在"的士"中也是譯音音節（英語 taxi），但在新詞"打的""麵的"中，"的"可指出租小汽車。

新詞語中還有一些帶字母的詞語，如"B 超""BP 機""卡拉 OK"等，這在本書第二章中已作過說明。

回溯歷史長河，新詞語又是相對的。下面是五四以來各個

時期出現的一些新詞語舉例：①

五四—1949 年出現的新詞語（舉例）：

多數黨	青年團	兒童團	先鋒隊	第三黨	紅區
邊區	解放區	白區	供給制	容共	清黨
號召	考驗	左傾	右傾	互助組	變工隊
工賊	血債	降落傘	空降	抗日	清鄉

1949 年後出現的新詞語（舉例）：

鳴放	交心	紅專	統購	統銷	贖買
勞動日	工分	自留地	試驗田	套種	密植
超額	公路網	紅領巾	突擊隊	下放幹部	
基層	尖端	協作	教研室	輔導員	生產隊

人民公社

各時期產生的新詞語有一部分能長期流傳，豐富原有的詞彙。這是因為它指示的事物現象長時期在社會生活中起作用，或者是表示的概念觀念為大眾所接受，為交際交流所必需。上面列舉的"五四"以來產生的詞語中，"青年團""號召""考驗""尖端""協作""教研室"等，就屬於這一類。有一部分只能流行一時，隨即消失不用了。這是因為它指示的事物現象在社會生活中消失了，或者表示的概念觀念不適合社會生活的需要。例如："黨閥"、"學閥""走資派""工宣隊""紅海洋""忠字舞"等就屬於這一類。也有一些新詞出現了幾個同義的形式，在大眾長期運用的挑選中有的被淘汰了。如 20 世紀初期、中期出現的母音——元音，子音——輔音，德律風——電話，麥克風——擴音器，其中"母音""子音""德律風""麥克風"後

---

① 參看北京師範學院中文系漢語教研組編著《五四以來漢語書面語言的變遷和發展》95 – 98 頁。

來完全不用了。

　　科學技術領域出現的新詞語比一般詞語方面的新詞語要多得多。當今科技突飛猛進，日新月異，表示新產品、新技術、新思想的詞語層出不窮。其中有一部分也進入社會生活的日常交流之中。下面舉出幾個這方面的新詞語。

電子眼　　用於監控、攝像的電子裝置。

電子防禦　在電子對抗中，為保護己方電子設備和系統正常發揮效能而採取的措施和行動。主要包括反電子偵察、反電子干擾和反輻射武器摧毀等。

核磁共振　核磁共振成像的通稱。醫學上用來進行腦部疾病、腫瘤等的檢查和診斷。

激光視盤　視頻壓縮光盤。採用視頻壓縮技術記錄存儲電影、電視等視頻信息的光盤。

　　　　　　　（引自《新華新詞語詞典》，商務印書館，2003）

　　語言不斷產生新詞，原有的詞有一部分會產生出新義，因為詞的形式是舊的，新義和舊義有明顯的聯繫，這樣的詞就不叫新詞。如"檢討"，舊義為學術上的檢查探討，後來的意義是自我批評。後一個意義仍有檢查之意，是從舊義發展過來的，不是新產生的詞。又如"菜單"原指開列各種菜餚名稱的單子。現在用來指"計算機屏幕上為使用者提供的用來選擇項目的表"，是"選單"的俗稱。這是詞通過比喻用法產生的新義。再如"夕陽"原義為"傍晚的太陽"，現發展出新義"傳統的、因缺乏競爭力而日漸衰落、沒有發展前途的"（如：夕陽產業）。舊詞產生新義同新詞語有相同的作用，但它是詞彙、詞義發展的另一種形式。

　　還應該指出另一種情況：有些詞代表新概念，在形式上同歷史上曾出現的詞相同，但意義毫無聯繫，這種詞應算新產生的詞。如：

> 經濟 原義為"經國濟世"（如"經濟之道"，見《文中子‧禮樂篇》）。現義很多常用的有①〈經〉以社會生產關係為研究對象的科學。②有關物質資料的生產管理的事。③收支情況。哪一個意義同原義都無聯繫。這是日本人從古漢語中借來翻譯①義，又傳入中國，成為一個新產生的詞。

> 儀表 原指法則或指人的容態。如《淮南子‧主術訓》："行為儀表于天下"，高誘註："云為天下人所法則也。"又《詩經‧碩人》："碩人其頎"，鄭玄箋云："碩，大也。言莊姜儀表長麗俊好頎頎然。"現指機器儀器上所用的測量裝置。原義和新義毫無聯繫，算新產生的詞。

（三）生造詞問題 ①

新詞是適應社會的需要而創造出來，經過運用的鑒定，為語言所接受的。但人們不能隨意造詞，對語言中原有的詞，也不能任意改變它的形式。隨意造出的詞或任意改變原有詞的形式所成的詞叫生造詞。對生造詞應加以規範。

生造詞有幾種情況：

1. 任意用簡稱，或簡縮複合詞

簡稱由於形式簡短、運用經濟，得到廣泛的運用。簡稱要注意構成是否合理，如"體育學校"可簡稱為"體校"，"外語學校"不能簡稱為"外校"，因為它同"本校、外校"的"外校"

---

① 參看鄭奠《現代漢語詞彙規範問題》，見《現代漢語規範化問題學術會議文件彙編》72頁。

相混。"參加試驗"也不好簡縮為"參試",因為"參試"也可以理解為"參加考試"。運用簡稱要注意範圍,在北京大學學校內,用"校黨委"這一簡稱所指明確,但在社會上談及同一對象,就要用"北大黨委"這一簡稱。社會各界運用的不少簡稱,在一定範圍中可以被人們接受。下列句子中的簡稱有毛病:

　　①在那個時期,冬天能有一套"軍大"穿就算是好的了。

　　②她演的電影不少,但多數是當"女配"。

　　③糧食市場放開,供應充足,黑大米價格陡落。

　　④到了武漢,你不要找湖北省委的人,你就直接去找"長辦"。

①的"軍大"指"軍大衣",但它易同指"軍政大學"之類的簡稱相混,"大"這個語素也難以代表所指事物,可直說"軍大衣"。②的"女配"指"女配角",簡稱難於達意,可直用"女配角"。③中的"黑"本意是用作"黑龍江"的代表,但放在一般的語境中,"黑"可以理解為"黑色的""黑市的"。這裏可改為"黑龍江產"。④中的"長辦"指的是"長江流域規劃辦公室"。這個簡稱從事有關工作的人可能瞭解,但在一般的語境中,應該用更明確的說法,或用全稱。

　　也不能根據簡稱的形式普遍類推,要看是否需要,意義是否明確。下列簡稱不當:

　　教質——教學質量　　二課——基礎課、專業課

　　生救——生產自救　　三詩——史詩、敍事詩、抒情詩

　　任意簡縮複合詞的例子如:

　　＊斃獲（擊斃＋捕獲）　經過一場激烈的戰鬥,敵艦艇被我斃獲,我艦隊勝利返航。

　　＊檢析（檢查＋分析）　藥品已送化驗室檢析。

2. 破詞問題

把一個詞隔開用,如鞠躬——鞠了一個躬。

動賓格式不少詞允許這樣用,如:出勤——出了一夜勤,幫忙——幫他個忙,理髮——理了髮了。

並列格式,動補格式,偏正格式的詞隔開用就是破詞,一般應排斥。如:矛盾——* 矛了一回盾,改良——* 改了良了,後悔——* 後了悔了。

3. 生硬造詞問題

又有幾種情況:

(1)硬湊,改換複合詞。如:

　　* 揍打　我把他揍打了一頓。

　　* 騰冒　火煙直向天空騰冒上去。

以上兩句分別用"揍""冒"就可以了,"打""騰"為硬湊上去的。

　　* 精絕　他的發言很精絕。

　　* 古久　這學派的淵源很古久。

"精絕"應作"精彩","古久"應作"久遠"。這是改換了原有詞的語素。

(2)顛倒語素。

古漢語中有一部分並列結構的雙音詞,語素次序不很固定,如:

　　介紹——紹介

　　介紹而傳命。(《禮·聘義》)

　　東國有魯連先生,其人在此,勝請為紹介而見之於將
　　　　軍。(《戰國策·趙策》)

　　安慰——慰安

時時為安慰，久久莫相忘。(《古詩·為焦仲卿妻作》)

思欲寬上意，慰安眾庶。(《漢書·車千秋傳》)

雕刻——刻雕

工匠雕刻，連累日月。(《後漢書·王充傳》)

覆載天地，刻雕萬物。(《莊子·大宗師》)

它們的發展，有不同的情況，應分別處理。

1）現已固定的，過去雖可顛倒，取固定式（下列各組詞中，前一個是固定式）：

蔓延——延蔓　　次序——序次　　安慰——慰安

辯論——論辯　　增加——加增

2）顛倒式詞義不同，是兩個詞，應並存：

算計——計算　　和平——平和　　鬥爭——爭鬥

發揮——揮發　　生產——產生

3）顛倒式意義用法相同，用普遍性大的（下列各組詞中，前一個普遍性較大）：

熱鬧——鬧熱　　蠻橫——橫蠻　　見識——識見

地道——道地　　命運——運命

4）顛倒式口語書面語運用都普遍，讓其並存，聽其自然發展：

整齊——齊整　　講演——演講　　阻攔——攔阻

離別——別離　　和緩——緩和

三、口語詞彙和書面語詞彙

在很多情況下，口頭能說的詞也能書面運用，能書面運用的口頭也能說；這樣，口語用詞和書面語用詞應該是沒有甚麼區別的。實際上確實大部分詞口語和書面語是通用的，如"山、水、河、讀書、生產、跑、跳、高、低"等等。

但語言發展中出現了口語詞彙和書面語詞彙有明顯差別的現象，有一批詞常用於口語（口說），有一部分詞常用於寫作（供閱讀）。

它們有的有對應關係，是同義詞或近義詞。如：

美——美麗	心眼兒——心	擱——安放
估摸——估計	嚇唬——恫嚇	壓根兒——根本
蹓達——散步	要不——否則	

有的無對應關係，一般能找到一個語體上的中性詞（也叫通用詞，口語、書面語都能用的），作為它的對應物。如：

空當〈口〉＝空隙	匱乏〈書〉＝缺乏、窮乏
拉扯〈口〉＝提拔、撫養、牽涉	黧黑〈書〉＝黑
浪頭〈口〉＝波浪、潮流	料峭〈書〉＝微寒
禮數〈口〉＝禮貌、禮節	凌虐〈書〉＝欺侮、虐待
聊天〈口〉＝談天	蜷局〈書〉＝蜷曲
	思忖〈書〉＝思量
	提挈〈書〉＝提攜

有一些不僅二者無對等關係，也無中性詞（通用詞）同它們對應，要用其他詞語去解釋它的意義。如：

聯袂〈書〉＝手拉着手	拉下臉〈口〉＝打破情面
斂衽〈書〉＝整衣襟	邋遢〈口〉＝不整潔
斂容〈書〉＝收起笑容	老好人〈口〉＝隨聲附和的人
寥廓〈書〉＝高遠空曠	
闌干〈書〉＝縱橫交錯、參差錯落	偏疼〈口〉＝對晚輩中某個（或某些）人特別疼愛

口語詞是人們生活工作中最習用的部分，為群眾所熟悉，顯得親切，又有豐富的形象生動的表達，顯得很活潑。除了口

頭運用外，通訊、文藝作品多用口語詞。如：

　　剛一修溝的時候，工程處就想得很周到，下邊用板子頂住溝幫子，上邊用柱子戧住了牆，省得下面的土一鬆，屋子跟牆就許垮架；咱們這溜兒的房子都不大結實。這個，大家也知道。(老舍《龍鬚溝》)

　　這時太平村的公所裏出來兩個人，一個拖着文明棍，一個光着禿腦袋。這兩個人看見逃難的人們過來了，那個拖文明棍的一個斜楞三角眼，那個禿腦袋的老傢伙咧了咧三瓣嘴，兩個就得意地哈哈大笑起來，兩個幾乎同時説道："好了，好了，皇軍一來，這就好了。"(《高玉寶》)

書面語詞有不同的運用情況：

1. 有一部分是為了特種目的用於特定的程式中的。為了簡明和得到某種特定的修辭色彩，在特定的文體中常常有特殊的用詞，如公文用語：呈報、批示、事由、審閱，外交文件用語：謹、致意、閣下、奉告、拜會、回訪等等。

2. 有一部分是政論和學術用語，為説明政治問題和學術問題所必需，如：民意、輿論、因果、絕對性、偶然性、具體勞動、抽象勞動、聚變、裂變等等。

3. 有一大批書面語是歷代文學創作積累下來的豐富的詞彙遺產，後代文藝創作，常常根據需要，運用吸收不同風格不同表現力的詞彙，使文藝寫作的書面語顯得很有表現力。如下一段描寫中曹禺對書面詞彙的運用：

　　陰山下面是一片清澄見底的大湖，匈奴人把它叫"海子"。這是一個風景優美，水草肥沃的地方。寬闊的黑河，茂盛的草原和眼前一片湖光山色，使匈奴人祖祖代代都聚集在這裏，放羊牧馬。盛暑夏天，此地卻十分涼爽。

　　這是夏天傍晚的草原，天山雲霞似火，紅紫藍黃，一時像千軍萬馬，一時像蒼龍在天，一時像巉岩斷壁，一時像火海烈焰，變化奇幻，說不出的絢麗多彩。（《王昭君》第三幕）

　不少作家，敍述語言較多用書面語詞彙，對話則多用口語詞彙。如（加點者為書面詞語，加△者為口語詞語）：

　　"我是張臘月。"那個勇敢的女人自豪地說："闖將張臘月。聽說過吧？"

　　"知道，知道！"舉止文靜的吳淑蘭，被"張臘月"這個她曾說過多少次的名字，被眼前看到的這個真實的女人，以及她那赤裸裸的對人的態度所感染，也情不自禁地活潑起來。……

　　"我是個火炮性子，一點就響，不愛磨蹭。"張臘月高喉嚨大嗓子說："頭回生，二回熟，今天見了面，就是親姐妹啦。……我都打聽過了，咱倆同歲，都是屬羊的，對吧？"《王汶石《新結識的夥伴》）

　現代漢語的書面語詞和口語詞相當多並無形式的標誌，辨認困難。要在長期的語言學習語言運用中去感受，增強這方面的語感。一部分雙音書面語合成詞多帶生僻的語素，如上面舉的例子：匱乏、黎黑、聯袂、斂衽、寥廓、巉岩、絢麗，再如笑靨、教誨、悅耳、頎長、頭顱等等。一部分口語詞則帶弱化語素"子""兒""頭"及其他單音多音的弱化語素。如"腦瓜子""小子""腦瓜兒""爺們兒""擠咕""泥巴""油不漬""猛古丁""黑不溜秋""酸不唧唧"等等。

　在語言運用中，有一種不問需要而使用書面語詞語的傾向。在需要自然地說明問題、敍述事實時，應避免用書面語詞彙。下幾例都有毛病：

①＊他就是我們區商店的彭先生，我忙問："彭先生是否也要到縣城去？"

②＊他一個寒假閱讀了三本新小説。

③＊你既然沒錯，何必懼怕人家批評呢？

①去"是否"，末了加"嗎"。②"閱讀"改為"讀"。③懼怕"改為"怕"。

四、標準語詞彙和方言詞彙，社會習慣語

標準語即一個民族的共同語，在漢語來説，就是指普通話。它以北方話為基礎方言，以北京音為標準音，以典範的白話文著作為語法規範。一般所説的方言詞，有時指普通話以外的各個方言的詞語，和作為普通話基礎方言的北方話中一些地區性的詞語；有時則指被普通話吸收的方言詞。這裏所説的方言詞，用的是前一個意義。被普通話吸收的方言詞，是普通話中的方言成分，但既已被普通話吸收，就有理由把它們看作普通話詞彙系統中的成員了。

（一）普通話詞彙同方言詞彙的差別

它們的差別主要有：

1. 意義相同，説法不同（語素不同，反映在書寫上是字不同，語音不同是顯然的）。如：

	上衣		小偷
北京	褂子	北京	小偷兒
西安	衫子	濟南	小偷
成都	上裝	西安	賊娃子

蘇州	上身	成都	偷兒
溫州	短衫	昆明	毛賊
梅縣	〔短〕衫	合肥	賊
廈門	外衫	蘇州	賊骨頭
福州	面衫	梅縣	賊
		廣州	鼠摸
		陽江	〔鼠〕賊
		廈門	賊仔
		潮州	鼠賊仔

2. 同一個詞（語素同，書面形式同），含義不同，如：

麵　普通話：麵粉、麵條　　話　普通話：講出來的言辭

　　江浙話：麵條　　　　　　　廣東話：説

肥　普通話：動物脂肪多　　行　普通話：可以

　　閩南話：人、動物脂肪多　　廣東話：走

餃子　湖北、閩西、客家話稱餛飩。

麥　閩南指玉米。

豆油　成都、廈門指醬油。

客廳　梅縣指正房。

牀　潮州指桌子。

3. 表示同一方面意思的詞彙構成不同。這指的是表示同一方面事物現象時所用的詞不同。如：

人攝食不同食物，普通話和蘇州話比較：

普通話	蘇州話
吃飯	吃飯
喝湯（水，茶，酒）	吃湯（水，茶，酒）
吸煙	吃煙

表示"壞"的意思，普通話和閩南話比較：

普通話	閩南方言文昌話
人壞	人 [hiap₋ 44]
壞人	[hiap₋ 44] 人
牀壞了	牀 [₋Бai34] 了嘞
車壞了	車 [₋Бai34] 了嘞
肉壞了	肉 [₋Бai34] 了嘞

("Б"是雙唇吸氣濁塞音)

普通話和閩南方言文昌話所用人稱代詞比較：

普通話	閩南方言文昌話
我	我（俕）
——	儂（表小，表親愛）
你	你
您（尊稱）	——
他	伊
我們	俕人
咱們（包括對方）	——
你們	你人
他們	伊人

（二）普通話對方言詞的吸收

普通話以北方話為基礎方言，它的詞彙以北方話的一般詞彙為基礎，捨棄基礎方言中過於土的詞，吸收其他方言中一些富有表現力的詞，作為普通話詞彙的一個構成部分。這方面的原則是：

1. 基礎方言中方言色彩很濃的詞，只在某些個別地區運用，有完全同義而比較普通的詞代替，這種詞可不看作普通話詞彙。如：

> 東北的　　　　　　非……不解（不行，不能算完）
>
> 　　　　　　　　　牸子（牯牛，公牛）
>
> 山西、陝西的　　　地板（地）、婆姨（老婆）
>
> 北京話的　　　　　格澀（與人不同）、嚼穀兒（日常生活費用）、洋刺子（玻璃瓶）、老爺兒（太陽）

2. 北方話中說法不一致的，用比較普通的作為標準（下面各例中第一個）：

> 蚜蟲——膩蟲——蟻蟲——蜜蟲——油蟲——旱蟲——油旱
>
> 玉米——老玉米——苞米——棒子——包米——包穀——玉蜀黍
>
> 南瓜——北瓜——倭瓜——香瓜
>
> 火柴——取燈兒——洋火——亮子——自來火——洋取燈
>
> 母雞——草雞——雞婆

3. 基礎方言中同名異實的，涵義以北京話為準，如：

北京話	在某些地區的含義
白薯	芋頭
爺爺	爹
媳婦	女人
老爺	公公

4. 吸收適用和需要的方言詞，如：

西南話	曉得	打擺子	耗子	搞	名堂
吳語	蹩腳	把戲	貨色	識相	亭子間
	癟三	尷尬			

粵語	雪糕	冰淇淋	靚	生猛
閩語	馬鈴薯	葵花	龍眼	
湘語	過細	過硬		

不吸收在基礎方言中易找到習用的同義詞的方言詞。如：

| 晨光（時候） | 白相（溜達，玩兒） |
| 小娃子（小孩兒） | 水門汀（洋灰） |

在文章和文藝寫作中，根據需要，適當運用方言詞可以豐富表現力。如：

> "生寶！"任老四曾經彎着水蛇腰，嘴裏濺着唾沫星子，感激地對他說："寶娃子！你這回領着大夥試辦成功了，可就把俺一畝地變成二畝囉！說句心裏話，我和你四嬸念你一輩子好！你說呢？娃們有饃吃了嘛！青稞，娃們吃了肚裏難受，楞鬧哄哩。……"（柳青《創業史》）

但不能不問需要，濫用方言詞，如下面幾例：

① 韓老六的小點子江秀英來這大院，站在當院。（周立波《暴風驟雨》）（小點子，小老婆）

② 一隻灰色的跳貓子慌裏慌張往外竄。（同上）（跳貓子，兔子）

③ 有幾人從屋裏出來，便圪溜着想走。（馬烽、西戎《呂梁英雄傳》）（圪溜，本指偏斜，這裏指找託詞）

下面是一般報刊發表的文藝作品中的例子，作者將一般的名詞、動詞、形容詞也換成了方言詞，這是不妥當的：

① 我知道這部機器不是你們公司製造的，機身上有銘牌嘛。

② 從此，小倆口沒日沒夜地下苦，創立家業。

③ 誰知王大嫂聽了這話，很不悅意。

④ 老人戳根柺棍，顫顫波波，走了進來。

①中的"銘牌"可改為一般所說的"商標"。②中的"下苦"可

改為普通話説的"苦做"或"辛苦勞動"。③中的"悦意"應換為通用的"高興"。④中的"顫顫波波"，可換用普通話的"搖搖晃晃"或"顫巍巍地"。

（三）社會習慣語

社會習慣語是各種社會集團和職業集團內部使用的詞語。可以分為：

1. 專門術語 各科學部門運用的術語。如：

數學術語　質數、分數、立方、平方、微分
物理術語　比熱、力矩、伏特、共振、赫茲
化學術語　化合、混合、無機物、原子價
哲學術語　存在、物質、質、同一性、必然
政治經濟學術語　商品、勞動、資本、剩餘價值、地租
文藝術語　形象、現實主義、蒙太奇、旋律、交響樂
語言學術語　音素、爆破音、主語、動詞、複句

2. 行業語（行話）社會中某一職業集團（即行）所用的詞語，它表示有關某行業的特殊事物現象。如：

商業用語　採購、盤貨、虧損、盈利、稅率、高檔貨
農業用語　嫁接、壓鹼、定漿、茬口、保墒、免耕法
交通用語　晚點、快車道、噸位、調度、超載、航空港
戲曲用語　小生、花旦、水袖、髯口、臉譜、西皮

3. 隱語社會秘密集團內部成員間使用的特殊詞語。如：

大麻子得到了座山雕的眼色，突然，他像惡狼咬人一樣一聲吼叫："天王蓋地虎"（土匪黑話，意為：你好大的膽，敢來氣你祖宗）。

楊子榮懂得這句話，迅速反轉回身，把右襟一翻，答

道："寶塔鎮河妖"（土匪黑話，意為：要是那樣，叫我從山上摔死，掉河裏淹死）。

楊子榮剛答完這句話，八金剛站起來威嚇地問道："野雞悶頭鑽，哪能上天山"（土匪黑話，意為：因為你不是正牌的）。

楊子榮把大皮帽一摘，在頭頂上畫畫圈，不慌不忙地答道：

"地上有的是米，唔呀有根底"（土匪黑話，意為：老子是正牌的，老牌的）。

（電影文學劇本《林海雪原》，曲波原著，劉沛然等改編）

普通話也吸收社會習慣語（主要是術語和行業語）中的詞語來豐富自己的詞彙。主要吸收同全民生活密切相關，或隨着生產文化的發展，為全民所熟悉的詞語。例如：

數學的	比例、百分比、倍數、平均、平行
物理學的	反射、折射、電流、電錶、原子、輻射
醫學的	近視、流產、解剖、動手術、歇斯底里
文藝的	主人公、鏡頭、上台、臉譜、腔調
宗教的	神通、衣缽、化身、聖地、地獄

專門術語和行業語詞彙的詞成為普通詞彙的詞後，有很多既有術語義，又有普通義。如：

價值 〈經〉指商品中凝聚的社會必要勞動。工作的意義作用。

摩擦 〈物〉一個物體在另一物體上運動時，兩個物體表面之間所產生的阻礙運動的作用。

（個人或黨派團體間）因彼此利害矛盾而引起的衝突。

亮相 〈藝〉人物在舞台上由動的身段變為短時的靜止姿勢。

比喻公開表示態度，亮明觀點。

近視　〈醫〉視力缺陷的一種，能看清近處的東西，看不清遠處的東西。

比喻眼光短淺。

軟件　〈計算機〉　計算機系統的組成部分，是指揮計算機進行計算、判斷、處理信息的程序系統和設備。

借指生產、科研、經營過程中的人員素質、管理水平、服務質量等。

各學科的專門術語有一部分往往不統一。例如語言學中的前綴——前附加成分——詞頭，後綴——後附加成分——詞尾，同一個東西有三個名稱。關於事物大類和小類的名稱，邏輯學用的是"種"（大）和"屬"（小），生物學用的是"屬"（大）和"種"（小）。"繼電器"又譯"替續器""電驛"，"共振"又譯"諧振"。再如"計算機——電腦——電算機""激光——雷射——萊塞"。科技術語的歧異是常見的。這就要求進行術語的統一和規範。術語的統一和規範是語言規範工作的一個重要方面，它比一般語言應用的規範更有特殊的作用。這個工作要由研究機關編制名詞術語表，經過認真討論研究，逐步達到規範和統一。80年代以來，中國術語學工作有了很大的發展。國家設立全國術語標準化技術委員會，積極開展各專業術語標準的制定工作，已制定為數眾多的術語國家標準，有力地促進了有關專業工作的發展。

五、本族語詞彙和外來語詞彙

本民族語言的詞彙叫本族語詞彙。從外國語言和本國其他民族語言中連音帶義吸收來的詞叫外來詞。

外來詞不包括意譯詞，意譯詞是根據原詞的意義，用漢語自己的詞彙材料和構詞方式創造的新詞，這種詞也叫譯詞。如，科學、民主、火車、電話、青黴素等。譯詞只用其義，不用其音，是吸收別的語言詞語的一種形式。外來詞也叫借詞，它不僅用別的語言詞語的義，也借用其音。例如吉普、尼龍、蘇維埃、冬不拉、糌粑等等。這是吸收別的語言詞語的另一形式。一般所說的外來語詞彙專指後一種。

（一）漢語對外來詞的吸收

中國是一個多民族的大國，又是一個文明古國。在長期的歷史發展中，在和國內兄弟民族長期相處，和各國民眾長期交往的過程中，漢語吸收了不少外來詞語。從漢代開始，漢語中就有了匈奴和西域的借詞，如：駱駝、猩猩、琵琶（匈奴借詞）、葡萄、石榴、琉璃（西域借詞）等等。佛教傳入中國後，漢語中又有了一批梵語的佛教借詞，如佛、菩薩、沙門、懺悔等。近代中國在積極學習西方的文化科學知識技術的過程中，更是大量吸收了一大批外來詞(以從日語和英語借來的為最多)。

下面是漢語吸收的外來詞舉例 [1]：

拉丁語	阿斯匹林、引得、鴉片、烏托邦
英語	乒乓、吉普、尼龍、雷達、白蘭地
法語	芭蕾、咖啡、香檳、幽默、蒙太奇
德語	康采恩、海洛英、納粹、馬克
俄語	蘇維埃、盧布、布拉吉、伏特加
蒙語	戈壁、哈巴、站、浩特
藏語	粑、喇嘛、氆氌、哈達

---

[1] 參看高名凱、劉正埮《現代漢語外來詞研究》。

維語　　阿訇、冬不拉、鑲、袼袢

漢語吸收外來詞有三種形式：

譯音

雷達	radar（英）	拷貝	copy（英）
坦克	tank（英）	吉普	jeep（英）
蘇維埃	совет（俄）	布爾什維克	болъшевик（俄）

這些詞在音譯時按漢語的語音特點對原詞的語音形式作了改造。例如外語詞的音節原來沒有聲調，音譯詞每個音節都有了聲調；音節數目也有改變，例如 "吉普（jeep）"，原詞是一個音節，音譯詞是兩個音節。"布爾什維克（болъшевик）"，原詞是三個音節，音譯詞是五個音節。輔音、元音方面的調整更是多種多樣，如 "jeep" 的 "j" 讀 [dʒ]，是濁音，舌尖後塞擦音，"吉普" 的 "吉" 的聲母是 "j"，讀 [tɕ]，是清音，舌面前塞擦音。"болъшевик" 中的 "o" 讀 [o]，是半高後圓唇元音，"布爾什維克" 中 "布" 的元音是 "u" 讀 [u]，為高後圓唇元音，等等。因此音譯詞只是近似於原詞的發音。

譯音賦義

俱樂部	club（英）	引得（index）
基因	gene（英）	繃帶（bandage）
烏托邦	utopia（英）	維他命（vitamin）

這些詞聲音同原詞相近，各個音節也有意義，是人們賦予的同原詞意義相關，多少有些聯繫的意義。如 "基因"，原詞指生物體遺傳的基本單位，存在於細胞的染色體上。"基因" 發音既同原詞近似，而 "基" 有 "基礎" 義，"因" 有 "原因" 義，同原詞義有關。再如 "烏托邦"，原詞指理想中最美好的社會，後來泛指不能實現的理想、計劃等。"烏托邦" 同原詞發音相近，"烏" 意為無，"托" 有寄託義，"邦" 指地方、區域。這些音節

也表示出同原詞義有聯繫的意義。

半譯音半譯義

卡車　car（英）　　　　　啤酒　beer（英）

霓虹燈　neon（英）　　　摩托車　motor（英）

芭蕾舞　ballet（法）　　　馬克思主義　Marxism（英）

這些詞的前一半是譯音，如"啤酒"的"啤"，"卡車"的"卡"，"馬克思主義"的"馬克思"，後一半或是說明原詞表示的事物的類，如"啤酒"的"酒"，"卡車"的"車"，或是意譯原詞後一部分的意義，如"馬克思主義"的"主義"。

近年來，西文字母加漢語語素組成的外來詞語增加了。早期的"X光""α射線"就是這種詞語。這以科技方面的詞語為多。近年出現的如"B超""BP機""CD盤""N型半導體"等。這類詞語西文字母按西方語言的讀法發音。大多是西方語言的縮略語。它的意義要通過瞭解它表示的西文語詞的意義才能瞭解。在第二章我們說明過"BP機"之"BP"為英"beerper"的縮寫，指發嘟嘟信號的裝置。再如"CD盤"的"CD"為英"Compact disc"的縮寫，指緊密（因用激光刻劃信號，使有緊密刻痕）的盤。

吸收別的語言的詞語，是用音譯，還是意譯？音譯譯名常常有分歧，如何統一？一般認為，應遵循下列原則：

1. 關於音譯。

（1）以北京語音為標準

例如葉尼塞省米努辛斯克的 Шушенское 村，這個村名有十一種譯法：舒辛斯科野村、舒申斯科野村、舒旋斯科野村、舒申斯科耶村、壽山斯科耶村、壽沙斯克村、壽山斯克村、蘇辛斯科伊村、蘇舍斯克村、蘇新斯考野村、舒申斯克村。應取

"舒申斯克村"。

（2）按名從主人（語詞源出的語言）的原則譯音，但習用已久的人名、地名，即使在語音上有些出入也不另譯。如意大利地名 Napoli 譯"那波利"，不從英語。Naplos 譯"那波勒斯"。

習用已久的不另譯。例如：埃及自稱 Misr（"米色爾"），但"埃及"運用已久，國際上也通用，照舊不改。"莫斯科"俄文叫莫斯克瓦 Москва，但"莫斯科"沿用已久，照舊不改。

（3）人名按同名同譯、同姓同譯、同音同譯的原則譯音。如果戈里不另譯作郭哥里。

（4）譯音用字採用常見易懂的字，不用冷僻字，如尼法（采）、裴（拜）倫、伊孛（卜）生。

2. 對基礎方言和其他方言中吸收別的語言的詞語所產生的同義詞，一般去音譯，取意譯。如：

> 民主——德謨克拉西　　獨裁——狄克推多
> 科學——賽因斯　　　　保險——燕梳
> 維生素——維他命

音譯普遍性較大，或意譯不確切的，可保留音譯，如：

> 歇斯底里——癔病　　　吉他——六弦琴
> 邏輯——倫理學　　　　托台斯——企業合同

3. 同為意譯，用確切和普遍性較大的，如：

> 勞　動　日——勞動時間　　電　車——磨電
> 金融寡頭——財政寡頭　　生產力——生產能力
> 經濟危機——經濟恐慌

漢語吸收別的語言的詞語，音譯詞起相當的作用，但在歷史發展過程中，意譯詞逐漸佔優勢。其原因是：漢語詞的音節短，大部分是單音雙音，多音節的少，音譯詞往往是多音節的，不合漢語的習慣；漢語用的是表意文字，人們習慣於文字本身多少表示一點意義，音譯詞不合這個要求。

（二）漢語對日語詞的吸收

中日兩國，自古以來，在政治、經濟、文化社會生活各個方面相互都有很大的影響。一般說來，19世紀中晚期以前，中國古籍流傳日本，日本學習中國文化，較多地表現為中國對日本的影響。19世紀中晚期以後，日本卻對中國有很大影響。大批留學生派往日本求學，大批歐美書籍從日文轉譯過來。在這個過程中，吸收了很多日本的自然科學、社會科學以至於一般用語的語詞。這些日語詞可以分為下列幾類[1]：

1. 日本音譯外來語，但用漢字書寫（日本人叫嵌字）：

gas	（英）	瓦斯
concrete	（英）	混凝土
romantic	（英）	浪漫
metro	（法）	米（米突）

2. 日本意譯外來語，用漢字書寫，只有訓讀（日本語固有的詞彙讀法），沒有音讀（日譯漢字音的讀法）。這一部分詞在日譯外來語中是少數。如：

入口	廣場
出口	手續
立場	憧憬
市場	引渡

3. 日本意譯外來語，用漢字書寫，用音讀，不用訓讀。

---

[1] 參看王立達《現代漢語中從日語借來的詞彙》，《中國語文》，1958年第2期。

這一部分詞在日譯外來語中是多數。如：

絕對——相對　　積極——消極　　高潮——低潮

直接——間接　　廣義——狹義　　主動——被動

主體——客體　　主觀——客觀　　肯定——否定

時間——空間　　理性——感性　　優點——缺點

動脈——靜脈　　動產——不動產　火成岩——水成岩

民主　民族　方針　方案　政黨　政策　保證　系統

傳統　鬥爭　社會　批判　原子　分子　電子　細胞

電流　科學　哲學　心理學　倫理學　化學　冶金學

一元化　一般化　方程式　恆等式　腺炎　胸炎

生產力　消費力　可能性　現實性　文學界　藝術界

新型　流線型　生命線　戰線　一元論　宿命論

辯證法　歸納法　美感　好感

4. 原為日語詞彙，借為漢語詞彙後，意義與原義不同：

勞動者　日語指產業工人　漢語指勞動民眾

辯護士　日語指律師　　　漢語指辯護者

物語　　日語指演義小說　漢語指動物童話

5. 本為古漢語詞彙，日文借用意譯外來語，又為漢語吸收，古今義不同。如：

組織　本為“紡織”的意思。《遼史·食貨志》：“樹桑麻，習組織”。現在漢語中它的意思是“組織機構”“政治組織”，這是從日語中借來的。

雜誌　本為讀書劄記的意思，如王念孫《讀書雜誌》。今義為期刊，從日語借用。

勞動　本為“運動”的意思。《三國志·華佗傳》：“人體欲得勞動”。今義從日語借用。

社會　原指古代社日的集會。《世說新語·德行上》："鄰里修社會"，今義從日語借用。

6. 漢字字形詞義為日本人所造，為漢語吸收：

腺　　癌　　吋　　噸

有人認為上面所說的第 5 類和第 3 類，不應算日語借詞。因為 5 是"完璧歸趙"，3 用的是漢語語素構詞，而且用的是音讀。有人認為對這兩類詞，應確定創制使用權，然後判定是誰借用誰的。關於這個問題，我們基本同意鄭奠先生的觀點 ①：創制使用權不易確定。例如"權利"一詞，一般認為是日語借詞。實則原詞見於《荀子》、《史記》、《漢書》、《論衡》。同文館（1862～1902）所譯的《萬國公法》有"人民通行之權利"語，以"權利"譯 right，於同治三年（1864）開始使用。日明治初年（1868）也接受了這個詞，所以這個詞最早創制運用權在我而不在日。又如"文法"一詞，漢籍原義為文書法令（《史記》："舞文法"）後也指文章作法。用來指西語的 Grammar，一般也認為是日譯。但明末中外學人合譯的《名理探》（西洋傅泛際譯義，李之藻達辭）中有這樣的話："制言語者二：一論語言，一論文法。"可見"文法"最早的創制使用權也在我而不在日。但更多的是上面 5 類舉例所說的情況，詞原屬漢語，但現義是日人意譯西語時賦予的，古今義常常毫無聯繫。試問，這種情況如何確定創制使用權呢？

這一部分詞可以看作是民族性和國際性相結合的產物，中外古今學人的業績 ②。我們一方面要看到甲午戰爭後漢語翻譯中吸收很多日語詞的事實，另一方面又要看到，中國歷代古籍和

---

① 鄭奠《談現代漢語中的日語詞彙》，《中國語文》1958 年第 2 期。
② 同上。

漢譯佛經流傳日本，給日本學者使用漢語漢字不少的憑藉和啟發，而同文館和翻譯館（1870～1897）的各種譯著，對於日譯新詞也有一定的作用。如果沒有大量的古漢語詞彙（固有的和翻譯佛經出現的）作為依據，如果這批詞彙得不到中外學者繼續不斷地發掘和利用，這批新詞是不會出現的。

我們認為，一般所說的日語借詞大部分是日本學者利用漢字所表示的語素造出新的詞語，或給原來漢語的語詞注入新義，來翻譯西方語言的語詞。外來詞的特徵是連音帶義吸收，漢語從日語吸收的語詞是連形帶義採用。因為形是漢字，漢字標記的是漢語的語素，這個語素的義也是漢語的，只不過這些詞的詞義同語素的原義有或近或遠的聯繫罷了。音則無需吸收，因為標記這些詞的漢字個個都有現成的漢語讀音。因此可以說這一部分詞是特殊的歷史、語言條下的產物。

六、非語義詞群和主題詞群

（一）非語義詞群

1. **按首字母分的詞群。如：**

   a-　啊、哎、埃（長度單位）、挨、唉、癌、捱、噯、矮、皚、愛、曖、鞍、氨、按、暗、岸、凹、熬、拗，以及以它們為頭一個語素構成的大批多音詞等。

   按音序排列的詞典，實際上用這個辦法編排詞和語素。

2. **按韻分的詞群。如：**

   -a　差　相差、歲差、時差

   　　叉　叉、魚叉、交叉

   　　瓜　西瓜、木瓜、冬瓜、倭瓜、苦瓜、甜瓜、香瓜、地瓜、黃瓜、傻瓜

花　　火花、窗花、棉花、雪花、煙花、風花、天花、
　　　淚花、眼花、昏花

家　　國家、田家、農家、畫家、大家、出家、自家、
　　　人家、身家、娘家、老家、親家、東家、冤家、
　　　船家、行家、酒家、雜家、專家、當家、成家、
　　　發家

　　實際上，韻書就用這個辦法來編排詞語和語素。

　　按出現的頻率分的詞群。這樣分的詞群可以服務於各種目的。例如：《普通話三千常用詞表》（初稿）就把最常用的（在一般報刊、交際中出現頻率最多的）各類詞彙集在一起（參看本書“緒論”所引該書“主要用胳膊、手的動作”項下所收的詞）。《現代漢語頻率詞典》中的各個詞表（如《前 300 個高頻詞分佈情況分析》《文學作品中前 4000 個高頻詞詞表》等）都是按頻率將詞劃分排列的。

3. 形態詞群（根據詞的結構特徵分的詞群）

　　從結構類型上劃分

　　　單純詞（其下可按音節特徵分類，例詞略）

　　　合成詞（其下可按各種結構分類，例詞略）

　　從構詞成分上劃分（同族詞）（參看 158 頁所引語素“紅”所構成的詞，158 頁所引語素“天”所構成的詞）。

4. 語法詞群

　　　詞類（詞的語法分類）

　　　詞類下的次類（例詞略）

（二）主題詞群

　　意義上有共同的關係對象、關係範圍的詞組成一個詞群

表親屬關係的詞的詞群，如：爸爸、父親、爹、媽媽、母親、娘、爺爺、祖父、奶奶、祖母、哥哥、嫂嫂、嫂子、弟弟、弟兄、兄弟、姐姐、妹妹、姐妹、兒子、女兒、閨女、孫子、孫女、丈夫、妻子、老婆、夫妻、愛人、公公、婆婆、媳婦等。

表顏色的詞的詞群，如：黑、黑不溜秋、黑沉沉、黑洞洞、黑漆漆、玄青 (深黑色)、天青 (深黑而微紅)、白、白皑皑、白花花、白濛濛、白茫茫、雪白、潔白、蒼白、花白、銀白、魚肚白，紅、紅撲撲、紅彤彤、紅豔豔、大紅、朱紅、嫣紅、通紅、殷紅、猩紅、橘紅、血紅、血色、品紅、潮紅、緋紅、粉紅、鮮紅、棗紅、桃紅、紅青 (黑裏透紅)、肉紅等。

主題（或題目）詞群中存在層次關係詞群和非層次關係詞群，它們是詞彙系統性的重要表現。這在第一章 "緒論"、第五章 "同義詞、反義詞和詞的層次關係" 等章節中已作過説明。

練習

一、談談你對用 "基本詞彙" 概念分析現代漢語詞彙的看法。

二、在下列作品引文中劃出歷史詞語（用———號），書面詞語用 (～～～～號)，口語詞（用△號）：

高秀才　聽見你們剛才説的那些話，我全明白了！洋人洋教怎麼霸道，我親眼得見，所以我才跟師兄們到北京來。進了城，我們住的是小廟，睡的是土地，吃的是棒子麵，不動老百姓一草一木。我本想，有這麼純正忠勇的義民，上邊必然受到感動，上下就可以一條心，一個勁兒，齊心對外，轉危為安。可是，我把你們這上邊的人看得太高了，太大了。你們另有打算，看團民不好惹，就天天叫師兄，趕到風頭不對了，你們趕緊想逃跑，又要打白旗投降，做漢奸，殺義民！你們只知有己，不知有民，只知有家，不知有國！洋人猖狂，因為你們膽小如鼠，百姓無衣無食，因為你們吸盡民脂民膏！你們吃裏爬外，欺軟怕硬！義和團比你們勝強十倍百倍！師兄們有股真心，你們渾身連一根骨頭也沒有！我不再多說了，看你把我怎麼辦吧，明大人！（老舍《神拳》）

三、在下列各段文字的空格中，填入適當的口語詞或書面語詞：

1. 小姑娘們，多麼有勁，多麼聰明！就是凌雲軟點，_____（四字）也必得能行！

2. 她一定不是像她奶奶、媽媽那樣委委屈屈地活着，_____（四字）地死去！姑娘們，你們算是遇上好時候了。

3. 她給街道上去服務是好事，是說得出口的事。人家一問我，衛科員，你的愛人搞街道工作哪？好哇！我能不親切地點頭微笑嗎？_____（二字），假若人家問我，衛科員，昨天我看見了大嫂，賣豆腐白菜呢，你是怎麼搞的！我有_____（二字）答對呢？

4. 淡淡的朝陽剛把樹梢照亮。順了石柱_____（二字）到三層樓上來的老藤樹比來時茂盛了，有些_____（二字）的枝蔓伸展開來，帶着綠葉，向人_____（二字），似在表達它的欣快之感。在露珠晶瑩的樹叢中，一個小蟬用_____（二字）的嗓門，輕輕嘶叫。

四、改正下列句子中不規範的詞語，並說明理由：

1. 這篇文章把我們的意見充暢地表達了出來。

2. 九點鐘，病人送來了，頃間，值班人員快速跑到急診室。

3. 他們對待產品的質量問題，並不是隱隱蓋蓋，而是公開講出來。

4. 那些精心製作的畫品，都鎖在潮濕的貯藏室中。

5. 要寫出又有深度，又有新度的感人文章。

6. 關於這個問題，我們講的是真理，反對派講的是謬論，何以為證，試以小析。

7. 這個戲校的學生若學會二十齣戲，即為多者。

8. 王婆賣瓜，稍有政治覺悟的，走過而不聞。

9. 高大的法國梧桐聳立在兩邊，月光從枝隙間篩下來，使景物變得迷離。

10. 風吹着法桐的枝葉，嘩嘩的呼嘯更增加了他語言的激昂和情緒的熱烈。

11. "上哪去？" 我追上前。
    "鸚鵡山。" 小李剎慢了車，興致匆忙地問我："你上哪？"

12. 汗水滿臉流，也顧不上擦，小王那張肥敦敦的臉蛋，這時顯得更可愛了。

13. 老人戳根枴棍，顫顫波波，走了進來。

14. 園裏的菜長得很好，生機勃勃，葱葱蘢蘢。

第八章　熟　語

緒論中説明了詞彙包括詞和固定語。熟語是固定語中重要的一類。熟語又有成語、諺語、歇後語、慣用語等多種。它們都是詞彙的重要組成部分。

中國古代把來源於古籍或民間的廣為流傳的言簡意賅的固定語稱為諺、俗語（《國語·越語》："諺，俗語也。"）野諺（《史記·秦始皇本紀》："野諺云：前事不忘，後事之師也。"）鄙語（《漢書·薛宣傳》："鄙語云：苛政不親，煩苦傷恩。"）等。後來學者使用的成語、諺語等名稱所指範圍也不一致。用熟語統稱成語、諺語、歇後語、慣用語，把對這些固定語的研究稱為熟語學是在 20 世紀 80 年代以後才為多數學者所接受的。但對各類熟語劃分的標準並不一致。

熟語一般的特點是：1. 結構比較複雜，許多有詞組或句子的結構。如：水落石出（兩個並列的主謂結構）、打蛇要打七寸（無主語的緊縮複合句）、橫挑鼻子豎挑眼（兩個並列的述賓結構，各帶狀語）、豬八戒喝磨刀水——內銹〔秀〕（一個主謂句和一個獨詞句）。2. 這些結構的成分和格式是語言應用中長期形成的，一般不容變更。3. 它們的意義往往有整體性。下面分別對成語、諺語、歇後語、慣用語的性質、結構、意義和應用等作具體的説明。

一、成語

成語是熟語中最重要的一種。人們對成語性質的認識有一個發展的過程。清錢大昕《恆言錄》的"成語"一類中，既包括今天説的成語，也包括一些雙音詞、歇後語。1915 年出版的《辭源》説成語是"古語也。凡流行於社會，可徵引表示己意者皆是"。這代表當時對成語的一般看法，偏指習用、通行的古語。1949 年以後，學術界對熟語中不同的類別進行了深入的研究，對各類熟語的內容、形式有了更確切的認識。《現代漢語詞典》對成語的説明代表了現代人對成語的認識，成語是"人們長期以來習用的、簡潔精闢的定型詞組或短句。漢語的成語大多由四個字組成，一般都有出處。"①

（一）成語的組織結構

成語絕大多數是四音節的，有一部分後來成為成語的詞語，原來就是四音節的。如"一衣帶水"，出自《南史・陳後主紀》："隋文帝謂仆射高熲曰：'我為百姓父母，豈可限一衣帶水不拯之乎？'""一衣帶水"形容水面狹窄。因隋將伐陳，陳在長江之南，所以這樣説。以後用來表示江湖河海不足為隔。又如"一息尚存"，出自《朱子全書・論語》："一息尚存，此志不容少懈，可謂遠矣。""一息尚存"指生命的最後階段。但大多數成語成為四音節，有一個逐漸發展的過程。這同漢語語言片斷雙音節化有相當關係。雙音同雙音結合，是現代漢語的一個主要節奏傾向 ② 而絕大多數成語都用了這種節奏。各種長短

---

① 參看馬國凡《成語》"一、成語的性質"內蒙古人民出版社，1983。
② 呂叔湘《現代漢語單雙音節問題初探》，中國語文 1963 年第 1 期。

不同的詞語是如何組織成四音節的成語的呢？

1. 選取原句中最能概括全句或全段意義的成分組成成語。如：

　　折衝尊俎　夫不出尊俎之間，而折衝於千里之外，晏子之謂也。（《晏子春秋‧雜》上）

　　折衝樽俎間，制勝在兩楹。（張協《雜詩》之七）

"尊俎"，古代盛酒肉的器皿。"折衝"，折退敵方的戰車，意謂擊退敵人。"折衝尊俎"，意思是在會盟的席上制勝對方。後泛稱外交談判。

　　乘風破浪　願乘長風，破萬里浪。（《宋書‧宗慤傳》）

"乘風破浪"原比喻志向遠大，排除困難，奮勇向前。現在多指在原有成績基礎上繼續努力。

　　淒風苦雨　春無淒風，秋無苦雨。（《左傳‧昭公四年》）

"淒風苦雨"形容天氣惡劣，也用來比喻處境悲慘淒涼。

2. 用四字概括事情、故事、寓言等的主要內容。如：

　　歧路亡羊　楊子之鄰人亡羊，既率其黨，又請楊子之豎追之。楊子曰："嘻！亡一羊，何追者之眾？"鄰人曰："多歧路。"既反，問："獲羊乎？"曰："亡之矣！"曰："奚亡之？"曰："歧路之中，又有歧焉。我不知所之，所以反也。"（《列子‧說符》）

　　狐假虎威　虎求百獸而食之，得狐。狐曰："子無敢食我也，天帝使我長百獸。今子食我，是逆天帝命也。子以我為不信，吾為子先行，子隨我後，觀百獸之見我而敢不走乎？"虎以為然，故遂與之行。獸見之皆走。虎不知獸畏己而走也，以為畏狐也。（《戰國策‧楚策》）

3. 省略句中虛詞而成。如：

後來居上　陛下用群臣如積薪耳，後來者居上。(《史記·汲鄭列傳》)

投鼠忌器　俚諺曰："欲投鼠而忌器。"此善喻也。(《漢書·賈誼傳》)

少見多怪　少所見，多所怪，睹橐駝，言馬腫背。(《牟子》)

4. 增加成分（多為虛詞或重義成分）於原句而成。如：

短兵相接　車錯轂兮短兵接。(《楚辭·九歌·國殤》)

"接"前加"相"，"相"是虛詞。

惡貫滿盈　紂之為惡，一以貫之；惡貫已滿，滅絕其命。(《書·泰誓》)

"貫"，穿錢的繩子。"盈"，意思也是滿，是重義成分。這個成語的意思是：罪惡多，像穿錢一樣，已經穿滿了一根繩子。形容罪大惡極。

同甘共苦　故將必與卒同甘苦，俟飢寒，故其死可得而盡也。(《淮南子·兵略訓》)

"苦"前加"共"，"同""共"是重義成分。

也有一部分成語是非四音節的。如：

先下手為強　出自關漢卿《關大王獨赴單刀會》"我想來先下手的為強。"意思是首先動手，可以佔優勢。

既來之，則安之　出自《論語·季氏》："夫如是，故遠人不服，則修文德以來之。既來之，則安之。"原意是既然使他們來了，就要讓他們安心。現在的意思是：既然來了，就要安下心來。

樹欲靜而風不止　出自《韓詩外傳》："樹欲靜而風不止，

子欲養而親不待也。"原比喻不能如人的心願,現一般用來比喻矛盾鬥爭不以人的意志為轉移。

是可忍,孰不可忍　出自《論語·八佾》:"八佾舞於庭,是可忍孰不可忍。"意思是這個都可以容忍,那還有甚麼不可以容忍的呢?

鷸蚌相爭,漁翁得利　這是《戰國策·燕策》中一則寓言故事的概括。趙國要攻打燕國,蘇代為燕國對趙惠王說:"今者臣來,過易水,蚌方出曝,而鷸啄其肉,蚌合而鉗其喙。鷸曰:'今日不雨,明日不雨,即有死蚌。'蚌亦曰:"今日不出,明日不出,即有死鷸。'兩者不肯相捨,漁者得而並禽之。"比喻雙方爭鬥相持不下,第三者得利。

工欲善其事,必先利其器　出自《論語·衛靈公》。意思是工匠要把活兒做好,首先要使他的工具精良。現在泛指創造好的條件,才能把事情做好。

成語的組織結構還可以從語法構造和意義關係上分析。成語的語法構造可分為下列幾類:

1. 主謂結構:襟懷坦白　德才兼備　夸父追日　風度翩翩

2. 述賓結構:橫掃千軍　震撼人心　異想天開　如雷貫耳

3. 述補結構:囿於成見　重於泰山　相逢狹路　逍遙法外

4. 述賓補結構:問道於盲　置之於死地　畢其功於一役

5. 兼語結構:指鹿為馬　請君入甕　引狼入室　化險為夷

6. 偏正結構:世外桃源　近水樓台　扶搖直上　侃侃而談

7. 並列結構:

（1）兩部分並列　從兩部分的意義關係上又可分為幾種類型:

1）重複　兩部分意義基本一樣,實際上是一種重複性的強調:行屍走肉　東奔西走　萬紫千紅　歡天喜地

不倫不類　人山人海　稱王稱霸　群策群力

2）對比　兩部分意義相對相反：杯水車薪　志大才疏　畏首畏尾　陽奉陰違　七上八下　千鈞一髮　萬眾一心　九牛一毛

這種成語使用反義詞較多，只用一組的，如：畸輕畸重，出爾反爾，懲前毖後。也有兩組交錯使用：少年老成，今是昨非，貌合神離，人面獸心。

3）承接　後部分承接前部分而來，有時間的連續性，如：

水到渠成　先禮後兵　落井下石　過河拆橋

4）目的　前部分所表示的行為是以後部分所表示的行為為目的的，如：

削足適履　守株待兔　殺一儆百　取長補短

5）因果　一般是前部分表原因，後部分表結果，如：

藥到病除　水落石出　水滴石穿　曲高和寡

（2）四個語素並列

青紅皂白　生老病死　魑魅魍魎　麟鳳龜龍

（二）成語的意義

成語的意義可以從兩方面考察：構成成語的語素的意義和成語的整體義。先看構成成語的語素的意義。

1. 語素義在現代漢語中是常用義。如：

說長道短　粗心大意　打草驚蛇　三言兩語

2. 語素義是生僻的古義。如：

"恬不知恥"的"恬"，是"安然"的意思。

"汗流浹背"的"浹"，是"濕透"的意思。

"卓爾不群"的"卓爾"，形容特出的樣子。

"旅進旅退"的"旅"，是"共同"的意思。

"無稽之談"的"稽",是"考查"的意思。

瞭解了成語的每個語素義，有助於理解成語的整個意義。再看成語的整體義。成語的整體義有三種情況：

1. 語素義直接相加是成語的整體義。如：

汗流浹背　無稽之談　既往不咎

2. 語素義直接相加不能顯示成語的整體義，成語的整體義同語素義的聯繫是人賦予的，約定俗成的。如：

高山流水　意為知音知己。《列子·湯問》："伯牙善鼓琴，鍾子期善聽。伯牙鼓琴，志在高山，鍾子期曰：'善哉，峨峨兮若泰山！'志在流水，曰：'善哉，洋洋兮若江河！'"

石破天驚　李賀《李憑箜篌引》："女媧煉石補天處，石破天驚逗秋雨。"形容樂聲的奇特，後也用來形容文章議論出奇驚人。

其他如"黃粱一夢、風聲鶴唳、平原督郵"等都屬於這一類。

3. 比喻義是成語的意義，如：

水落石出　蘇軾《後赤壁賦》："山高月小，水落石出。"寫的是自然景色。後用來比喻真相完全暴露。

吹毛求疵　《韓非子·大體》："不吹毛而求小疵。"比喻故意挑剔別人的缺點錯誤。

一狐之腋　《史記·趙世家》："簡子曰：'吾聞千羊之皮，不如一狐之腋'。"指一隻狐狸腋下的皮毛，比喻珍貴的東西。

這類成語很多，"大海撈針、方枘圓鑿、犬牙交錯、立竿見影"等等都是。

（三）成語的運用

成語的特點在其精練，形象。精練指言簡意賅，形象指有的成語能引起人的表象、想像活動，得到情態形貌的感受。因此在語言中，一般是書面語中，有廣泛的運用。

有時文字需要概括，如重要觀點，如綱目，如標題，選用恰當成語，事半功倍。如：

① 一氣呵成，多快好省——上海石油化工總廠第一期工程的建設經驗（《人民日報》1979 年 6 月 29 日文章題目）

② 玉淵潭三民工觸電，十萬火急；

白衣戰士連夜搶救，轉危為安。

（《北京晚報》1983 年 6 月 21 日新聞題目）

③ 對於他們，第一步需要還不是“錦上添花”，而是“雪中送炭”。所以在目前的條件下，普及工作的任務更為迫切。（《在延安文藝座談會上的講話》）

“雪中送炭”指文藝普及工作，“錦上添花”指文藝提高工作。兩個成語形象地概括了文藝的兩種任務。

有時文字需要形象，但又不能用語過多，這時候，最好選用恰當的成語。如：

① 總之是沒有人去理他，使得他“煢煢孑立，形影相弔”，沒有事可做了，只好挾起皮包走路。

② 一是農會會員漫山遍野，梭鏢短棍，一呼百應，土匪無處藏蹤。

③ 虎踞龍盤今勝昔，天翻地覆慨而慷。

用成語要認清意義，注意感情色彩，不能隨便更換成分和結構。下幾例有毛病：

＊① 有多少可歌可泣的新生事物接連產生。

＊② 他們為着民眾的利益，奮不顧身地救火，火燒着了頭

髮，燒灼了皮肉，但他們忘乎所以，直到把火撲滅為止。

*③可惜我不能直接參加這場戰鬥，和我們的敵人短兵相見。

①的“可歌可泣”用於英勇悲壯的事跡，不能用於新生事物。②的“忘乎所以”是貶義的，可改為“全然不顧”。③的“短兵相見”原作“短兵相接”，原成語用在這裏也不合適。

成語在一定條件下可以靈活運用。有時改動成語裏的一些成分，使人易於理解。如：

我們應當向民眾指出戰爭的勝利前途，使他們明白失敗和困難的暫時性，只要百折不回地奮鬥下去，最後勝利必屬於我們。

這裏把“百折不撓”改為“百折不回”，“回”比“撓”淺近，好懂。

有時根據需要，臨時改換成語的一個成分，使它適合表達的內容。如：

從當事者看來，似乎認為這些人是一定可以“剿盡殺絕”的了。但結果卻相反，兩種圍剿都慘敗了。

這裏把“斬盡殺絕”改為“剿盡殺絕”，更切合內容的需要。

二、諺語

（一）諺語的種類

多年流傳，包含有某種深刻的社會經驗、生產經驗的簡練形象的語句叫諺語。也有一部分諺語只是某種意義的生動表

述。諺語按內容可以分為下列幾類：①

農諺　總結農業生產經驗的諺語：

莊稼一枝花，全靠肥當家

旱耪田，澇耪園

麥子胎裏富，種子六成收

三耕四耙五鋤田，一年莊稼吃兩年

氣象諺　總結氣候變化規律的諺語：

早黃雨，夜黃晴，烏雲接日半夜雨

一九二九伸不出手，三九四九沿凌走

清明斷雪，穀雨斷霜（北方用）

黃梅無雨半年荒（長江以南用）

諷頌諺　有歌頌或揭露內容的諺語：

富人四季穿衣，窮人衣穿四季

黑心做財主，殺心做皇帝

規誡諺　在為人辦事方面提出勸告或警戒的諺語：

活到老，學到老

打蛇要打七寸

渾身是鐵，撚不了幾個釘

磨刀不誤砍柴工

無針不引線，無水不行船

要打當面鼓，莫敲背後鑼

風土諺　概括地方風土景物特點等的諺語：

東北有三寶：人參、貂皮、烏拉草

蘇州不斷菜，杭州不斷筍

天無三日晴，地無三尺平（貴州）

---

① 參看武占坤、馬國凡《諺語》"五、諺語的分類"，內蒙古人民出版社，1980。

上有天堂，下有蘇杭

生活常識諺　總結衣食住行知識的諺語：

衣不差寸，鞋不差分

急走冰，慢走泥

坐北朝陽，冬暖夏涼

飯後百步走，活到九十九

修辭諺　生動表述某種含意的諺語：

敬酒不吃吃罰酒

橫挑鼻子豎挑眼

這山望着那山高

雷聲大雨點小

（二）諺語的結構和意義

有的諺語是單句，如：磨刀不誤砍柴工、稀粥頂不起鍋蓋、蒼蠅不叮無縫的雞蛋；有的諺語是緊縮複句，如：打蛇要打七寸，眾人拾柴火焰高，敬酒不吃吃罰酒。

有的諺語有兩句，一般句式整齊，多數押韻，如：

人心齊，泰山移

三個臭皮匠，合成一個諸葛亮

鹵水點豆腐，一物降一物

上邊千條線，下邊一根針

構成諺語的詞語一般沒有生僻義（古諺除外）。個別方言成分要解釋。如打蛇要打七寸的“七寸”指頭部要害處。它的整體義的構成同成語第一、第三種情況相同。

一種是組成詞語意義相加是整體義，如：

活到老，學到老

旱榜田，澇榜園

心中無事一身輕

家有家規，國有國法

有時用誇張的説法，如：

一籽入地，萬粒歸倉

三人同心，黃土變金

一種是組成詞語的比喻義是整體義，如：

想知山中事，要問打柴人

渾身是鐵，撚不了幾個釘

薑是老的辣，醋是陳的酸

樹正不怕影斜

井水不犯河水

諺語由於內容包含有生產鬥爭、社會鬥爭經驗的總結，所以有論證的力量，可以拿它作論據，證實某個觀點。這是一種特殊的論據，既有邏輯的概括力、説服力，語言又簡明，有時還很形象。如：

俗話説：七十二行，行行出狀元。平凡的工作看起來沒有甚麼驚人之處，但任何一項工作都有它的內在規律，都大有學問可鑽。(靳大鷹《"獨唱演員"與"合唱演員"》)

"巧婦難為無米之炊"。詞彙貧乏，選擇不出有力的詞來表達自己的思想，顛來倒去老是那麼幾個詞兒，即使寫出文章來，語言也顯得乾癟乏味。(文輝《蜜蜂釀蜜的啟示——談詞彙的豐富》)

諺語還廣泛用於記述、説明和人物語言，如：

種田，就種田。種了田還可以賣油繩，就賣。賣過油繩，又要當採購員，就當。咦，這有啥了不起。船到橋下自然直，就像人死了進火葬場，這有啥了不起。

（高曉聲《陳奐生轉業》）

　　　　強英　你看看，哪家沒有本難唸的經？就說咱們家吧，老公公年老，少婆婆有病，小姑子屬害得像個野小子，老老少少一大堆事……難呢！（辛顯令《喜盈門》）

（三）成語和諺語的不同

　　從歷史上看，一部分成語、諺語難以劃分界限，因為許多成語原來就是古諺。從現代語言中這兩種熟語所形成的特徵看，一般認為，它們的不同主要有下列三點：

　　1. 成語書面語性強，諺語口語性強，比較：

$$\left\{\begin{array}{l}\text{一丘之貉} \\ \text{天下烏鴉一般黑}\end{array}\right.$$

$$\left\{\begin{array}{l}\text{見異思遷} \\ \text{一山望着一山高}\end{array}\right.$$

$$\left\{\begin{array}{l}\text{飲水思源} \\ \text{喝水不忘掘井人}\end{array}\right.$$

　　2. 成語比諺語更定型化，比較：

眾志成城 $\left\{\begin{array}{l}\text{三個臭皮匠，頂個諸葛亮} \\ \text{三個臭皮匠，變成諸葛亮} \\ \text{三個臭皮匠，賽過諸葛亮}\end{array}\right.$

孤掌難鳴 $\left\{\begin{array}{l}\text{一個巴掌拍不響} \\ \text{一隻手拍不響} \\ \text{一個巴掌不響}\end{array}\right.$

$\left\{\begin{array}{l}\text{戲法人人會變，巧妙各有不同} \\ \text{把戲人人會變，各有巧妙不同}\end{array}\right.$

$\left\{\begin{array}{l}\text{只要功夫深，鐵杵磨成針} \\ \text{只要功夫深，鐵杵磨成繡花針}\end{array}\right.$

　　3. 成語在語言運用中相當於詞，諺語多數可以獨立成句，或獨立於句外。如：

① 聲東擊西，是造成敵人錯覺之一法。

② 現在果然慷慨激昂的來"力爭"了，而且寫至七行之多，可見費力不少。（魯迅《兩地書・十九》）

③ 你要母雞多生蛋，又不給牠米吃，又要馬兒跑得快，又要馬兒不吃草，世界上哪有這樣的道理。

④ "踏破鐵鞋無覓處，得來全不費功夫。"藥引尋到了，然而還有一種特別的丸藥，敗鼓皮丸。（魯迅《朝華夕拾・父親的病》）

①②是成語，③④是諺語。

三、歇後語

歇後語是一種結構很有特點的熟語。它由上下兩半構成。如：擀麵杖吹火——一竅不通，一根筷子吃藕——挑眼，袖筒裏掖棒槌——直出直入。歇後語的得名有不同的解釋，有人認為是由於講說時兩部分中間有較長的停頓，有人認為是由於講說時後半截常常不說出來。有學者認為這兩種說法都難以成立。不少諺語、成語也由兩部分構成，中間也有停頓，不能說它們是歇後語，也有不少歇後語中間停頓很短（如"兔子尾巴——長不了"）。經調查統計，許多歇後語後半講說時不能略去，因為後半是意義重點所在，略去後影響意義的表達；講說時後半能略去的只是一小部分。對"歇後語"名稱的不同解釋不影響名稱的使用。因為名稱和意義之間的關係並不都是完全合乎理據的，命名時可能只注意到某一特徵，就把這個特徵作為整體的名稱。

對歇後語的分析應該有兩個層次。

第一層次　歇後語上半和下半的關係。歇後語的上半是形象的表述，下半是對這個形象的解釋說明，這種解釋說明往往是約定俗成的：

　　　棺材裏的老鼠——吵死人（不是咬死人、陪死人）

　　　一根筷子吃藕——挑眼（不是摳眼、難夾起來）

　　　狗撕爛羊皮——東一口，西一口（不是越撕越爛）

　　　閨女穿娘的鞋——老樣子（不是節約、將就材料）

第二層次　歇後語後半的解釋說明同歇後語整體義的關係。歇後語後半的解釋說明不一定是歇後語的意義（即歇後語的整體義）。二者的關係有三種情況。

1. 比喻

前半	後半	意義
狗撕爛羊皮	東一口，西一口	講話做事無一定目標、計劃
豬鼻子插蔥	裝象	欺騙、裝模作樣
老鼠尾巴長瘡子	出膿也不多	起不了多大作用
閨女穿娘的鞋	老樣子	老一套，保守

2. 雙關

前半	後半	意義
一根筷子吃藕	挑眼（對着眼兒）	挑眼（挑毛病）
癩蛤蟆掉瓷缸	口口咬瓷	咬詞兒（賣弄字眼）
豬八戒喝磨刀水	內鏽	內秀（心裏機靈）
牆上掛門簾	沒門	沒有門路、辦法

3. 一致

前半	後半	意義
大海撈針	無處尋	無處尋
高射炮打蚊子	大材小用	大材小用

歇後語的形象性體現在前半的形象創造上。它可以用日常所見事物現象為材料，如：

> 出了窯的磚——定型了
>
> 老太太紉針——離得遠
>
> 紅藍鉛筆——兩頭捱削

可以以歷史故事、傳說為材料，如：

> 劉備借荊州——有借無還
>
> 姜太公釣魚——願者上鈎
>
> 周瑜打黃蓋——一個願打，一個願捱

可以虛構、創造世上所無的形象：

> 買鹹魚放生——不知死活
>
> 王八吃秤砣——鐵了心了
>
> 碟子裏扎猛子——還淺得多呢

由於生活中可供創造歇後語前半形象表述的材料很豐富，它表達的也不必是經驗或某些有意義的內容，所以比起諺語、俗語來，歇後語更易構成。

歇後語形象風趣，在文藝寫作和民眾口語中常運用。如：

> 在溝北邊，按說頂數這一戶的房子好……可是……又頂數這一戶的院牆不好……人家主人專意要這樣。人家不圖驢糞球子外面光，圖的是缸裏點燈裏頭亮。蕎麥麵的肉包子，別看皮黑，一兜肉。(浩然《艷陽天》)

在諺語、歇後語中，往往同一個意思有不同的說法。如：

汗珠落地摔八瓣
滴的汗入地三丈 } 形容勞動辛苦
口朝黃土背朝天

單木不成林
單絲不成線 } 形容集體力量大
眾人拾柴火焰高

半瓶子醋晃盪
一筐碎瓦響叮噹 } 形容本事小而驕傲
沒結果子的樹昂首向天

兔子尾巴長不了
秋後的螞蚱蹦躂不了幾天 } 形容短暫

這表現了群眾語言的豐富多彩。

運用諺語、歇後語要有鑒別，有挑選。涉及社會生活的一些諺語，有一部分反映某些腐朽落後觀念，如："人無橫財不富，馬無夜草不肥"，"同姓一家親，連着骨頭扯着筋"；有些歇後語意思不大明確，不大合理，甚至內容不健康，是語言的糟粕，運用時要分析挑選。

四、慣用語

慣用語作為熟語的一種，有了較確定的含義，出現在 20 世紀七八十年代。但是它指示的範圍，學者有不同的界定。

一般認為，慣用語核心部分是三音節動賓關係的固定語。如：

走後門	踢皮球	戴高帽
吃老本	唱雙簧	走過場
碰釘子	交白卷	出難題

也有少數是非動賓結構的，如：

空架子　　　鬼畫符　　　護身符

也有一些是多於三個字的動賓結構，如：

吃大鍋飯　　　摸老虎屁股

唱空城計　　　搖鵝毛扇

在意義上其整體義不是它構成成分的簡單相加，常以比喻表義。如：

吃老本　比喻憑已有的功勞、成績、資歷過日子，不求進取提高。

踢皮球　比喻互相推諉，把應該解決的事情推給別人。

開後門　比喻利用職權給予不應有的方便和利益。

走過場　比喻敷衍了事。

慣用語在應用中結構可以有一定的變化，但它表示的意義在正常結構、變型結構中都是一樣的。如："穿小鞋""給他小鞋穿"中"穿小鞋"都表示受人暗中刁難、約束或限制。"吃老本"在"吃了很長時間的老本""老本都吃光了""有多少老本可吃？"中，"吃老本"的意義不變。

練習

一、分析下列成語的結構並指出其整體義的意義類型：

杞人憂天　地廣人稀　抱薪救火　青梅竹馬　雷厲風行

獨闢蹊徑

二、將下列句子中用得不恰當的成語劃出來，並說明原因：

1. 他注意抓大事，具體而微的小事也不放過。

2. 老張慷慨大方，朋友有事相求，他一諾千金。

3. 為了學習外國的先進技術，到處都辦英語訓練班，很多人趨之若鶩。

4. 小夥子們身強力壯，幹了一天活，尚有餘勇可賈。

三、把下列劃橫槓的詞語換成相當的熟語【成語、諺語、歇後語、慣用語任選）：

1. 看問題片面，會辦錯事。

2. 一個人力量有限，辦事要依靠民眾。

3. 有計劃，有準備，你們完成任務沒問題。

4. 大家對公佈的方案可以自由提意見。

5. 幹工作要抓主要問題，抓關鍵。

四、各舉出兩條規戒諺和氣象諺。

五、指出下列歇後語表示整體義方法的不同：

狗攆鴨子呱呱叫。

禿子當和尚，將就材料。

瞎子點燈，白費蠟。

老鼠鑽風箱，兩頭受氣。

第九章　詞義和構成詞的語素義的關係

　　詞是由語素構成的，詞義和構成它的語素的意義就有聯繫。

　　一般認為，單純詞的語音形式和意義的聯繫是自由的，除了擬聲詞（嗖、砰、吧嗒、叮噹等）和取聲命名詞（蛐蛐、蟈蟈、布穀等）的聲音和意義有某種聯繫以外，多數單純詞的聲音和意義是沒有關係的。單純詞如果發展出後起義，則單純詞的後起義和原有意義是有聯繫的。一般是關聯性聯繫和相似性聯繫。如以前講過的一個例子：

　　口　①人及動物進食發聲的器官。②戶口。④關隘曰口。②是從①發展來的，是關聯性聯繫，④是從①發展來的，是相似性聯繫。

　　這種分析是從單純詞的語音形式同單純詞的詞義的關係所做的分析。如果把單純詞視為由一個語素構成的詞，從語素和它構成的詞的關係來看，則單純詞的語素義和它所構成的詞的意義是一致的。多義的單純詞來源於構成它的語素是多義的，詞的各個意義同語素的各個意義一一相等。

　　合成詞的情況複雜得多。合成詞由兩個以上的語素構成，合成詞的意義同構成它的各個語素意義有聯繫。從合成詞的語音形式和合成詞意義的關係來看，由於合成詞的語音形式表示的就是構成合成的語素的意義，所以這個問題分析的仍是合成詞的語素和構成的合成詞意義的關係。它們之間的關係不是像單純詞那樣是一致的、相等的，而是各式各樣的、複雜多變的，其中也有規律性的東西。這一章着重說明二音節的合成詞的意義和構成它的語素的意義的關係。

一、合成詞詞義和構成它的語素義的關係

構成合成詞的語素在不同程度上，從不同方面，用不同方式表示詞義，其間的關係多種多樣，下面說明常見的類型。

（一）詞義是語素義按照構詞方式所確定的關係組合起來的意義。例如：

塵垢　灰塵和污垢（塵，灰塵。垢，污垢。以下各詞皆同。）

真誠　真實誠懇

吹捧　吹噓捧場

以上各詞的結構是並列式，語素義按照並列關係組合就是各詞的意義。

淺見　膚淺的見解

博覽　廣泛閱覽

壯觀　雄偉的景象

以上各詞的結構是偏正式，語素義按照偏正關係組合就是各詞的意義。

辦公　處理公事

保健　保護健康

備荒　防備災荒

以上各詞的結構是支配式，語素義按照支配關係組合就是各詞的意義。

私營　私人經營

心煩　心裏煩躁

禮成　儀式結束

以上各詞的結構是陳述式，語素義按照主謂關係組合就是各詞的意義。

（二）詞義同組成它的兩個語素相同、相近，這些都是並列結構的合成詞。例如：

朋友　彼此有交情的人。朋，朋友；友，朋友。

道路　地面上供人或車馬通行的部分。道，道路。路，道路。

以上是名詞。

畏懼　害怕。畏，畏懼；懼，害怕。

刪除　刪去。刪，去掉；除，去掉。

以上是動詞。

昂貴　價格高。昂，高漲；貴，貴重。

柔軟　軟和，不堅硬。柔，軟；軟，不硬。

以上各詞是形容詞。

（三）合成詞的語素義表示了詞義的某些內容（也可以說提示了事物的某些特徵）。

許多動物、植物、礦物、器具等事物往往有多方面(形狀、作用、性質、構造等）的特徵，用語素組成合成詞給它們命名時，只能選擇、抓住其中一個或某些特徵來作為標誌，這就使這類名稱的語素義只表示了詞義的某些內容，或者說提示了事物的某些特徵。例如：

水牛　牛的一種。角很大，作新月形，有的長達一米多。毛灰黑色。暑天喜歡浸在水中。食物以青草為主。適於水田耕作。

名稱為"水牛"的這種動物有很多特點，詞典的釋義做了比較具體的說明。而牠的名稱合成詞"水牛"的"牛"表示牠是牛的一種，"水"表示牠喜歡浸在水中這個特點。語素"水""牛"只是表示了詞義的某些內容，只是提示了"水牛"（事物）

的某些特徵。

綠茶　茶葉的一大類，是用高溫破壞鮮茶葉中的酶，制止發酵製成的，沏出來的茶保持鮮茶葉原有綠色。種類很多，如龍井、大方等。

名稱為"綠茶"的這種植物也有多方面的特點。它的名稱合成詞"綠茶"中的"茶"表示它是茶葉的一種，"綠"表示沏出的茶的顏色。因此合成詞的語素義只是提示了事物的某些特徵。

飛機　飛行的工具，由機翼、機身、發動機等構成。種類很多。廣泛用在交通運輸、軍事、農業、探礦、測量等方面。

名稱為"飛機"的這種機械裝置有結構、功能方面的多個特點。合成詞中的"機"表示它屬於機械裝置，"飛"則表示它能在空中飛翔這一最突出的特點。合成詞的語素義也只是表示了這種事物的某些特徵。

掛麵　特製的麵條，絲狀或帶狀，一般裏面攙入少量食鹽，因懸掛晾乾得名。

名稱為"掛麵"的這種麵食有形狀、製作上的特點。合成詞"麵"表示它是一種麵食，"掛"表示它製作中須懸掛這種特點。合成詞的語素義也是提示了這種事物的某些特徵。

（四）合成詞的詞義是語素義的比喻用法。

各個語素都是比喻用法的，如：

風雨　風和雨，比喻艱難困苦。

浪潮　比喻大規模的社會運動或聲勢浩大的民眾性行動。

一個語素是比喻用法的，如：

　　　　帽舌　帽子前面的簷，形狀像舌頭，用來遮擋陽光。

後一個語素"舌"是比喻用法。

　　　　林立　像樹林一樣密集地樹立着，形容很多。

前一個語素"林"是比喻用法。

　　（五）合成詞的詞義是語素義的借代用法。

各個語素都是借代用法的，如：

　　　　鐵窗　安上鐵柵的窗戶，借指監獄。

　　　　反目　不和睦（多指夫妻）。

一個語素是借代用法的，如：

　　　　嘴直　説話直爽。

前一個語素"嘴"是借代用法。

　　　　獵手　打獵的人。

後一個語素"手"是借代用法。

　　（六）合成詞中有的語素失落原義。有兩種情況，一種是合成詞中只有一個語素有義，另一個無義（這叫複詞偏義），如：

　　　　國家　"國"有義，"家"無義。

　　　　忘記　"忘"有義，"記"無義。

　　　　窗戶　"窗"有義，"戶"無義。

　　　　消息　"消"無義，"息"有義。

另一種是合成詞中有的語素意義模糊（原有的意義不能用在這裏，不能説沒有意義，也不能確指出它的意義），如：

　　　　搗蛋　借端生事，無理取鬧。　　　　　　"蛋"義模糊

　　　　斯文　文雅。　　　　　　　　　　　　　"斯"義模糊

　　　　高湯　煮肉或雞鴨等的清湯；也指一般清湯。

　　　　　　　　　　　　　　　　　　　　　　　"高"義模糊

　　　　電池　將化學能或光能變成電能的裝置。　"池"義模糊

　　　漢語中也出現了這樣的詞，構成詞的所有語素的原有義都

不顯示詞義。這有兩種情況，一種是構成詞的所有語素的意義已完全失落，語素的現有意義同詞義沒有聯繫。如：

東西 dōngxi　泛指各種具體的或抽象的事物。

二百五　譏稱有些傻氣，做事莽撞的人。

冬烘　（思想）迂腐，（知識）淺陋。

另一種是一批音譯詞，如沙發、摩托、安培、法拉（電容單位）等等。這些音譯詞每個音節本身可以表示語素，有它自己的語素義，但在這裏完全不用它原有的語素義。這類詞已是單純詞（如沙發、摩托等）或接近於單純詞了（如東西、二百五等，有的詞的詞義和語素義的聯繫，可以從詞源上找到說明 ①）。

可以看出，從第一種類型到第六種類型，語素的原有意義在詞義所佔的地位是遞減的。第一、二種類型是語素義直接地完全地表示詞義，第三種類型是語素義直接地部分地表示詞義，第四、五種類型是語素義全部或部分間接表示詞義，第六種類型是部分語素不表示詞義。

在確定語素義和詞義關係的類型時，一般要把語素的意義和聯繫語素義對詞做出的解釋進行比較（除非語素義在構成的詞中已全部失落）。在詞典不聯繫語素義解釋詞義時，可以嘗試改變它的釋義方式，聯繫語素義對詞做出解釋，來確定它們關係的類型。如：

冷落　①不熱鬧。

---

① 如 "東西" 指各種事物，有不同的解釋，這裏引一說："物產於四方，約言之曰東西，猶記四季而得言春秋。"（《辭源》）晉束晳《貧家賦》："債家至而相敦，乃取東而償西。"這裏 "東" "西" 分用，指物品、財物。唐《法苑珠林》〔七‧俗女〕："不惟養思治生，致財不以養親，但以東西廣求淫路。" 這裏 "東西" 指財物。《清平山堂話本‧曹伯明錯勘贓記》："一日去一家偷得些東西駝着⋯⋯撞見曹伯明。" 這裏 "東西" 指物品、物件。由此看來，"東西" 指物仍是一種借代用法，但同 "春秋" 有異。"春秋" 指四季是部分代整體，"東西" 指物是以產地名來代替物。

冷　　④寂靜。

落　　④衰敗；飄零。

"冷落"可以解釋為"寂靜衰敗"，所以屬於第一種類型：詞義
是語素義按照構詞方式（這裏是並列式）所確定的關係組合的
意義。

成家　（男子）結婚。

成　　①完成；成功。

家　　①家庭。

"成家"可以解釋為"（男子）建成家庭"，"男子"是詞義必有
而語素義未表示的內容，所以"成家"屬第三種類型：語素義
表示了詞義的部分內容。

飯桶　裝飯的桶。比喻只會吃飯不會做事的人。

"飯桶"的語素義不能直接表示詞義，詞義是全部語素義的比喻
用法。所以"飯桶"屬第四種類型：合成詞的詞義是語素義的比
喻用法。

二、語素在構詞中的變異

語素在構成合成詞中有不同的變異，這種變異很複雜，其
情況可大致說明如下。

（一）意義上的變異

在很多詞中，語素的意義同語素有關義項的意義是一致
的。如語素"史"有一義項是"歷史"，在它所構成的複合詞"史
冊"（歷史記錄）"史料"（歷史資料）中，"史"的意義就是"歷
史"。但不少情況下是不一致的。語素在不同的詞中意義有差
別。人們把詞典所歸納的義項的意義叫語素共義，在構詞中出

現的變異（注意，是同一義項範圍內的）叫語素變義。語素變義的表述可用各種同語素共義同義近義或相關的詞語，因此可有不同的措詞。我們着重注意的是語素共義和語素變義的同和異。語素變義是個別的，語素共義是變義中共同的東西。語素共義和語素變義的關係常見的有三種類型：

（1）關聯關係。即語素共義和語素變義有各種關聯。如"藝"，有兩個意義：①技巧、技術，②藝術。在以下各詞中，"藝"都用"藝術"義，但意義有差別（下面劃槓的詞語是"藝"在其構成的詞中所具有的意義）：

　　藝林　藝術界或文藝圖書聚集的地方。

　　藝齡　藝術活動的年數。

　　藝名　演出時用的別名。

語素共義"藝術"和語素變義（劃槓詞語所示）有不同的關聯。"藝林"的"藝"指藝術本身（一致）或藝術活動所用的材料、產物以及文藝圖書，"藝齡""藝名"的"藝"指的是人們從事藝術活動。又如"樂"有一個義項是①音樂。以下各詞中"樂"都用"音樂"義，但意義有差別：

　　奏樂　演奏樂曲。

　　作樂　①制定樂律。②演奏樂曲。

在"奏樂"中，"樂"指"樂曲"，即音樂作品，在"作樂"的①義中"樂"指"樂律"，在②義中又指"樂曲"，它們同語素共義"音樂"有某種關係，是關聯關係。

（2）種類關係。語素變義和語素共義是種類關係，語素共義一般為類（大），語言變義一般為種（小）。如：

　　文本　文件的某種本子（多就文字措詞而言），也指某種
　　　　　文件。

　　文稿　文章或公文的草稿。

文件　①公文稿件等。

文集　把作家的作品彙集編成的書（可以有詩有文）。

這裏“文”的語素共義為“文章”，它同語素變義的關係是類和種的關係。

商品　①為交換而生產的勞動產品。

戰利品　戰爭或戰役中從敵人處繳獲的武器裝備等。

藝術品　藝術作品，一般指造型藝術的作品。

這裏“品”的語素共義為“物品”，它同語素變義的關係也是類和種的關係。

（3）借代比喻關係。語素共義和語素變義之間的關係相當於修辭上的借代比喻。如：

眉目　①眉毛和眼睛，泛指容貌。

“眉”“目”為容貌的一部分，這裏以“眉目”指容貌，是借代。

落墨　落筆。

“墨”為筆所用，這裏以“墨”指筆，是借代。

裙釵　舊時指婦女。

婦女穿“裙”，以“釵”為裝飾品，以“裙釵”指婦女，也是借代。

鱗爪　鱗和爪，比喻事情的片斷。

林濤　森林被風吹動發出的像波濤一樣的聲音。

眉批　在書眉或文稿上方空白處所寫的批註。

以上各例，語素變義分別是“鱗”“爪”“濤”“眉”的語素共義的比喻用法。

（二）作用上的變異

這首先指語素在構成的不同的詞中所處的語法地位不同，因而表義作用也不同。例如：

塵封（陳述式）　擱置已久，被灰塵蓋滿。

塵肺（偏正式）　工業病，某些工業的生產過程中，能產
　　　　　　　生有害的灰塵，如果防護得不好，進入肺臟，肺
　　　　　　　中灰塵逐漸增多，使肺結疤，彈性減弱，勞動力
　　　　　　　也逐漸減退，並容易感染肺結核、肺炎等。也叫
　　　　　　　灰塵肺。

塵垢（並列式）　灰塵污垢。

這裏語素"塵"皆有"灰塵"義，在"塵封"中"塵"相當於主語，表示"封"是灰塵造成的。在"塵肺"中，"塵"為偏，表示這種疾病的病源和性質。在"塵垢"中，它和"垢"並列，分別表示不同的穢物。

其次指語素所構成的同類型結構（同為偏正、聯合、陳述等）的詞中，由於同它結合的語素不同，所構成的詞反映的事物現象不同，因而表義作用也不同。例如，以"電"為第一個構詞成分，並以"有電荷存在和電荷變化"這一語素義構成的偏正式的詞中，"電"可以表示：

1. 生電：電池、電瓶、電源、電鰻等

2. 用電：電車、電鑪、電燈、電鎬、電鑽、電話、電焊、電燙、電解、電療、電椅、電扇、電視、電影、電網、電鈴、電爐、電腦、電鐘、電鍍等

3. 電本身：電波、電場、電感、電光、電暈、電泳、電位、電抗、電流等

4. 同電發生關係的（器材）：電料、電木、電鍵、電鈕等

5. 以電為研究對象的：電學等

語素在構詞中作用的變異是最複雜的，要對具體的詞作具體的分析。

（三）特殊的變異

特殊變異指變異的各種特殊情況。這裏提出兩種最明顯的事實。

1. 語素義完全消失。這指的是某個語素原有的意義在它構成的一些詞中完全沒有表現，詞義完全由另一語素表示，除了上面舉過的"國家"中之"家"、"忘記"中之"記"、"窗戶"中之"戶"、"消息"中之"消"以外，再如：

作別　　分別。

作成　　成全。

打掃　　掃除，清理。

打獵　　在野外捕捉鳥獸。

在上面這些詞中，語素"作""打"的意義完全消失。

2. 語素義模糊。這指的是某些語素原有的意義在其構成的某些詞中完全沒有表現，但詞義又並非完全由另一語素表示，因此不能説這個語素完全沒有意義，卻又不能説詞義減去另一語素的意義等於這個語素新獲得之義。這裏語素的意義是模糊的。除了上面舉過的"搗蛋"中之"蛋"、"斯文"中之"斯"、"高湯"中之"高"、"電池"中之"池"以外，再如：

淡竹　　竹子的一種，莖高七到十幾米，節與節之間的距離大。

反水　　叛變。

打尖　　旅途中休息下來吃點東西。

牲口　　用來幫助人家做活的家畜，如牛、馬、騾、驢等。

上面這些詞中的"淡"、"水"、"尖"、"口"等在這裏的意義是模糊的。

語素的變異，説明要把語素的意義和作用看成是靈活多變的，詞典所歸納的義項，概括了語素變義（成詞語素則包括語素在構詞中的意義和作為詞來運用的意義）中共同的東西，只不過相當於數學上的最大公約數而已。惟其如此，它所構成的詞才能適應反映各種意義差別的需要，它才能參與構成不同要求的詞。

三、詞的暗含內容

從上面的說明中知道，有不少合成詞的語素義只是表示了詞義的某些內容，或者說提示了詞義的某些內容。這樣就出現了詞義內容必須具有而語素義不表示的情況。人們把詞義內容必須具有而完全不包含在構詞的語素義中的內容稱為暗含內容。詞的暗含內容有幾種情況。

（一）暗含語素義所表示的動作行為、性質狀態的主體。如：

> 上場　演員或運動員出場。
>
> 下野　執政的人被迫下台。
>
> 出嫁　女子結婚。
>
> 蔥蘢　（草木）青翠茂盛。
>
> 豐沛　（雨水）充足。
>
> 通順　（文章）沒有邏輯上或語法上的毛病。

（二）暗含有語素義所表示的動作行為的特定的關係對象。如：

> 開脫　解除（罪名或對過失的責任）。
>
> 雷害　農業上指由雷擊引起的植物體的破壞死亡。
>
> 戒除　改掉（不良嗜好）。
>
> 起場　把攤曬在場上經過輾軋的穀物收攏起來。

（三）暗含語素義所表示的動作行為的時間、空間、數量、工具、方式等等的限制。如：

> 開犁　一年中開始耕地。(時間)
>
> 連載　一個作品在同一報紙刊物上連續刊登。(空間)
>
> 拘禁　把逮捕的人暫時關起來。(數量)
>
> 吹打　用管樂器和打擊樂器演奏。(工具)
>
> 聚斂　重稅搜刮。(方式)

（四）暗含語素義表示的事物的存在範圍、各種性狀等等的限制。如：

> 反派　戲劇小說中的壞人。
>
> 例言　書的正文前頭說明體例等的文字。
>
> 彩繪　器物上的彩色圖畫。
>
> 趕車　駕馭牲畜拉的車。
>
> 供品　供奉神佛祖宗用的瓜果酒菜。
>
> 拼盤　用兩種以上的涼菜擺在菜盤裏拼成的菜。

上面所說的這些只是舉其大類，並不詳盡。而且這幾種情況是有交叉的。如上面（三）中的“連載”還暗含有行為的特定關係對象“作品”，這個關係對象的數量“一個”。“拘禁”還含有特定的關係對象“逮捕的人”。又如：

> 篷車　火車或汽車上有車頂的貨車。

“篷車”暗含有車的存在範圍“火車或汽車上”，車的性質“貨”（裝貨的）等內容。

　　詞有暗含內容，說明語言用合成詞作為事物現象名稱時，由於事物現象性狀的紛繁多樣，只能用語素反映其中的一些特徵（如“篷車”說明所反映的事物是“車”，是有“篷”的，“拼盤”說明它所指示的事物是用“盤”裝的，是由幾樣東西“拼”成的，等等）。語素在這裏的作用不僅表示它所反映的事物現象的某些特徵，而且也能標誌它所反映的整個事物現象。然而僅是標誌而已，就意義來說，詞義中就有語素義所不能包含的內容，解釋詞義時應該說明。

四、研究詞義同構成它的語素義關係的作用

研究詞義同構成它的語素義關係的一個重要作用是幫助說明詞義的理據。

詞義的理據通俗的說法是事物現象得名之由，例如"蟋蟀"（事物）為甚麼叫"蟋蟀"（名稱）呢？這是因為牠的叫聲是"蟋蟀"，是根據牠的叫聲來給牠命名。這就是上面說過的"取聲命名"。再如，"人的容貌"（事物）為甚麼可以叫"眉目"（名稱，"眉目清秀"中的"眉目"）呢？這是因為容貌中的"眉"和"目"是顯示人的面容特徵的重要部分，就用這兩部分的名稱作為整個面容的名稱。這是以部分代替整體的借代法。

由此可以見，詞義理據的分析實際上就是分析詞的語素義和詞所表示的事物現象的關係。"蟋蟀"是一個語素，其語素義表示的是"蟋蟀"這種昆蟲的叫聲，就用這個叫聲作為這個事物的名稱。"眉目"是兩個語素，"眉"表示眉毛，"目"表示眼睛，就用這兩個語素表示的臉上部位的名稱作為整個面容的名稱。因此分析詞義的理據的基礎工作就是分析語素義和詞義（詞所表示的事物現象）的關係。

由於聲音和意義沒有必然的聯繫，許多單純詞的詞義是沒有理據的。再由於語言發展中形音義的變化，某些在古代原來有詞義理據的詞，也不容易弄明白。在現代漢語中，單純詞能說明詞義理據的主要是兩類：

（一）擬聲詞　前面提到的"吧嗒"（關門或物掉地聲）"叮噹"（金屬、瓷器等撞擊聲），"嗖"（風聲、子彈聲）"砰"（碰

擊聲）等等，其詞義理據是用事物發出的聲音本身作為該聲音的名稱。

（二）取聲命名　詞如"蛐蛐""布穀""乒乓"等，這些詞的詞義理據同上面分析過的"蟈蟈"是一樣的。"乒乓"是一種小球，"乒乓"是打擊這種小球而運動時發出的聲音，就用這種聲音的名稱作為這種小球的名稱。

此外，單純詞的引申義也可以說明理據。如"鋤"有①"鬆土除草用的工具"義，又有②"用鋤鬆土除草"義。①是本義，指的是一種事物；②是引申義，表示一種行為。②義的理據是：用從事這種行為必用的工具的名稱來作為這種行為的名稱。這是一種借代用法。"口"原來的意義是"人或動物進食發聲的器官"，後來生出"容器通外面的地方"的意義（如瓶口、碗口）。人、動物的口在體幹的上部或前部，是一個吐納東西的小洞，器物之口同此相似，所以把器物這個部位叫"口"。這是比喻用法。

合成詞一般可以說明詞義的理據。合成詞是由語素作為構詞成分構成的，語素的意義同詞義有種種聯繫，語素在不同程度上、從不同方面、用不同方式表示了詞義。從合成詞的詞義同合成詞的語素義關係的角度說，詞義就是有來由的，有理據的。上面說明的合成詞詞義同構成它的語素義關係的六種類型，也就是合成詞詞義理據的不同內容和不同的情況。

同一事物，往往有不同的名稱，或先後有不同的名稱，顯示出不同的詞義理據。"單車"也叫"腳踏車"，"車"表示是一種車輛，"自行"是指不用別的動力，（靠人力）車本身可以行動，表示了這種車動力的特徵。"腳踏"表示這種車動力發生的方法，是用腳踏（有關裝置）使車前進。兩個名稱命名的理據有差別。"長頸鹿"原來曾叫"駱駝豹"，這兩個名稱的命名理據差別很大。"長頸鹿"的"鹿"表示牠是屬於鹿的,"長頸"則表示了牠有長長的脖子這一體貌特徵。"駱駝豹"中的"駱駝"和"豹"都是比喻用法。"豹"表示牠是如豹一樣身上有斑點的動物,"駱駝"則表示牠體大如駱駝。現在人們只用"長頸鹿"這一名稱了,當然是因為牠的詞義理據更加合理。

詞彙中有不少包含有豐富的歷史、社會內容,反映民族心理、文化特點的詞語。詞義的理據分析有助於說明這些詞語的內容和特點。例如在書面語中月亮可稱"蟾宮"(如"蟾宮折桂")。"宮"指宮殿,古人想像月亮中有大片宮殿。柳宗元《龍城錄·明皇夢遊廣寒宮》就記下傳說唐明皇於八月望日遊月中,見一大宮室,題曰"廣寒清虛之府"。月中宮室因稱廣寒宮。"蟾"指"蟾蜍",古代傳說中說月中有蟾蜍,《淮南子·精神》就說"月中有蟾蜍"。把這方面的傳說綜合起來就出現了"蟾宮"這個詞,用來指稱月亮。這是用傳說中月亮中存在的事物指代月亮本身。又如知己朋友又可稱"知音"(如"知音難求"),"知"是瞭解、理解的意思,"音"這裏指樂聲。知心朋友互相瞭解、理解對方的整個思想感情,這裏為甚麼以"音"來概括、代替呢?這裏有一段動人的歷史故事。《列子·湯問》記載:"伯牙善鼓琴、鍾子期善聽。伯牙鼓琴,志在高山,鍾子期曰:'善哉,峨峨兮若泰山。'志在流水,曰:'善哉,洋洋兮若江河。'"鍾子期是最瞭解伯牙琴聲所傳達的思想感情的人。這樣,後人就用"知音"來稱知己了。

研究詞義同構成它的語素義關係的一個重要作用是,能幫助人們通過恰當說明語素義來正確解釋詞義。

人們看到,有一部分詞能通過對釋語素義,或揭示語素義的引申義、比喻義來說明詞義,而相當多的詞要根據語素義的變異,要揭示詞的暗含內容去說明詞義。在這方面,《現代漢語詞典》比以前編的詞典有很大的進步。例如，以揭示詞的暗含內容來説，它做得相當細緻，釋義比以前編成的詞典準確得多。下面是《現代漢語詞典》和《漢語詞典》（1957 年重印的《國語詞典》刪節本）對幾個詞釋義的比較。

盤貨　<u>商店等</u>清點和檢查實存物資。（《現漢》）
　　　清查貨物。（《漢語》）

硬朗　<u>（老人）</u>身體健壯。（《現漢》）
　　　謂身健。（《漢語》）

捲逃　<u>（家裏的人或本公司的人或者經管人）</u>偷了全部細軟而逃跑。（《現漢》）
　　　拐帶錢物潛逃。（《漢語》）

下面劃橫的詞語是詞的暗含內容，《漢語詞典》全缺，釋義就顯得粗疏。

　　研究詞義和構成它的語素義的關係對分析歸納語素義義項也有幫助。前面講到，義項歸納的是語素共義，語素在不同的詞中意義的差別（是在一個義項範圍中的差別）是語素變義。語素共義和語素變義有同有異，如果這個異很明顯，而且有規律地出現在多個詞中，則就有可能考慮單獨立一個義項。如語素“軍”，《現代漢語詞典》立兩個義項：①軍隊，②軍隊的編制單位。但比較下列兩組詞：

　　甲組
　　軍徽　軍隊的標誌。
　　軍紀　軍隊的紀律。
　　軍民　軍隊和民眾。
　　軍務　軍隊的事務。

語素"軍"義為"軍隊"。

　　　乙組

　　軍備　軍事編制和軍事裝備。

　　軍機　軍事機宜。

　　軍令　軍事命令。

　　軍情　軍事情況。

語素"軍"義為"軍事"。

　　按《現代漢語詞典》目前的處理，"軍隊"為語素"軍"的共義，"軍事"為其語素變義。這裏共義變義雖有聯繫，但其差異很明顯，而且"軍事"一義已經有規律地出現在多個詞中，所以似應立"軍事"為語素"軍"的另一個義項。

練習

一、根據詞典釋義，指出下列各詞語素義和詞義關係的類型：

　　謬誤　鷹犬　茅台　困境　水療

二、指出下列各詞中語素 "路" 的共義（道路）和變義的關係：

　　路警　鐵路上維持秩序保護交通安全的警察。
　　路局　指鐵路或公路的管理機構。
　　路子　途徑，門路。

三、劃出下列各詞釋義中語素義未表示的而詞義必須具有的內容（暗含內容）：

　　滿月　（嬰兒）出生後滿一個月。
　　平年　農作物收成平常的年頭。
　　反話　故意說出與自己思想相反的話。
　　告勞　向別人表示自己的勞苦。

四、說明 "唇齒" "桑梓" 的詞義理據。

五、說明 "火柴" 和 "洋火"、"電腦" 和 "計算機" 理據的不同。

第十章　詞　典

　　各種詞典在社會生活、教育工作、學術研究中有重要作用。詞典編纂是一門獨立的學科，它是關於如何最合理地編纂詞典的科學，同時，它本身又是詞典編纂的實踐。詞彙學和詞典學關係密切。詞彙學的深入研究在不同程度上促成了各種詞典的產生，詞彙學的研究成果對解決詞典編纂中的各個問題有參考、指導的作用。詞彙學的論著一般都設專門章節闡述詞典編纂中的重要問題。詞典編纂的內容一般包含有詞典類型、選詞立目、語音標注、義項劃分、詞語釋義、引例、編排等。這一章主要說明詞的釋義，對其他內容也作一些常識性的介紹。

一、詞典的類型

　　詞典的分類，學者各有不同意見。下面介紹一般採用的分類。瞭解詞典的分類，可以理解各類詞典的不同作用。

　　一般把詞典分為兩大類型，一是百科辭典，一是語文詞典。它們都各有不同的類別。百科辭典一般分為綜合性百科辭典和專科性百科辭典。

　　（一）綜合性百科辭典，也稱百科全書。百科全書收錄和解釋自然科學、社會科學各學科的術語、詞語，說明有關的專業知識。它的特點是：學科的系統性、條目的綜合性、資料數據的準確性，並有多種檢索手段，卷帙浩繁。中國明代永樂年間編成的《永樂大典》（1403～1409）被認為是世界上第一部綜合性百科辭典。《永樂大典》收圖書七八千種，按韻目分列單字，按單字依次輯入與此字相聯繫的各項文史記載，共二萬二千八百七十七卷。八國聯軍侵入北京時大部遭焚毀，未毀者幾乎全被劫走。1960 年，中華書局將歷年徵集到的七百五十卷影印出版。其後陸續徵集到的六十三卷，於 1983 年影印出版。現代意義的百科全書是 1728 年英國出版的兩卷本《錢百斯百科全書》。中國最早的現代意義的百科全書據認為是《時務通考》（1897）和《時務通考續編》（1901）。國外著名的百科全書是英國大百科全書（1768 年創編），其第三次重編版（1971 年）共 30 卷，全書 4,300 萬詞，詞目 10 萬個。另一是蘇聯大百科全書（1926 年），其第三版（1970）為 30 卷，收詞目 10 萬條。中國於 1980～1995 年編成出版《中國大百科全書》，共 74 卷，約 1.2 億字，10 萬條詞目。

（二）專科性百科辭典也叫學科百科辭典。這種辭典收集解釋某一學科或數個學科的專門用語，包括學說學派、名人名著、名詞術語、古今地名等。如杜亞泉等編《植物學大辭典》（1918）、臧勵龢等編《中國人名大辭典》（1921）、《中國古今地名大辭典》（1931）、丁福保編《佛學大辭典》（1919）、法學研究所編《法學詞典》（1989）等。

語文詞典是收集解釋語言詞語的詞典。它說明詞語的讀音、書寫形式、意義、語法特點、來源等。又有單語詞典（解釋一種語言的詞典）和雙語詞典（用一種語言解釋另一種語言的詞典）之分。下面說明單語詞典。

單語詞典也有各種分類。可以先分為現代詞典和歷史詞源詞典兩大類。現代詞典是收集解釋現代語言的詞典，如《國語詞典》（中國大詞典編纂處編纂，1945 年出齊）、《現代漢語詞典》（中國社會科學院語言研究所詞典編輯室編，1978 年出版，1996 年出修訂本，2002 年出增補本）。歷史、詞源詞典是收集古代詞語，說明詞語來源發展的詞典。如修訂本《辭源》（1983）、《漢語大詞典》（1994）、《漢語大字典》（1988）等。

現代詞典根據內容和作用又有各種類型，下面說明中國已編出的不同種類的現代詞典，並介紹其中有代表性的詞典。

（一）現代語言規範型詞典

這是為促進、指導現代語言規範化而編纂的詞典。按照國家有關權威部門制定的規範標準說明詞語的書寫形式和讀音。釋義、用法的說明也力求科學、規範。社科院語言研究所詞典編輯室編成的《現代漢語詞典》就是這樣一部詞典。它是國家、政府為推廣普通話，促進漢語規範化要求編成的一部中型現代漢語詞典。呂叔湘、丁聲樹先後任主編。1958 年始編，1978年商務印書館出版，1996 年出修訂本，2002 年出版增補本。

《現代漢語詞典》收入詞目 5.6 萬餘條，修訂本增至 6 萬餘條，增補本又補新詞新義 1,200 餘條。它的優點是：

1. 詞形、語音規範。第一次明確地在詞典中區分同音詞，如叫$_1$（發出聲音），叫$_2$（使；命令），區分同音語素，如喬$_1$（高），喬$_2$（假扮），區分能隔開用的詞和不能隔開用的詞，如 "借款 jiè//kuǎn" 和 "借款 jièkuǎn"。

2. 分析詞的意義細緻。如 "理性" 區分為兩個義項：①指屬於判斷推理活動的（跟感性相對）：理性認識。②從理智上控制行為的能力。①義只能作修飾語，②義是名詞義。類似的例子在該詞典中隨處可見。

3. 對收入的全部詞語的意義都作了具體的解釋，如果用同義近義詞註釋，則一般對所用的同義近義詞作了具體的解釋，如："筵 鞭子。""鞭子 趕牲畜的用具。"避免了以一字釋一字，以一詞釋一詞的毛病。在這部詞典之前，沒有一部詞典全面具體地解釋過現代漢語詞語的意義。百科性詞目的釋義，一般請有關專業人員撰寫或審定，保證了它的科學性。

4. 釋義結合說明詞的用法。主要的作法是，在釋義詞語中加括號說明詞語的配合關係。如：“凋零（草本）凋謝零落。”“戒除　改掉（不良的嗜好）。”“打緊　要緊（多用於否定式）”。

（二）用法詞典

這種詞典着重具體說明詞語的用法，特別有助於非漢族的學習者學習漢語。

《現代漢語八百詞》　呂叔湘主編，商務印書館 1980 年出版。詞典以解釋虛詞為主，也解釋了一部分實詞的意義和用法。本書仔細分析詞的語法類別、不同意義、各種用法，說明前後搭配的詞語，輔以豐富的例句。該書在理論和方法上對以後編寫的用法詞典有很大的影響。

《現代漢語實詞搭配詞典》　張壽康、林杏光主編，商務印書館 1992 年出版。收入雙音節、部分單音節的名詞、動詞、形容詞 8,000 多條。編者研究制定了名詞、動詞、形容詞的搭配框架，對收入的詞的各個義項，從“結構成分”“詞類”“語義”三個層次進行描寫。分析較細，用例頗豐。

《現代漢語學習詞典》　孫全洲主編，上海外語教育出版社 1995 年出版。本書是為幫助外國漢語學習者理解掌握現代漢語詞語用法而編輯的，收入詞語 2.3 萬多條。這部詞典對收入的詞條全面地劃分了詞和語素，劃分了詞類，又建立了詞語的句型結構模式，釋義時注意指示相應的句型結構模式，這些方面對學習漢語有重要作用。

（三）同義詞詞典

收集、辨析語言中意義相同、相近詞語，以幫助讀者理解和應用的詞典。

《簡明同義詞詞典》 張志毅編，上海辭書出版社 1981 年出版。收詞 1,500 個，分成 600 組，分析每組詞在詞性、詞義、用法、附屬色彩方面的同異。分析以義項為單位，引例多出自名家著作。

《現代漢語同義詞詞典》 劉叔新主編，天津人民出版社 1987 年出版，收入 1,640 個同義詞組，包含 4,600 多個詞。編者主張嚴格區分同義詞和近義詞，故選詞嚴格。分析以義項為單位，主要從詞義的同異、搭配的同異作具體辨析。多從當今書刊中選取用例。

（四）反義詞詞典

收集辨析語言中意義相反、相對立的詞語，以幫助讀者理解和應用的詞典。

《漢語反義詞詞典》 張慶雲、張志毅編，齊魯出版社 1986 年出版。全書收 3,000 組反義詞，近 1 萬個詞語。詞目後有注音、詞性說明，有釋義、例句，有時加上詞語的語體、學科說明。

《反義詞詞典》 林玉山編，黑龍江人民出版社 1988 年出版。該詞典收音節相同、詞性相同、範疇相同的反義詞 4,039 組，有釋義和例句。

（五）構詞詞典

以字所代表的語素為單位，收集該語素所構成的詞語，按詞語中該語素出現的前後次序排列，或按詞語中該語素意義所屬義項排列。這種詞典可以幫助讀者瞭解語素的構詞能力，合成詞中語素的意義聯繫。

《常用構詞字典》 傅興嶺、陳章煥主編，中國人民大學出版社 1982 年出版。收字 3,994 個，詞語 9 萬個。每字除釋義外，列入包含這個字的合成詞、成語、其他固定語等。將詞語按字出現的位置（開頭、中間、末了）分組排列。

《實用解字組詞詞典》 周士琦編，上海辭書出版社 1986 年出版。收單字 7,000 個左右，詞語 8 萬個。每字分義項釋義，後列出含該義的詞語。

（六）義類詞典

將一種語言詞彙中的全部詞語按意義分成大類、小類，全部詞語都納入這個分類系統中。詞語無釋義也可以有釋義。

《同義詞詞林》 梅家駒等編，上海辭書出版社 1983 年出版。收入詞語 7 萬個。按意義分類排列。共分 12 個大類，94 個中類，1,428 個小類。無釋義。附詞語索引，據索引可以查到任何一個詞語的同義、近義詞語。

《類義詞典》 董大本主編，漢語大詞典出版社 1988 年出版。收普通詞語、百科詞語、常用新詞 4 萬餘條，分為 17 大類，143 個小類，3,717 個詞群。每詞都有釋義，且有例句。

（七）新詞詞典

收集解釋語言中新產生的詞語、新出現的意義的詞典。

《漢語新語新詞詞典》 韓明安主編，山東教育出版社 1988 年出版，收 1945 年以來的新詞語。7,900 條。後增補，收新詞語 1 萬餘條，更名《新詞語大詞典》，黑龍江人民出版社 1991 年出版。有釋義，每條引書刊用例。

《現代漢語新詞詞典》 于根元主編，北京語言學院出版社

1994 年出版。收 1978～1990 年間語詞性新詞新語 3,710 條。每條注音、釋義，舉一至數條例句。

（八）熟語詞典

包括成語、諺語、歇後語、慣用語詞典等，收集各類熟語，說明各條熟語的意義來源等。如《漢語成語詞典》（甘肅師範大學中文系編寫組編，1978 年出版，1986 年出增訂本）、《漢語成語大詞典》（上海辭書出版社 1987 年出版）、《漢語諺語詞典》（江蘇人民出版社 1977 年出版）、《歇後語詞典》（北京出版社 1984 年出版）、《漢語慣用語詞典》（外語教育出版社 1985 年出版）。各類熟語詞典已出版多種，上面所舉是編寫得較早的。

（九）方言詞典

收集解釋漢語各地方言詞語的詞典。如《漢語方言詞彙》（北京大學語言教研室編，1964 年出版，1995 年出第二版）、《現代漢語方言大詞典》（李榮主編，共 30 卷，1997 年出齊）。

（十）同韻詞典

將詞語按韻部同異排列的詞典。如《中華新韻》（中國大辭典編纂處編，1941 年出版）、《詩韻新編》（中華書局 1964 年出版）。

（十一）頻率詞典

從大量書籍報刊材料中統計詞語出現頻率的詞典。現代漢語詞彙頻率統計的重要目的是確定常用字詞，獲取其他詞頻字頻信息。如：

《現代漢語頻率詞典》 北京語言學院語言教學研究所編著，北京語言學院出版社 1986 年出版。該詞典統計語料達 200 萬字。分析統計確定高頻詞 8,000 個，低頻詞 2,300 個。常用詞分為兩個層次，第一層次 3,000 個，第二層次 2,000 個。該詞典包含有詞表、字表 8 個。重要的如"按字母音序排列的頻率詞表"、"使用度最高的前 8,000 個詞詞表"、"頻率最高的前 8,000 個詞詞表"、"分佈最廣的詞語頻率表"、"漢字頻率表"等，又有附錄數個。

漢語還有所謂字典。字典以字為單位，多音節詞收不到。在古漢語中，單音節詞佔大多數，字典也起到詞典的作用。中國歷史上著名的字典如東漢許慎的《説文解字》，明梅膺祚的《字彙》，清《康熙字典》，近代編成的《中華大字典》。現代編成的《新華字典》雖然也叫"字典"，但收入了不少多音節的詞，已突破了字典的局限。

隨着文化科學的發展，人們創造出並將繼續創造出編纂詞典的不同形式、不同方法。詞典編纂學在尋找着更完滿地描寫語言的恰當的方式。當代出現的各類電子版詞典代表了這方面的發展趨勢。

二、詞的釋義

解釋詞義是詞典的中心內容，語文教學、日常交際中也常常要説明詞語的意義。詞的釋義包含：(1) 説明概念義，這是釋義的核心，(2) 有時要説明附屬義，即感情色彩，語體色彩等。

下面先談概念義的解釋方式。解釋概念義的方法是很多的，下面分四個方面來介紹常見的一些釋義方式。

（一）普遍性較大的三種釋義方式

第一種，用同義近義詞語。又有：

1. 用一個詞（例子不註出處者皆引自《現代漢語詞典》）

　　1）筆　　　鞭子。

　　2）白鑞　　焊錫。

　　3）白土子　白堊的通稱。

　　4）紅毛坭　〈方〉水泥。

　　5）硬　　　③勉強：……他一發狠～爬上去了。

這種釋義只是換了一個名稱。1）是用今語釋古語，2）、3）是用通名釋俗稱（3）的"通稱"是通名之意），4）是用標準語釋方言詞，5）被解釋的詞和解釋的詞都同樣為大家所熟悉（一般只用"勉強"釋"硬"，不能反過來用，一個重要原因是"勉強"用的是基本義，而"勉強"不是"硬"的基本義）。詞典對收入的全部詞語，一般都應有具體說明，不過可用解釋過的詞來解釋別的詞，讀者可參看。這裏引的五個例子，其解釋詞語在該詞項下意義都有具體說明。所以解釋詞義雖然應該是用"多字釋一字"（王力《理想的字典》），但由於上面所說的原因，以一詞釋一詞一直是釋義的主要方式之一。古書註釋和雙語詞典大量用一詞釋一詞，是因為它同單語現代解釋性詞典的任務不同。前者只需要用同被解釋的詞同義近義的詞去說明就可以了，不必作具體的釋義。

下面的詞的釋義，雖然解釋詞語是並列兩個同義近義詞，但其間用分號隔開，是分別可解釋為兩義的意思（未立義項，一般是因為二義相近），釋義方法同上一樣。

　　裏手　內行；行家。

　　理解　懂；瞭解。

2. 按語素次序用同義近義詞對釋。如：

真誠　真實誠懇。

冷寂　清冷而寂靜。

獷悍　粗野強悍。

這裏用的解釋詞語是被解釋的詞以外的多個詞語，把被解釋的詞的含義展開了。這裏用的是解釋並列結構的複合詞的例，其他結構的詞以後討論。

第二種，用反義詞的否定式，或有關詞語的否定式。如：

冷落　不熱鬧。

礙眼　不順眼。

半　　④不完全：……房門～開着。

重　　⑥不輕率：自～｜慎～｜老成持～。

沉默　①不愛説笑。

　　　②不説話。

"熱鬧"為"冷落"的反義詞，"礙眼"為"順眼"的反義詞，其否定式即為後者的同義近義詞。"完全"不是"半"的反義詞，按它們的基本義，在邏輯上是差等關係，但"完全"的否定式可以成為"半"一個詞義義項的同義近義詞語。"重"和"輕率"按基本義也不是反義詞，但"輕率"的否定式可以是"重"的一個語素義義項的同義近義詞語。"沉默"的兩個義項的解釋，用的是詞語的否定式。

肯定否定式可以結合使用，如：

含糊　②不認真；馬虎。

呆板　死板；不靈活；不自然。

第三種，定義式的釋義。即有邏輯學上所講"種＝類＋種差"內容的釋義（但不必如定義那樣精確）。

法學　研究國家和法的科學。

綠肥　把植物的嫩莖葉翻壓在地裏，經過發酵而成的肥
　　　料。

其中"法學""綠肥"為種，"科學"，"肥料"為類（上位詞，也
就是第三章詞義中所説的表示類別的詞語），其餘詞語説的是
"種差"（也就是第三章詞義中所説的表示事物現象特徵的詞語）。

　　上面這種定義式的釋義，是把有關內容組織在一個偏正
詞組裏，中心詞由表示類的詞語充當，限制修飾語説明的是種
差。有這種邏輯關係的內容，也可以用多個詞組或句群來表
示，如：

蠶箔　養蠶的器具，用竹篾等編成，圓形或長方形，平
　　　底。

　　其中"器具"説明類（上位詞），其餘詞語説明種差。詞典
中解釋動物、植物、礦物、器械等多用這個辦法。釋義中可以
使用多個表類的詞語，如：

松　　種子植物的一屬，一般為常綠喬木，很少為灌
　　　木，樹皮多為鱗片狀，葉子針形，花單性，雌雄
　　　同株，結球果，卵圓形或圓錐形，有木質的鱗
　　　片。木材和樹脂都可以利用，如馬尾松，油松等。

對"松"的釋義用了"種子植物""喬木"兩個表類的詞語。前
一個是主要的，後一個起補充説明的作用。

　　下列偏正結構的複合詞的釋義，是按語素次序用近義同義
詞解釋，解釋詞語同被解釋詞語的邏輯關係也屬定義式釋義一
類。如：

冷遇　冷淡的對待。（"對待"為"冷遇"的上位詞，"冷
　　　淡"相當於種差）

真情　真實的情況。（"情況"為"真情"的上位詞，"真
　　　實的"相當於種差）

下列詞的釋義，只指出詞所代表的事物所屬的類別：

　　莨　　艸也。(《説文》)

　　甀　　器也，見玉篇。(《國音字典》)

　　蚣　　蜈蚣，蟲。(《廣韻》)

這種方式形式上是將被解釋的詞同類詞語等同，其實是指明被解釋的詞所表示的事物現象屬於類詞語所表示的類。這種方式獨用多見於中國古代辭書。

　　以上三種釋義方式，廣泛運用來解釋表事物現象、動作行為、性質特徵的詞。定義式釋義對反映事物現象的詞的解釋最恰當，運用得也最多。但對相當多的表示動作行為、性質特徵的詞，用以上三種方式釋義，不能或很難具體説明它的內容。要用別的方法，下面分別討論。

（二）表動作行為的詞的釋義

　　對表動作行為的詞，有人容易顧名思義，認為它只是表示某種動作行為。第三章詞義部分説明過，這類詞的內容很複雜。有的以一詞表示兩個或兩個以上的動作，有的包含有特定的行為的主體，有的包含有動作行為的特定的關係對象，有的包含有對各個動作行為，行為主體，關係對象的各方面的限制，有的包含有動作行為進行的一定的原因條件或目的結果等。所以表動作行為詞的釋義，除了要用適當詞語説明動作行為本身以外，還要注意説明詞所包含的上面所説的種種有關因素，這樣才能抓住特點。下面分類舉例説明。

1. 有時要説明詞所包含的多個動作行為：

　　　打印　打字油印。

　　　裁處　考慮決定並加以處理。

　　　撲　　用力向前衝，使全身突然伏在物體上。

2. 有時要說明特定的行為主體。如：

> 刺　　尖的東西進入或穿過物體。
>
> 流　　液體移動；流動。
>
> 下野　執政的人被迫下台。

3. 有時要說明動作行為特定的關係對象。如：

> 辦公　　處理公事。
>
> 參謁　　進見尊敬的人；瞻仰尊敬的人的遺像、陵墓等。
>
> 斷獄　　舊指審理案件。

4. 有時要說明動作行為進行的身體部位或應用的工具。
   如：

> 摟　　用手或工具把東西聚集到自己面前。
>
> 抬　　共同用手或肩膀搬東西。
>
> 擺渡　用船運載過河。
>
> 包　　用紙、布或其他薄片把東西裹起來。

5. 有時在說明動作行為的同時，要說明動作行為在程
   度、方式、數量、時間、空間等方面的限制。如：

> 高壓　　⑤殘酷迫害，極度壓制。　　（程度）
>
> 標賣　　標明價目，公開出賣。　　（方式）
>
> 包攬　　兜攬過來，全部承擔。　　（數量）
>
> 長生　　永遠不死。　　　　　　　（時間）
>
> 落戶　　在他鄉安家長期居住。　　（空間）

6. 有時要說明動作行為的目的結果：

> 辯白　說明事實真相，用來消除誤會或受到的指責。
>
> 抽打　用撣子、毛巾等在衣物上打，去掉塵土等。
>
> 護送　陪同前往使免遭意外（多指用武裝保護）。

7. 有時要說明動作行為的原因條件：

> 垂涎　因想吃而流口水。
>
> 漲　　固體因吸收液體而體積增大。
>
> 還手　因被打或受到攻擊而反過來打擊對方。

　　上面分類列舉（並不完全）是為了說明的方便，其實它們常常是交叉的，複合的。有各種各樣的交叉複合。例如上面所舉的例子“下野”，除了含有動作“下台”以外，又含有特定的動作行為主體“執政的人”，和特定的動作行為的方式“被迫”。“落戶”含有兩個動作行為“安家”“居住”，“安家”有“在他鄉”的空間的限制，“居住”有“長期”的時間的限制。又如：

> 抿　　②嘴唇輕輕地沾一下碗或杯子，略微喝一點。

這個詞包含有兩個動作行為“沾”“喝”，“沾”有程度“輕輕地”和數量“一點”的限制，“喝”也有數量“略微”“一下”的限制，還包含有特定的行為動作的主體“嘴唇”，動作行為的特定的關係對象“碗或杯子”。又如：

> 摩挲　用手輕輕地按着並一下一下地移動。

這個詞包括兩個動作行為“按着”“移動”，它們有進行的身體部位“用手”的限制，“按着”有程度“輕輕地”的限制，“移動”有方式“一下一下地”的限制。

　　表動作行為的複合詞，有時按照語素次序用同義近義詞對釋能揭示整個詞的內容，如：　　·

> 備荒　防備災荒。
>
> 把酒　端起酒杯。
>
> 吹捧　吹噓捧場。

但在多數情形下，這類詞都暗含有語素未直接表示的內容，不是單純對釋語素能說清楚的，必須根據語言事實，用多個詞語具體說明。

（三）表性質狀態的詞的釋義

表性質狀態的詞的內容又是另一種情況。它們類別紛繁，難以盡言。舉其大類，有一部分是表示人可以用感官感受到的物的性質的，如紅、綠、甜、酸、香、臭、冷、熱、軟、硬、響亮、低啞等等，有一部分表示的性質特徵雖然可以用感官感受得到，但只能用相對的標準來說明，如大、小、厚、薄、長、短、快、慢等等，有的表示對人的外貌、品性、精神、行為的評價，如：漂亮、清秀、溫順、潑辣、精明、遲鈍、高尚、醜惡等，有的表示對人的物質創造物、精神創造物、對自然的評價，如：偉大、渺小、精緻、笨重、簡練、冗長、肥沃、荒涼等。這類詞有的抽象程度很高，有的意義很空靈，不易解釋。魯迅先生就談到這個體會：“我自己，是常常會用些書本子上的詞彙的……假如有一位精細的讀者，請了我去，交給我一枝鉛筆和一張紙，說道：‘您老的文章裏，說過這山是“崚嶒”的，那山是“巉岩”的，那究竟是怎麼一副樣子呀？您不會畫畫麼也不要緊，就勾出一點輪廓來給我看看吧。請，請，請……’這時我就會腋下出汗……因為我實在連自己也不知道‘崚嶒’和‘巉岩’究竟是甚麼樣子，這形容詞，是從舊書上鈔來的，向來就並沒有弄明白……此外，如‘幽婉’、‘玲瓏’、‘蹣跚’、‘囁嚅’……之類，還多得很。”（《且介亭雜文二集・人生識字糊塗始》）對魯迅先生提到的這類詞，現代詞典已儘量作具體說明。詞典除了採用前面說的用同義近義詞，用反義詞的否定式和有關詞語的否定式等方法外，常見的方式還有：

1. 直接指示，即用個別體現一般的方法，直接指出某種事物現象具有該詞表示的性質特徵。如：

    紅　　像鮮血或石榴花的顏色。

藍　　像晴天天空的顏色。

酸　　像醋的氣味或味道。

甜　　像糖和蜜的味道。

2. 描述說明性質狀態，即把詞所反映的內容當作一種景象加以描繪，或當作一種情況加以說明。

（1）不指明適用對象的性質狀態的描述說明：

纏綿　　②宛轉動人。

白花花　白得耀眼。

蕭條　　寂寞冷落，毫無生氣。

順利　　在事物的發展或工作的進行中沒遇到困難阻力。

（2）指明適用對象的性質特徵的描述說明：

高寒　　地勢高而寒冷。

高尚　　道德水平高。

親善　　（國家之間）親近友好。

稀朗　　（燈火、星光等）稀疏而明朗。

（3）把形成性質狀態的原因同性質狀態一起說明，如：

軟　　物體內部組織稀鬆，受外力作用後，容易改變形狀。

悶　　①氣壓低或空氣不流通而引起的不舒暢的感覺。

漫漶　　文字圖畫等因磨損或浸水受潮而模糊不清。

膩煩　　因次數過多而感覺厭煩。

（4）在描述說明性質狀態時，加"形容……"，"……的樣子"等詞語。如：

油汪汪　形容油多。

料峭　　形容微寒（多指春寒）。

幽咽　　形容低微的哭聲。

峻嶒　形容山高。

囁嚅　形容想説話而又吞吞吐吐的樣子。

蹣跚　腿腳不便，走路緩慢、搖擺的樣子。

戰戰兢兢　形容因害怕而微微發抖的樣子。

除去"形容""的樣子"這類措詞，這類釋義對詞所表示的性質特徵已作了不同程度的描述説明，大都可以分別歸入 2 的不同小類或上面已説過的其他釋義方式中，如"囁嚅""蹣跚"屬不指明適用對象的性質特徵的描述説明的釋義，"油汪汪""峻嶒"的釋義屬指明適用對象的性質特徵的描述説明，"戰戰兢兢"的釋義屬把形成性質特徵的原因同性質特徵一起説明，"幽咽"屬定義式釋義，"料峭"屬用近義同義詞釋義。現在加上"形容""的樣子"等詞語，是為了強調所表示的是一樣情狀。

（四）其他釋義方式

下列三種釋義方法，只用於某些詞或某類義項的解釋。

1. 同有關事物現象相聯繫、相比較去説明詞義。

方位詞和表親屬關係、表職稱這一類的詞要以某"定點"為標準，才能相對地講清楚，如：

東　太陽出來的一邊。（太陽是定點）

南　早晨面對太陽時右手的一方。（同上）

右　面向南時靠西的一邊。（南是定點）

父親　有子女的男子，是子女的父親。（子女是定點）

祖父　父親的父親。（父親是定點）

兒子　男孩子（對父母而言）。（父母是定點）

少尉　軍銜，尉官的一級，低於中尉。（中尉是定點）

上尉　軍銜，尉官的一級，高於中尉。（中尉是定點）

2. 指明比喻對象，用於解釋詞的比喻義。如：

> 熱血　比喻為正義事業而獻身的熱情。
>
> 風雨　風和雨，比喻艱難困苦。
>
> 歸隊　比喻回到原來所從事的行業和專業。

"比喻"二字，是指明現在解釋的這種意義同原義的一種聯繫。去掉"比喻"二字，我們看到比喻義的釋義方法仍可分別歸入上面所講的各種類型。例如"熱血"屬定義式釋義，"風雨"相當於用近義詞語釋義，"歸隊"屬說明動作行為及其特定的關係對象的釋義。

3. 用近義或有關詞語，加修飾限制詞語，但又非定義式的釋義。

一些概括程度很高的詞很難用下定義的方式來解釋。下"定義"實質是把某一個概念放在另一個更廣泛的概念裏，然後再加以限定。因此對一些廣泛已極的概念，如存在、思維等是無法下定義的。所以下列例子雖有定義的形式，但不是定義式釋義：

> 物質　獨立存在於人的意識之外的客觀存在。
>
> 方法　指關於解決思想、說話、行動等問題的門路、程序等。
>
> 原理　帶有普遍性的、最基本的、可以作為其他規律基礎的規律。
>
> 恩情　深厚的情誼。

其中，"客觀存在"不是能包含"物質"的更廣泛的概念（上位概念），"門路、程度"對"方法"的關係，"規律"對"原理"的關係，"情誼"對"恩情"的關係也是如此，他們的抽象程度是相等的。它們可以是近義詞語，可以是意義有交叉的詞語。現在的做法就是給挑選來的近義或有關詞語，加上恰當的修飾限制詞語，組成解釋詞語。

上面對四個方面的釋義方式的分析，是從不同角度進行的，有些地方分類有交叉；但交叉是有條件的，它們有相對的獨立性。現把它們歸納成下表，指明交叉之處及其條件。

下表連線表示有交叉，其條件分別説明如下：

㈠ 在表動作行為的詞是並列結構複合詞，其語素又分別代表不同的行為動作時有交叉，如包紮，包裹捆紮。

㈡ 在表動作行為的詞的解釋詞語，是也可以作偏正結構看待的主謂結構，其謂語又是被解釋的詞的上位詞時有交叉，如：流，液體移動。

㈢ 在表動作行為的詞的解釋詞語是偏正詞組，其中心語又是被解釋的詞的上位詞時有交叉，如：高歌，放聲歌唱。

㈣ 在用指明適用對象的性質狀態的描述説明方法釋義，出現可以看作偏正結構的主謂詞組，其謂語同被解釋的詞抽象程度相等的時候，有交叉，如：偉大，品格高尚……

㈤ 用同已作解釋的詞相比較的方法釋義，出現偏正詞組，其中心詞是被解釋的詞的上位詞時有交叉，如：葱白，最淺的藍色。另外，我們已説明過用指明比喻對象方法釋義，去掉"比喻"二字，可分屬不同的釋義方式。又，如果把"……的顏色""……的一邊""……的一方""……的樣子"等等中的"顏色""邊""方""樣子"都看成被解釋的詞的上位詞（在最廣泛的意義上可以這樣做），那它們也同定義式釋義有交叉。但一般不從這種關係上説明它們的釋義特點。以上所説同定義式釋義交叉的各種情況又可歸結為這樣的條件：解釋詞語可看成偏正詞組，其中心詞語是被解釋的詞的上位詞。

釋義又有語文性釋義和百科性釋義之分。語義性釋義只對詞的意義作簡括的説明，多用於語文詞典和小型詞典。百科性釋義指的是對詞的概念內容（通常是術語內容），對詞所反映的事物現象的各種特點作詳細説明的釋義，多用於百科詞典。例如：

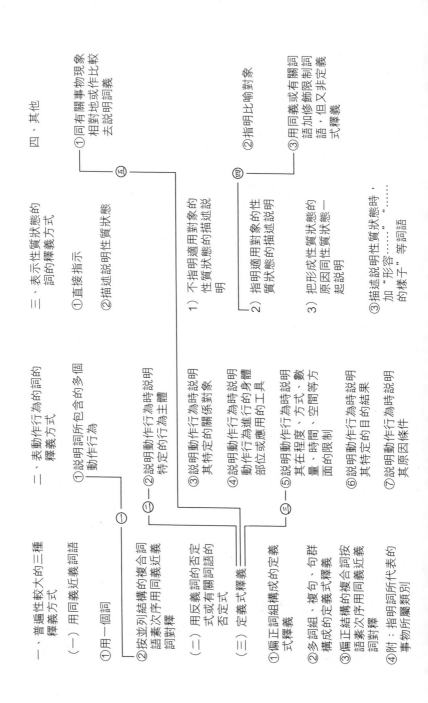

一、普遍性較大的三種釋義方式

（一）用同義近義詞語

①用一個詞

②按並列結構的複合詞語素次序用同義近義詞對釋

（二）用反義詞的否定式或有關詞語的否定式

（三）定義式釋義

①偏正詞組構成的定義式釋義

②多詞組、複句、句群構成的定義式釋義

③偏正結構的複合詞按語素次序用同義近義詞對釋

④附：指明詞所代表的事物所屬類別

二、表示動作行為的詞的釋義方式

①說明詞所包含的多個動作行為

②說明動作行為時說明特定的行為主體

③說明動作行為時說明其特定的關係對象

④說明動作行為時說明動作行為應用的身體部位或應用的工具

⑤說明動作行為時說明其任程度、方式、時間、空間等方面的限制

⑥說明動作行為時說明其特定的目的結果

⑦說明動作行為時說明其原因條件

三、表示性質狀態的詞的釋義方式

①直接指示

②描述說明性質狀態

1) 不指明適用對象的性質狀態的描述說明

2) 指明適用對象的性質狀態的描述說明

3) 把形成性質狀態的原因同性質狀態一起說明

③描述說明性質狀態時，加"形容……"、"……的樣子"等詞語

四、其他

①同有關事物現象相對地或作比較去說明詞義

②指明比喻對象

③用同義或有關詞語加修飾限制詞語、但又非定式釋義

狗　　哺乳動物。外形似狼，種類很多。聽覺、嗅覺靈敏，易受訓練，可守戶或助獵、牧羊。有的還可訓練成警犬。

（《新華詞典》2001 年版）

犬　　① 家畜名。……亦稱 "狗"。哺乳綱，犬科。為人類最早馴化的家畜。耳短直立或長大下垂，聽覺、嗅覺靈敏。犬齒銳利。舌長而薄、有散熱功能。前肢五趾，後肢四趾，有鈎爪。尾上捲或下垂，性機警，易受訓練。發情多在春秋兩季，持續三週，妊娠期約 60 天，年產二胎，每胎產仔 2 － 8 頭，壽命 15 － 20 年。品種很多，按用途可分為牧羊犬、獵犬、警犬、玩賞犬以及挽曳、肉用等。

（《辭海》）

《新華詞典》是小型詞典，它對 "狗" 的解釋只是用簡括的語言說明了牠的類別 "哺乳動物"，形貌 "外形似狼"，作為動物的特點和功用。是語文性的釋義。《辭海》是規模大的百科兼語文詞典，它說明了狗在動物學分類中所處的位置，"哺乳綱，犬科"，除說明牠作為動物的特點、功用外，還具體說明了牠的耳朵、齒、舌、趾、尾巴的形貌，說明了牠的繁殖和壽命。這是一種百科性的釋義，提供了詞所表示的對象的豐富的知識。

不同的詞用不同的釋義方法，同一個詞也可以用不同的釋義方法。釋義方法的運用和內容的繁簡，因辭典的任務、對象、篇幅等等的不同而不同。

4. 釋義的要求

詞義的解釋要正確、明白、簡練。

正確指解釋要合乎事實，合乎科學。

對某些反映歷史的、舊的事物現象的詞語，或一般社會現象的詞語，要說明其階層的性質或時代的內容、色彩。如：

　　科舉　《四角號碼新詞典》（舊版）註釋為：唐宋至清用考試方法選拔人才的制度。

　　《現漢》作：從隋唐到清代，古代王朝分科考選文武官吏後備人員的制度。……（下略）

《現漢》的註釋較好地揭示了"科舉"的階層的性質和時代的內容、色彩。

　　地主　《國語辭典》註釋為：土地之所有權者。

　　《現漢》作：依靠出租土地剝削農民為主要生活來源的人。

《現漢》的註釋說明了"地主"的本質。

　　工頭　《四角號碼新詞典》（舊版）作：工人的領班。

　　《現漢》作：（～兒）資本家僱傭來監督工人勞動的人。

《現漢》的註釋指出了"工頭"的階層性質。

　　對於一般的詞語，正確性指註釋的內容恰當。例如：

　　下野　《現漢》試用本作：執政人脫離政界。

　　修訂本改為：執政的人被迫下台。

　　悶（mēn）《現代漢語詞典》試用本作：④在家裏待着，不到外面去。修訂本改為：在屋裏待着，不到外面去。

　　對一些詞義內容有變化的詞，要根據已為大眾廣泛使用的含義修改詞義的說明。例如：

　　小姐　②對未出嫁女子的尊稱，現在多用於外交方面。

　　　　　　　　　　　　　　　　　　　（《現漢》1983 年版）

　　小姐　②對年輕女子的尊稱。　（《現漢》2002 增補本）

"小姐"②義有擴大，《現漢》作了修訂。

　　經紀人

　　①舊時為買賣雙方撮合從中取得佣金的人。

　　②舊時在交易所中代他人進行買賣而取得佣金的人。

（《現漢》1983 年版）

《現漢》（2002 年增補本）從"經紀人"這兩個意義的解釋詞語中都去掉了前面"舊時"二字。反映了由於社會經濟生活的變化，失去了作用的某類人又恢復了社會功能。

　　明白指註釋詞語通俗易懂，用普通話詞彙，不用方言、文言、專門詞彙或其他生僻詞語。下面例子中註釋詞語有毛病：

　　吊死　自縊而死。（《國語辭典》）（"縊"為文言詞語）

　　獨白　劇中人自述其內心情緒、感想或其身世之科白（"科白"為較專門的戲曲用語）（同上）

又要避免在解釋詞語中用被解釋的詞語，如：

　　笑　　哭笑的笑。（《同音字典》）

　　好　　好壞的好。（同上）

　　這種解釋主要是指示被解釋的詞，不是特別需要，不宜使用。

　　簡練指註釋詞語語句要簡明扼要，沒有多餘的詞語。有一種舊詞典把"望風"釋為："盜賊入人家盜竊時，留一人在門口探望外界動靜。"《現漢》的解釋是："給正在進行秘密活動的人觀察動靜。" 兩相比較，可以看到舊的解釋囉嗦累贅，也不夠確切。又如有本舊詞典把"請示"解釋為："在工作中發現新情況或不能解決的困難問題，報告上級請求指示處理。"《現漢》解釋為："（向上級）請求指示"。舊釋拖沓繁冗，新釋簡明扼要。

　　下面談附屬義（感情色彩、語體色彩等）的說明。

説明的方法有二。一是把感情色彩、語體色彩等分為幾個類型，標註在有關的詞語之下。如：

狷急　〈書〉性情急躁。

狷介　〈書〉性情正直，不肯同流合污。

當家的　①〈口〉主持家務的人；家主。

　　　　②〈口〉主持寺院的和尚。

另一種做法是解釋詞的概念義後用文字簡要説明，如：

嘴臉　面貌；表情或臉色（多含貶義）。

窺伺　暗中觀望動靜，等待機會（多含貶義）。

可憐蟲　比喻可憐的人（含鄙視意）。

哭鼻子　〈口〉哭（含詼諧意）。

開言　開口説話（多用於戲曲中）。

暌違　〈書〉分離；不在一起（舊時書信用語）。

三、詞典編纂的其他問題 ①

（一）選詞

選甚麼詞，收多少詞要根據所編詞典的性質和任務。以中型的現代漢語詞典為例，它選詞"以現代的普通話的詞彙為主，文言詞、方言詞，以及外來語的詞看它和普通話的關係如何而決定選取與否"② 所選收的，"以詞為主""兼收構詞能力很強的詞素，以及非詞而經常使用的成語、詞組"③。取材一方面是現代普通話口語，另一方面是五四以來的書面資料。一般不收人名、地名、姓氏、土語、不必要的古語以及專門的術語。這同《新華詞典》（商務印書館 2001 年修訂本）的收詞情況有

---

①②③　參看鄭奠等《中型現代漢語詞典編纂法（初稿）》，中國語文 1956 年 7、8、9 期。

不同。後者也是一部中型詞典，"收詞以語文為主兼收百科"①。以"二"字頭為例，後者收有"二十一條""二次革命""二里頭文化""二里頭早商遺址""二次曲線""二次函數""二氧化矽""二氧化硫"等歷史、考古、數學、化學方面的詞語，這在一般的中型語文詞典中是不會收錄的。修訂本《辭海》是重在百科詞目，兼收語詞的綜合性大型詞典，它廣泛收錄120多門學科的名詞術語。

各種詞典選詞中有很細緻的問題，不能在這裏詳述。

（二）注音

各種類型的現代漢語詞典注音以受過中等教育的北京人的語音為標準。北京話中某些詞過土的讀法不收。下面主要以《現代漢語詞典》的作法來說明。

1. 注音符號，《現代漢語詞典》用漢語拼音字母。《新華字典》則兼用注音字母。《辭源》（修訂本）還附有中古音的反切。

2. 字有異讀的，《現漢》依照國家權威機關的審定注音，如：

      賊　取 zéi（ㄗㄟˊ）　　不取 zé（ㄗㄜˊ）

      肉　取 ròu（ㄖㄡˋ）　　不取 rù（ㄖㄨˋ）

      摸　取 mō（ㄇㄛ）　　　不取 máo（ㄇㄠˊ）

      剿　取 jiǎo（ㄐㄧㄠˇ）　不取 cháo（ㄔㄠˊ）

3. 輕聲注音前加圓點，如：

      便當　biàn·dang　　桌子　zhuō·zi

---

① 《新華詞典》（2001 年修訂版）修訂說明。

一般輕讀，間或重讀的，標調號，注音前再加圓點。如：

因為　yīn‧wèi

"為" 一般輕讀，有時也讀去聲。

插入其他成分，語音有輕重變化的詞語，標上調號和圓點，再加雙斜短橫，如：

看見　kàn //‧jiàn

表示 "看見" 的 "見" 輕讀，"看得見" "看不見" 的 "見" 重讀。

4. 兒化音在基本形式後加 "r"，如：

今兒　jīnr

書面上有時兒化有時不兒化而口語必須兒化的，自成條目，如今兒，小孩兒。書面上一般不兒化，口語一般兒化的，在釋義前加 "(～兒)"，如米粒 mǐlì(～兒) 米的顆粒。

5. 多音詞的注音，以連寫為原則，結合鬆的，中間加 "-"，如高射機關槍 gāo shè-jī guān qiāng，有些組合中間加斜的短橫 "//"，表示中間可插入其他成分。如發病 fā//bìng。

6. 專名和姓氏的注音，第一個字母大寫，如愛斯基摩人 Aisījīmórén

7. 一般不注變調。

（三）引例

引例放在釋義之後。引例的作用是幫助讀者理解和證實所說明的字義詞義。詞的用例還能顯示詞的用法。

可以引用典範的白話文著作的例句，註明作者，篇名；也可以自造詞組、短句式的例句。

《現代漢語詞典》一般自造詞組短句作為例句，如：

> 貫注　①（精神、精力）集中：把精力～在工作上｜他
> 全神～地聽着。
> ②（語音、語氣）連貫；貫穿：這兩句是一氣～
> 下來的。

引用例句的，如《漢語大詞典》多引文學作品、一般著作中的語句。例如：

> 暖和　①溫暖。謂不冷也不太熱。……曹禺《北京人》
> 第三幕：「這麼大的一所房子，走東到西沒有一
> 塊暖和的地方。」
> ②使之暖和。楊朔《征塵》：「你先烤烤火，暖和
> 暖和。」柳青《創業史》第一部題敍：「是他衰老
> 的身上的體溫，暖和着那個孱弱的小女孩的」。

引例也有很多細緻複雜的問題，這裏不詳述。

（四）編排

編排主要有四個方面工作：

1. 詞頭的編排

①按部首編排。1949 年以前的字典詞典一般採用明梅膺祚編《字彙》時所定的 214 個部首編排。1949 年以後出版的字典詞典對原來的字典部首有增刪，如《新華字典》從"人"分出"亻"部，將"入"合入"人"部，從"火"分出"灬"部，從"心"分出"忄"部，將"辶""辵"都合為"辶"部等等。經過調整，1966 年以後出版的《新華字典》有部首 189 個，《現代漢語詞典》也有部首 189 個。1987 年，中國文字改革委員會、國家出版局頒佈《漢字統一部首表（草案)》，確定的部首有 201 個，

各種類型的辭書可以據之變通處理。

②按筆畫編排。根據字的筆畫數和起筆的形狀（丶一丨丿等）為次序進行排列。純用筆畫編排的字典不多見，一般同部首編排結合，以部首為主，筆畫為輔。不少字典詞典附有部首難定的"難字表"，"難字表"是按筆畫編排的。

③四角號碼編排。把每個字四個角的筆形歸納為十種，每種用一個阿拉伯數字代表，如"亠"用"0"代表，"八，人，𠆢，入"等用"8"代表，"小，(小)，个，忄"用"9"代表等等，按　[1] [2] / [3] [4]　的次序，每個字都是由四個阿拉伯數字組成的號碼，然後進行排列。

④音序編排。根據漢字聲母符號韻母符號一般的排列次序編排。

各種字典、詞典一般以一種編排法為主，另外附上別的編排法的索引。

2. 詞項的編排

詞項指每個詞頭底下所收的詞、詞組、成語等。有的採用音序，單字條目下的多字條目按第二、第三……音序排列，如《現代漢語詞典》就是這樣做的。有的按第二、第三……的筆畫次序編排，如《辭源》（修訂本）。

3. 詞項下義項的編排

一般的次序是先基本義，次引申義，後比喻義。但除最明顯的比喻義外，一般不說明義項的關係。

4. 每個條目下各組成內容的編排

一般的次序是：①注音，②義項，③標註語體或加特殊詞語（術語、方言詞等）標誌，④釋義，⑤說明感情色彩，⑥引例。各個條目下這些內容不必都具備。

練習

一、單語詞典有哪些類型？各舉一例說明。

二、用同義近義詞解釋詞義在應用中有哪些不同情況？它
有甚麼局限？

三、解釋下列詞的詞義（不用同義近義詞語）：

    攪亂　縱情　壯麗　荒僻

四、用三種釋義方式解釋下列詞的詞義：

    升　停　靜　假

五、下列各詞的釋義有甚麼毛病：

    杯　　盛飲料器。

    洞　　深穴。

    賣弄　在人家面前誇耀自己的本事和聰明。

    掏　　探手取物。

    強烈　力強而激烈。

    死心　不想再活動。

學習參考論著

周祖謨 《漢語詞彙講話》，人民教育出版社，1959

周祖謨 《詞彙和詞彙學》，《語文學習》1958 年 9、11 期

張世祿 《詞彙講話》，《張世祿語言學論文集》，學林出版社，
　　1984

武占坤、王勤 《現代漢語詞彙概要》，內蒙古人民出版社，
　　1983

劉叔新 《漢語描寫詞彙學》，商務印書館，1990

葛本儀 《現代漢語詞彙學》，山東人民出版社，2001

羅常培、呂叔湘 《現代漢語規範化問題》《現代漢語規範問題
　　學術文體彙編》，科學出版社，1956

鄭奠 《現代漢語詞彙規範問題》，同上

郭良夫 《關於詞彙規範問題》，《中國語文》1987 年第 1 期

陳章太 《普通話詞彙規範問題》，《中國語文》1996 年第 3 期

陸志韋等 《漢語的構詞法》，科學出版社，1960

張壽康 《構詞法和構形法》，湖北教育出版社，1985

任學良 《漢語造詞法》，中國社會科學出版社，1981

黃昌寧 《中文信息處理中的分詞問題》，《語言文字應用》1997
　　年，第 1 期

朱林濤 《關於詞義和概念關係的幾個問題》，《中國語文》1962
　　年，第 6 期

孫良明 《詞義和釋義》，湖北教育出版社，1982

石安石 《語義論》，商務印書館，1993

高慶賜 《同義詞和反義詞》，新知識出版社，1957

張志毅 《同義詞典編纂法的幾個問題》,《中國語文》1980 年第 5 期

劉叔新 《同義詞和近義詞的劃分》,《語言研究論叢》,天津人民出版社,1980

符淮青 《同義詞研究中的幾個問題》,《中國語文》2000 年第 3 期

石安石、詹人鳳 《反義詞聚的共性類別及其不均衡性》,《語言學論叢》第 10 輯,商務印書館,1981

劉叔新 《論反義聚合的條件和範圍》,《語言研究論叢》第 5 輯,南開大學出版社,1988

林燾 《漢語基本詞彙的幾個問題》,《中國語文》1957 年第 7 期

潘允中 《漢語基本詞彙的形成及其發展》,《中山大學學報》1959 年 1、2 期合刊

高名凱、劉正琰 《現代漢語外來詞研究》,文字改革出版社,1958

王立達 《現代漢語中從日語借來的詞彙》,《中國語文》1958 年第 2 期

鄭奠 《談現代漢語中的日語詞彙》,《中國語文》1958 年第 2 期

王還 《漢語詞彙的統計研究與詞典編纂》,《辭書研究》1986 年第 4 期

尹斌庸 《漢語語素的定量研究》,《中國語文》1984 年第 6 期

劉英林、宋紹周 《漢語常用字詞的統計與分級》,《中國語文》,1992 年第 3 期

陳瑞端、湯志祥 《九十年代漢語詞彙地域分佈的定量研究》,《語言文字應用》1999 年第 3 期

馬國凡 《成語》，內蒙人民出版社，1973

武占坤、馬國凡 《諺語》，內蒙人民出版社，1980

馬國凡、高歌東 《慣用語》，內蒙人民出版社，1982

溫端政 《歇後語》，商務印書館，1985

拉‧茲古斯塔主編 《詞典學概論》，商務印書館。1983

鄭奠等 《中型現代漢語詞典編纂法》，《中國語文》1956 年第 7、8、9 期

符淮青 《詞的釋義方式剖析（上）（下）》，《辭書研究》1992 年第 1、2 期

商務印書館 📖 讀者回饋咭

　　請詳細填寫下列各項資料，傳真至2565 1113，以便寄上本館門市優惠券，憑券前往商務印書館本港各大門市購書，可獲折扣優惠。

所購本館出版之書籍：_____

購書地點：_____　　姓名：_____

通訊地址：_____

電話：_____　　傳真：_____

電郵：_____

您是否想透過電郵或傳真收到商務新書資訊？　1□是　2□否

性別：1□男　2□女

出生年份：_____年

學歷：1□小學或以下　2□中學　3□預科　4□大專　5□研究院

每月家庭總收入：1□HK$6,000以下　2□HK$6,000-9,999
　　　　　　　　3□HK$10,000-14,999　4□HK$15,000-24,999
　　　　　　　　5□HK$25,000-34,999　6□HK$35,000或以上

子女人數（只適用於有子女人士）　1□1-2個　2□3-4個　3□5個以上

子女年齡（可多於一個選擇）　1□12歲以下　2□12-17歲　3□18歲以上

職業：1□僱主　2□經理級　3□專業人士　4□白領　5□藍領　6□教師　7□學生
　　　8□主婦　9□其他

最多前往的書店：_____

每月往書店次數：1□1次或以下　2□2-4次　3□5-7次　4□8次或以上

每月購書量：1□1本或以下　2□2-4本　3□5-7本　2□8本或以上

每月購書消費：1□HK$50以下　2□HK$50-199　3□HK$200-499　4□HK$500-999
　　　　　　　5□HK$1,000或以上

您從哪裏得知本書：1□書店　2□報章或雜誌廣告　3□電台　4□電視　5□書評/書介
　　　　　　　　6□親友介紹　7□商務文化網站　8□其他(請註明：_____)

您對本書內容的意見：_____

_____

您有否進行過網上購書？　1□有　2□否

您有否瀏覽過商務出版網(網址：http://www.commercialpress.com.hk)？1□有　2□否

您希望本公司能加強出版的書籍：1□辭書　2□外語書籍　3□文學/語言　4□歷史文化
　　5□自然科學　6□社會科學　7□醫學衛生　8□財經書籍　9□管理書籍
　　10□兒童書籍　11□流行書　12□其他(請註明：_____)

根據個人資料「私隱」條例，讀者有權查閱及更改其個人資料。讀者如須查閱或更改其個人資料，請來函本館，信封上請註明「讀者回饋咭-更改個人資料」

香港筲箕灣
耀興道3號
東滙廣場8樓
商務印書館（香港）有限公司
顧客服務部收